KL

KLOCKAN 21:37

Karin Alfredsson

Pocketförlaget

"Med alla faktorer beaktade finns det i världen bara två sorters människor: de som stannar hemma och de som inte gör det."
RUDYARD KIPLING

www.pocketforlaget.se
redaktion@pocketforlaget.se

Svensk utgåva enligt
avtal med Nordin Agency AB.

Pocketförlaget ägs av Piratförlaget, Företagslitteratur
och Läsförlaget

Omslag: Niklas Lindblad/ Mystical Garden Design
Omslagsfoto: Eva Lindblad/ 1001bild.se

Tryck: Norhaven A/S 2010

ISBN: 978-91-86067-88-5

Allt viktigt i denna berättelse är sant.
Alla likheter med verkligheten är fullkomligt avsiktliga.

WLADYSLAWOWO, POLEN
IDAG, KL 21.17

"21.17" skriver den långa, mörkhåriga kvinnan på besökslistans rad för klockslag. Hon visar vakten sitt pass och signerar med läkarhandstil: "Ellen Elg".

– Jag har glömt mobilen ombord, förklarar hon för vakten som inte kan bry sig mindre, om han över huvud taget förstår vad människan säger. Men hennes namn står på listan över de personer – mest kvinnor – som han har tillstånd att släppa in på hamnområdet på kvällstid om de legitimerar sig. Det räcker för honom.

Vakten låser upp hänglåset och öppnar den tunga grinden bara så pass att kvinnan kan tränga sig igenom. Sedan drar han igen grinden och hakar på hänglåset igen, men utan att knäppa igen det. Hon måtte väl komma tillbaka snart.

Strålkastarens gula ljus markerar reporna i bogserbåtens babordssida. Vattnet som skvalpar mot kajen har en tunn grönviolett hinna av något oljeblandat. Två större fartyg av oklar härkomst tornar upp sig på var sida om det lilla plåtskrovet, hotande eller kanske beskyddande. Kranarna vilar. Det är stilla.

Det enda som hörs är bruset från den tv-utsända fotbollsmatchen i den lilla vaktkuren. Vakten återvänder till kampen mellan Wisla och Legia. Han är upprörd. Varför byter tränaren inte ut stolpskottet Kokoszka?

Ellen stannar mitt i det gula ljuset för att rota rätt på nycklarna i handväskan. De ligger längst ner, som vanligt. Hon rundar försiktigt den stora brunröda pölen på betongkajen. Den borde ha torkat, men hon vill inte riskera att kladda ner skorna. På landgången till *Aurora* ligger några krossade äggskal kvar. Ellen vräker ner dem i det mörka vattnet med en argsint spark. Landgången gungar till och hon griper tag i relingen för att hålla balansen. Med ett hopp är hon ombord.

– Jaaa!

Vakten jublar inne i sin kur.

Någon måste ha gjort mål. Rätt lag, dessutom. Ellen vänder sig om och småler mot vaktkuren. Vaktens entusiasm över 22 karlar och en boll påminner henne om Björn som hon ska ringa så fort hon hittat sin kvarglömda mobiltelefon.

Hon skakar den stora nyckelknippan för att få fram rätt nyckel till kajutadörren. Det är lite svårt att hitta nyckelhålet i mörkret på styrbordssidan och både den första och den andra nyckeln är fel. Visst ja, det var den större med gummiringen på.

Dörren är tung och hon får ta i med axeln innan hon kan sticka in handen och treva efter strömbrytaren. Där är den. Lysrören blinkar till och hon kliver över tröskeln. Den gamla bogserbåten luktar hav, kanske fisk. Definitivt dieselolja. Dörren glider ljudlöst igen bakom henne.

Hon hör inte när motståndarlaget kvitterar och vakten reagerar med ett avgrundsvrål:

– Neeej!

Hon ser inte heller att en gummibåts stäv stöter mot *Auroras* skrov, längst akterut på styrbords sida.

Det stämde, det som Brodern sagt, att man kan ro nästan helt plaskfritt med de lätta årorna. Den unge mannen med de svarta kläderna lägger årorna till rätta och tar fram sin pannlampa. Hamnstrålkastarna når inte ner bakom båten men pollaren avtecknar sig som en mörk kontur. Han kastar upp repet.

Det är inte högt. Båten är inte stor. På tredje försöket rundar repet pollaren och mannen använder paddeln för att peta fast det ordentligt. Sedan rycker han hårt i repet några gånger innan han fäster ändarna i gummibåtens årtull.

Han drar ner den svarta mössan i pannan och kränger fast pannlampan utanpå. Den har en röd smal ljusstråle och påverkar inte mörkerseendet. Vältänkt, igen. Med möda krånglar mannen på sig ryggsäcken. Den är tyngre än han trodde att den skulle vara och gummibåten gungar när han reser sig för att fatta tag i repet och börja dra sig uppåt. Mannen är liten och lätt, men stark, och de stadiga gummisulorna får bra fäste mot båtens skrovliga utsida. Tunna handskar ger nävarna ett säkert grepp.

Brodern hade skaffat bra utrustning, det var viktigt. Bra planering är A och O, det hade den svartklädde fått lära sig. Bra planering och god research. Lydnad. Samt styrka och mod, förstås. Och kunskap om vart världen är på väg om ingen sätter stopp.

När mannen kommit upp på däck, fortfarande utan att ha gett ett ljud ifrån sig, sätter han sig ner för att försiktigt lyfta innehållet ur ryggsäcken. En mejsel och ett brytjärn, en hammare som han hoppas slippa använda och en polygrip. Lampan behövs, och det visste han ju.

Det han inte visste var att han inte skulle vara ensam ombord. Det vet han fortfarande inte.

NORRLANDSKUSTEN, SVERIGE
FÖRRA VÅREN

– Ska vi åka nu?

Sture stoppar in bensinkortet i plånboken och vrider på huvudet för att beundra sin lilla familj i baksätet. Olga har knäppt loss Prinsen ur barnstolen för att ta honom i knäet och ge honom en sista slurk ur bröstet. Hon är obegripligt vacker. Det långa mörka håret hänger över axlarna och bröstet sväller över magen. Hon petar upp glasögonen som glidit ner på näsan. En mjölkdroppe kämpar för att hålla sig kvar i vårtans lilla öppning men får ge upp och faller.

Sture sträcker sig bakåt för att smeka det varma och mjuka, men han når inte riktigt. Olga klappar honom snabbt på ovansidan av handen.

Sture skulle inte vilja köra än för han är noga med säkerheten, försiktigare nu än någonsin, men Olga har levt under andra förhållanden. Hon tycker att den svenska inställningen till livrem och hängslen, för att inte tala om cykelhjälmar och solskyddsfaktorer och petsäkra uttag, är hysterisk. Kört bil med ungar i knäet har folk gjort så länge det har funnits bilar, tänker hon. Hon sitter ju dessutom i baksätet.

– Nu åker vi, beordrar hon och han kommer att lyda, som alltid. Men lite kan han dra ut på tiden.

– Jag ska bara kolla släpet först.

Sture kränglar sig ur det nedsuttna förarsätet. Det värker i höger knä. Artros, sa doktorn. Det är sådant som händer när man blir äldre. Den vita Volvon är också gammal, närmare femton år, rostig och inte vacker, men den klarar fortfarande besiktningen och pengar kan användas till viktigare saker. Det tycker både han och Olga. Men däcken borde nog bytas.

Volvon har dragkrok och det är bra. Släpet hyrde de på Statoil i Haparanda innan de styrde österut mot Olgas hemstad i Ryssland, några få mil från den finsk-ryska gränsen. Olga tyckte att de kunde köpa ett begagnat släp i Ryssland, det skulle bli billigare, men då sa Sture ifrån. Någon måtta fick det vara på snålheten. En begagnad rysk släpvagn är definitivt på fel sida om säkerhetsmarginalen om man har en så dyrbar last. Det ärvda skåpet är Olga dessutom rädd om, så när Sture målade upp vad som kunde hända om släpvagnen slet sig, accepterade hon.

Sture går en sväng runt släpet, kollar att presenningen ligger kvar och drar i tamparna som han noggrant knutit fast i åtta olika fästpunkter. Av gammal vana sparkar han lite på däcken också. Varför vet han inte, men så gjorde alltid hans pappa. Sture tänker sällan på sin far, men nu skulle pappa se mig, tänker han. Olga och Prinsen och huset och skåpet och hela alltet.

Olga knackar på rutan och markerar att hon tycker att det är dags att åka. Sture nickar. Det har dessutom börjat regna. Ett hårt regn som snabbt ökar till skyfall. I fjärran dundrar åskan. Typiskt sommaråskväder, tänker Sture. Det går nog snart över. Men han välsignar de nya vindrutetorkarna. Han kurar ihop sig under regnet medan han ur bakluckan tar fram cd-boxen och öppnar dörren till förarsätet. Han startar motorn, spänner fast säkerhetsbältet, sätter på vindrutetorkarna och fäller ut färdriktningsvisaren medan han sakta kör ut från bensinmackens parkering.

– Ska vi lyssna på Elvis? frågar han och Olgas huvud nickar i backspegeln. Hon möter inte hans blick. Hennes långa hår hänger ner över sonen och bröstet.

Senare ska han ofta tänka på det ögonblicket. Att han inte fick se hennes ansikte den sista gången.

"Kramfors 7" står det på skylten.

Cd-boxen har ett knepigt lås och Sture bromsar lätt för att inte köra för fort medan han mixtrar för att få fram skivan. Efteråt minns han ingenting och kan inte förklara vad som hände, men plötsligt tappar däcken kontakten med det våta underlaget och släpvagnen slänger till. Sture har ingen kontroll över det skenande fordonet.

Långt borta hör han att Olga skriker medan han bromsar, bromsar, bromsar.

Bilen studsar emot räcket på fel sida av vägen, gungar till och glider över mot den andra körbanan.

Mötande bilar väjer och tutar och bromsar skriker medan Volvon dånar fram på fel körbana.

Tiondels sekunder blir till evigheter och så tornar den stora gröna tankbilen upp sig framför dem. Sture hinner se att chauffören har knutit fast en nallebjörn på kofångaren. Den är brun av smuts.

Nu är det slut, tänker han. Sedan blir allt svart.

WARSZAWA, POLEN
FÖRRA VÅREN

Ett pekfinger knackar på mikrofonen. Jo, den fungerar.

Kvinnan tar ett stadigt tag i talarstolens kanter med guldsmyckade fingrar och reser sig på tå för att nå upp.

– Mina damer och herrar! Jag har fått nöjet att vara er värd här i Warszawa, säger hon. Polen är påven Johannes Paulus II:s hemland. Han var den påve som främst värnade om familjen eftersom han visste att all civilisation sätter familjen i centrum.

Hon kastar för säkerhets skull en blick i sitt manus men egentligen vet hon precis vad hon ska säga.

– Om igen vänds världens blickar mot Warszawa och Polen, ett land i vars historia vördnaden för familjen och familjelivet för alltid ristats in. Här kan vi om igen upprepa påven Johannes Paulus II:s ord att mänsklighetens framtid finns i familjen.

Hon har övat på detta många gånger framför spegeln hemma.

– Att vår organisation för första gången håller sin kongress i ett EU-land, under beskydd av den polska republikens president, är en manifestation till stöd för familjen. Att riksdagens talman och republikens vice premiärminister personligen deltar i vår kongress är en stor ära.

Ute i publiken sträcker Marek Domanski på halsen för att kunna se dem som sitter på den främsta raden. Eventuellt känner han igen nacken på den tjocke med det gråa håret men Marek sitter för långt bak för att vara säker. De som liksom han kommit resande med *Hela Polens ungdoms* buss kunde inte få bättre platser, beklagade kongressorganisatören.

De som kommit med *Radio Maryjas* buss hamnade på läktaren och ser ännu mindre, tänker Marek.

Den stadiga kvinnan i talarstolen nickar mot de grå och flintskalliga längst fram. Hon har en blommig blus och rödtonat hår.

– En stor ära, upprepar hon. Vi är glada för det stöd vår organisation fått från över hundra EU-parlamentariker, inte minst eftersom vår kongress utsatts för attacker från andra europeiska politiker, sådana som motsätter sig familjeinstitutionen. Familjen är som alla här vet den enda naturliga enheten.

Rösten spricker ibland, men det förstärker bara budskapet. Talaren vet att hon har den stora kongressalen med sig.

– På alla kontinenter, oavsett social eller ekonomisk bakgrund, är den förenade familjen centrum för social framgång och jordmånen för mänsklig tillväxt. Det är där vi lär oss sann frihet och ansvarstagande. Och här måste jag säga en annan viktig sak: det är i familjens sköte vi lär oss den oomtvistliga respekten för mänskligt liv, från befruktningsögonblicket till det sista andetaget.

Rösten har stegrats till tältmötesnivå och ekar mot väggarna.

– Mina damer och herrar! Härmed inviger jag *Femte världskongressen för familjer* och hoppas att den ska genomföras i ett varmt och sant familjärt klimat.

3500 åhörare applåderar entusiastiskt. I sin bänk långt bak

snyter Marek Domanski sig så tyst han kan. Sedan torkar han med en snabb rörelse bort de tårar som trängs i ögonvrårna.

– Jag är bara lite allergisk, förklarar han för sin undrande bänkgranne.

GDANSK, POLEN
FÖRRA VÅREN

TERESA NOWAK-DOMANSKA

KURATOR

KYRKANS HJÄLPCENTRUM

står det på dörren. Bebisen som kvinnan har på armen gnäller och den treårige pojken håller ett stadigt tag i mammans jeansficka. Han gråter inte längre. Aldrig mer.

Kvinnan drar fingrarna genom det smutsiga håret innan hon knackar på. Den här gången fick hon inte ens med sig en kam.

– Kom in!

Teresa Nowak-Domanska vet vad hon har att vänta sig. Det är inte första gången den unga kvinnan söker upp henne. Då, den första gången, var kvinnan barnlös och hade bara några få blåmärken. Teresa gav henne namnet till en bra präst i kyrkan och hoppades slippa möta henne igen.

Men våldet har accelererat sedan barnen kom och Teresa har tappat räkningen på hur många gånger hon träffat kvinnan. Förra gången tog hon med sig den lilla familjen till sjukhuset för att få den halvårsgamla flickan undersökt. Hon hade brutit armen, konstaterade röntgenundersökningen, och mamman försäkrade att det hade hänt när flickan råkat falla ner från ett bord. Det var bara hon, mamman, hemma. Nej, fadern arbetade då. Det var en olyckhändelse. Rena rama oturen. Den lille pojken, som vanligt aldrig mer än armlängds avstånd från sin mor, sa inget då heller. Teresa frågade inte. Borde hon ha gjort det?

– Hur är det, fru Anna? frågar Teresa med sin bästa kuratorsröst. Omtänksam utan att vara påflugen. Inkännande utan att vara nyfiken. Professionell, tänker hon i sina bättre stunder. Så förskräckligt trött jag är på mig själv, tänker hon andra dagar.

Nu sitter hon där igen, med Annas papper framför sig på skrivbordet och läsglasögonen på näsan. Anna har sjunkit ner på besöksstolen men säger inget.

– Vill ni ha en kopp kaffe?

– Kvinnan skakar på huvudet.

– Te?

En svårtydd huvudrörelse får kuratorn att bestämma sig.

– Jag vill gärna ha en kopp. Jag hämtar till både er och mig. Vill ni ha socker eller mjölk?

– Mjölk, viskar kvinnan. Hon är underligt hes.

Runt halsen har hon knutit en blommig sjalett. Vad har hänt den här gången?

– Hur är det? Teresa vänder sig mot pojken som står som en tennsoldat vid mammans stol. Han liknar någon hon känner.

– Vill du ha te? Eller ska jag försöka hitta lite saft?

Kanske nickar han. När Teresa reser sig för att gå ut i korridoren, bort till vattenkokaren i kollegans rum, väser kvinnan:

– Kan ni låsa dörren?

– Utifrån, menar ni?

– Ja, bara medan ni är borta.

När Teresa öppnar dörren flyttar pojken sig fram till fönstret. Teresas rum ligger på tredje våningen. Han lyfter snabbt undan gardinen, ställer sig på tå och tittar ut. Det verkar säkert. Han backar tillbaka till sin plats vid mammans sida.

Teresa skramlar lite extra med nyckelknippan när hon låser dörren utifrån.

WARSZAWA, POLEN
FÖRRA VÅREN

– Varför har vi då valt Warszawa för denna viktiga, världsomspännande kongress?

En ny talare har äntrat talarstolen. Den här gången är det en amerikansk man i mörkblå kostym och med Jungfru Maria i turkos och rosa på slipsen. Hans tal tolkas till polska av en ung flicka med beundran i blick.

– Jag vill gärna berätta för er hur vi resonerade vid planeringsmötet i Illinois i USA för två år sedan.

Mannen fortsätter, nu med predikantglöd i stämman.

– Europa är nästan förlorat! Förlorat till den demografiska vintern och till de sekulära människorna. Om Europa faller kommer världen att följa med. Även Polen är satt under press, förstås. Men Polen har räddat Europa förr. Hon kommer att kunna göra det igen.

Mannen tar en klunk vatten ur sitt glas och höjer volymen lite.

– Moder Polen kommer att rädda Europa igen, upprepar han. Jag talar om familjen och befolkningsfrågan. Europa är slagfältet för dessa frågor i början av det tjugoförsta århundradet och Polen är i centrum för vår strid. Alltså är det självklart för oss som kämpar för familjens rätt att vi håller vårt möte hos de modiga polackerna.

Marek Domanski sträcker på sig för att se lite bättre.

– Vad ska då denna kongress behandla? fortsätter talaren. Vårt mål är att byta fokus från att många, som nu, säger att ”familjen är ett hinder för utveckling” till att konstatera att ”familjen är den enda källan till social förnyelse”.

– Ja, ja, ja, mumlar publiken.

Marek retar sig på att han inte tog med sig ett anteckningsblock. Han behöver komma ihåg alla argumenten. Det känns så rätt, alltihop.

Mannen i talarstolen fortsätter.

– Vi måste sluta tala om överbefolkning och istället se att *under*befolkningen är den demografiska utmaningen för 2000-talet.

– Ja, ja, mumlar publiken, lite högre nu.

Marek faller in i den mässande bekräftelsen.

Talaren får höja rösten ytterligare för att höras.

– Vi måste gå från att uppskatta små familjer – eller till och med uppmuntra till barnlöshet – till att se den stora familjen som en speciell gåva.

Talaren som arbetat upp sig till ett crescendo sträcker ut armarna åt sidorna och låter huvudet falla, som i bön.

Publiken reser sig upp och applåderar. Marek också.

GDANSK, POLEN
FÖRRA VÅREN

– Ni måste anmäla honom!

Teresa är skakad, fast hon har sett och hört mycket i sitt långa socialarbetarliv.

Till sist hade hon fått Anna att berätta, och att ta bort den tunna scarf som täckte strypmärkena på halsen.

Men det värsta är ändå pojken.

Först hade han vägrat att ta av sig tröjan men när moderns hesa röst fick en ny skärpa, som fick Teresa att förstå att hon också knyter näven ibland, drog han långsamt av sig den randiga sweatshirten.

På ryggen syntes sju tydliga brännmärken. Av cigarretter, säger Anna. Vissa är äldre och har stelnat till ärr, andra är färska med stora brännblåsor.

Pappan brukar lägga pojken tvärs över sitt knä när han varit ”olydig”. Förr räckte det med en dask på rumpan, eller kanske några rapp med bältet, och det var helt okej och normalt, tycker hans mamma. Men det här är inte normalt. Hon börjar på allvar tro att mannen är sjuk. Han blir som galen ibland, säger hon.

– Dricker han mycket? frågar Teresa.

– Nej. Nästan inget alls. Det hade på något sätt varit lättare att förstå, säger Anna. Det här är mycket mer kontrollerat.

– Ni måste anmäla honom, upprepar Teresa. Han ska inte gå ute i samhället om han kan göra sådant här. Och absolut inte bo tillsammans med er. Polisen kommer att ta honom om ni anmäler.

Kvinnan tittar ner i knäet.

– Jag vågar inte.

Anna viskar, plågad av de skadade stämbanden.

– Då dödar han mig. Eller barnen. Kanske oss allihop. Vi är hans familj och hans egendom och vi ska respektera och lyda honom, säger han. För det står i Bibeln. Och det säger ju er präst också!

Det sista kommer utspottat, som en hes anklagelse.

Teresa tänker att den präst hon rekommenderat kanske är en varm och god människa, men i det här sammanhanget alltför bokstavstrogen. Om Anna verkligen berättat hur hon har det. Egentligen kan Teresa inte tro det. Då borde prästen ha reagerat.

Gud kan aldrig ha menat att någon ska lyda och respektera den som bränner sin familj med cigarretter. Påven gjorde det absolut inte.

– Vad vill ni göra då? frågar Teresa som återfått sin kuratorsröst och minns vad hon lärt sig: ”Fråga klienten själv vad hon/han vill. De egna lösningarna är nästan alltid de bästa.”

– Jag vill flytta från honom. Jag har en gammal skolkamrat som bor med sin familj i ett hus i Tatrasbergen. De har en liten fårfarm. Det är en väninna som han inte ens känner till och om jag kunde åka dit skulle han inte hitta mig. Jag vill flytta dit med barnen.

– Det förstår jag. Det verkar klokt.

– Men då måste jag skilja mig.

– Varför det?

Teresa värjer sig, som alltid när skilsmässor kommer på tal.

Att Anna måste komma ifrån sin livsfarlige man är helt klart. Men skilja sig? ”Vad Gud sammanfogat må människan icke åtskilja.” Teresa vet att det är så. Hon hör det varje söndag i kyrkan. Att Bibeln har rätt. Att påven visste vad han talade om. I Teresas skrivbordslåda ligger ett inplastat tummat citat av Johannes Paulus II:

”Mannen och kvinnan som inom ramen för ett giltigt ingånget äktenskap har samlevt äktenskapligt med varandra, är objektivt förenade med varandra på ett sätt som är oupplösligt annat än genom enderas död. Och därvidlag ändras ingenting av den omständigheten, att under tidens lopp endera eller kanske rent av båda upphör att vilja detta.”

Jacek …

Teresas hand trevar efter lådans handtag för att ta fram det inplastade citatet men hejdar sig. Hon känner på sig att Anna inte är mottaglig. Åtminstone inte just nu.

– Om han inte längre är min man, säger Anna, i kyrkans och samhällets och sina egna ögon, då först kommer han att släppa oss.

– För då kan han hitta någon annan att slå? frågar Teresa snabbt och kunde bitit sig i tungan. Men Anna reagerar inte.

– Just det, svarar hon lugnt med sin hesa röst och kramar den lille pojkens hand. Han står fortfarande rakryggad vid hennes stol och tittar inte upp.

Teresa orkar knappt möta kvinnans beslutsamma blick.

– Precis så, upprepar kvinnan. Det är vår enda räddning.

WARSZAWA, POLEN
FÖRRA VÅREN

Kaffet smakar som om det stått på plattan i timmar, men det är gratis. Marek uppskattar allt som är gratis. En sockerbit i plastmuggen så går drycken ner. Kanske behövs två bitar. Han sträcker sig mot sockerskålen när hans hand stöter ihop med en annan.

– I'm sorry.

Marek tittar upp, in i de lätt skelande ögonen hos en lång man i kostym.

– Visst, inga problem, svarar Marek och backar undan.

Han har läst engelska i skolan och tittat på tusentals amerikanska filmer, men därifrån till att konversera …

– Är du polack? frågar mannen och ställer sig intill Marek. Han har också tagit socker och rör i sin kaffekopp med en penna. Hans kostym är snygg och den ljusgrå skjortan uppknäppt i halsen. Det ser elegant ut.

Marek nickar.

– Ni är ett stolt folk med en imponerande historia, säger mannen och låter blicken glida förbi Marek, ut över trängseln i fikapausen. Ut över den polska folkmassan.

– Jag är glad över att vara här, fortsätter han och rör lite till i plastmuggen.

– Men ni är väl amerikan? frågar Marek.

– Tyvärr, ja.

– Är ni inte stolt över att vara amerikan?

– Skulle du vara det?

– Jaa. Marek tvekar lite. Jag tror det …

– Varför?

– Ni är ju världens enda stormakt, säger Marek och hör att han låter som en skolpojke. Han är ändå vuxen, han har gått på universitetet och borde kunna säga något smartare.

– Ni har ju hittat på en massa saker och landat på månen och så, fortsätter han generat. ”Hittat på” låter barnsligt, men han kommer inte ihåg vad ”uppfinna” heter på engelska.

– Ja, det är sant, men är det viktigt? frågar mannen retoriskt.

– Nej, kanske inte.

Marek känner sig dum fast mannens leende är vänligt. Han vill inte stå här och visa upp sin okunskap och sin dåliga engelska. Han tittar efter ett bord där han kan ställa ifrån sig det äckliga kaffet och sedan smita iväg. Men amerikanen ger sig inte.

– Ni har stoppat angrepp mot Europa förut.

– Menar ni slaget vid Wien? frågar Marek, uppriktigt imponerad.

– Ja, när var det?

– 1683.

– Och vad var det den polske kungen hette?

– Jan III Sobieski.

Här är Marek bergsäker. Inte för att han var särskilt bra på historia i skolan men under hans tid i *Hela Polens ungdom* har berättelsen upprepats gång efter gång. Berättelsen om hur den tappre polske kungen Jan Sobieski med sin heliga armé av kristna krigare kastade ut de turkiska inkräktarna. Hur Polen en gång för alla räddade Europa från att falla i de otrognas våld.

Amerikanen ser imponerad ut. Senare ska Marek inse att okunskapen är spelad. Hans amerikanske vän kan mer om den polska historien än Marek någonsin kunnat, men nu är Marek smickrad. På sin knaggliga engelska försöker han citera det meddelande Sobieski sände till påven i Rom efter segern: "I came, I saw and God won."

– Är du katolik? frågar amerikanen.

– Självklart. Är inte ni, undrar Marek, men tänker att det kanske skulle vara ohövligt att fråga.

– Jag har hört talas om JP2-generationen, säger mannen prövande med blicken fäst på Mareks ansikte. Att man säger JP2 istället för Johannes Paulus II. Tillhör du den generationen?

Marek tittar ner i sin kaffekopp. Han känner sig olustig. Mannen fortsätter snabbt:

– Nej, jag tycker inte heller det är så kul. De ungdomar som kallar sig så, något så respektlöst – vad vet de om kyrkan och tron? Som om påven skulle vara något nytt och snobbigt, som en MP3-spelare som man kan ha ett par månader och sedan byta till något annat …

Marek tittar upp och nickar häftigt. Respekt för påven och de äldre generationerna, den konservativa livsstilen, det har man talat mycket om på mötena med *Hela Polens ungdom*.

– Det är viktigt att visa respekt, understryker mannen.

Det låter bra. Amerikanen tänker bra. Den unge mannen sträcker på sig.

– Minns du mycket av påven? frågar utlänningen.

– Självklart!

– Har du läst mycket som han har skrivit?

– Ja.

Den här gången är svaret inte lika sanningsenligt. Visst har han läst en del, men inte alls så mycket som han borde. Som morfar har gjort, eller Karolina.

– Hur gammal var du när han dog?

Mareks tonfall blir högtidligt när han minns.

– Jag var 18 år. Det var en sorgens dag. Det tyckte alla polacker. Vi visste ju att han var gammal och sjuk, men jag tror att alla minns var de var och vad de gjorde när de fick veta.

– Och var var du?

– Hemma. Jag skulle precis gå och lägga mig. Det var någon som ringde och berättade och då satte morfar på radion som spelade sorgemusik. Jag bara la mig på sängen och stirrade i taket. Mamma och mina systrar grät hela natten. Morfar bad. Alla restauranger och biografer och barer i hela Polen stängde genast. Tidigt nästa morgon gick vi till kyrkan. Alla rymdes inte och det var blommor överallt. Alla grät. Jag också.

Marek förstår inte varför han pratar så mycket. Han brukar inte tala med främlingar, och det är svårt på engelska, men den här mannen är så uppmuntrande. Till och med hans undflyende öga lyser av intresse. Han nickar hela tiden och vill höra mer.

– Ja, jag har förstått att det var en svår dag, säger han allvarligt när Marek slutat.

– Vår största förlust, säger Marek högtidligt. Det låter bra. Rätt, liksom.

– Och hur gammal är du nu?

– 21.

– Vad heter du?

– Marek.

– Och i efternamn?

– Domanski.

– Vad gör du? Pluggar?

– Nja, just nu är jag ”between jobs”, som man säger.

Marek försöker låta säker och nonchalant, men tycker inte om vändningen som samtalet tagit. Egentligen är han arbetslös, och det har han varit alldeles för länge, men i sällskap med den trevlige amerikanen provar han de nya ord han lärt sig. ”Between jobs” låter bra. Lite tufft liksom. Det fungerar, för amerikanen nickar.

– Jag förstår.

Mannen tystnar och verkar ha slagits av en ny tanke.

– Jag funderar …

Marek tittar nyfiket medan mannen tar upp en liten almanacka ur innerfickan på sin kavaj och bläddrar i den. Hans fingrar är långa och naglarna välklippta. Marek drar i sin t-tröja som plötsligt känns urtvättad och sjaskig. Han önskar att han åtminstone tagit på sig en skjorta. Och gymnastikskorna är dammgrå.

– Har du en mobiltelefon? frågar amerikanen.

– Javisst.

– Vilket nummer?

Marek rabblar sitt nummer och väntar på en förklaring, men mannen antecknar bara nummer och namn och stoppar sedan tillbaka almanackan i innerfickan. Han klappar Marek farbroderligt på axeln.

– Vi kanske ses senare här, säger han. Och jag kanske ringer sedan.

– Okej.

Mannens rygg försvinner i vimlet och Marek inser att han inte ens vet vad amerikanen heter.

WLADYSLAWOWO, POLEN
IDAG, KL 21.20

Den stulna motorbåten guppar lätt i svallet från ett lastfartyg. Den är stor och har inga problem att frakta en uppblåst gummibåt. Åtminstone i ena riktningen, tänker mannen som står vid ratten med ett bistert leende. Och med lättare mänsklig last kommer reträtten att gå som en dans.

Han sänker kikaren och tittar på armbandsurets självlysande siffror: 21.20. Perfekt.

Han är svartklädd, och under den tunna overallens ben blänker ett par skor. Med gummisula, förstås. Inget slarv med detaljerna. Mannen är belåten.

Visserligen går inte allt enligt planerna, men när ödet spelar honom i händerna kan verkligheten till och med bli bättre än planen.

Planen var att båten skulle vara obemannad men när mannen i kikaren såg vem som gick ombord hade han inga invändningar. Han känner igen henne. Det passar honom utmärkt. Ibland kan Gud ge sin tjänare en andra chans.

Och även om kvinnan upptäcker att något är på gång kan hon knappast göra något åt saken. Han trycker på knappen för elstart och tuffar på lägsta möjliga varv ut mot det öppna havet.

Ellen rotar runt på bordet på jakt efter sin telefon. Informationsbroschyrer, anteckningsblock och plakat ligger i osorterade högar. Det var hyggligt städat när båten hade öppet hus under eftermiddagen, men när anspänningen var över gick luften ur alla aktivisterna. De drog iväg för att äta middag, prata och vila och lämnade röran efter sig. De får städa imorgon.

Ellen sniffar. Vad är det som luktar? I en hink hittar hon de lacknafteindränkta trasor som använts vid rengöringsförsöken. Kan sådana självantända? undrar hon och tänker att hon ska ta trasorna med sig och be vakten elda upp dem på asfalten.

En rödfärgssolkad t-shirt ligger på den väggfasta soffan. Tröjans budskap ”3 x JA” lyser emot henne. Det är de polska kvinnoaktivisternas slagord, en motsvarighet till Solidaritets kravlista ”21 x JA” under ockupationen av Leninvarvet 1980. Men nu handlar det om andra krav, och många av de gamla Solidaritetskämparna har blivit de starkaste motståndarna.

Gubbar, fnyser Ellen. Och påvar!

SOLNA, SVERIGE
FÖRRA VÅREN

– Välkommen hem!

Björn håller upp dörren och ger sin fru en stödjande arm. Ellen vacklar in och sjunker ner på pallen i hallen. Den alldeles nye sonen snusar i sin babylift och Nadja är för ovanlighetens skull tyst. Björn stänger dörren och drar försiktigt i Ellens jackärm för att hjälpa henne av med ytterkläderna. Ellen är kallsvettig och mycket trött.

– Vill du gå och vila? frågar Björn.

– Sedan. Men först vill jag titta hur fint du gjort.

Med Björn vid armen vacklar Ellen runt i lägenheten, tittar först på hur fint Nadja städat i sitt rum och beundrar sedan det ljusblå bebis-hörnet i sovrummet. Förvånad konstaterar hon att skötbordet faktiskt fick plats bredvid byrån, som Björn sagt. Men diskat frukostdisken har han inte gjort …

När Ellen sjunker ner i soffan i vardagsrummet känner hon sig illamående av utmattning.

– Du måste nog sova en stund, säger Björn osäkert.

– Ja, viskar hon och försöker sig på ett leende. Jag tror det. En liten stund.

– Då kan jag sköta om lillebror, försäkrar Nadja.

– Det kan du säkert, säger Björn och klappar sin dotter på

det lockiga huvudet. Men nu måste jag få träna också, förstår du. Du har ju haft så många bebisar att sköta när du var mindre, men jag har inte haft en enda förut. Jag har ju inte ens några syskon. Så du måste hjälpa mig, Nadja.

Nadja sträcker på sin sexåriga rygg och tar sin adoptivpappa i handen.

– Det ordnar vi, du och jag, pappa, säger flickan.

Nadjas första barndomsår i Zambia med många större och mindre syskon och kusiner har gett henne ett självklart handlag. Om hon fortfarande hetat Hope och bott kvar i sin afrikanska by hade hon haft ansvar för både ett och två småsyskon och alltid burit ett på ryggen. Nu blev det inte så. Nadjas båda föräldrar dog med bara något halvårs mellanrum i aids och flickan och hennes syskon fick flytta över till faster Blessing, som redan hade en annan föräldralös kull syskonbarn hos sig.

Ellen, som arbetat tillsammans med Blessing i Afrika, erbjöd sig att betala för flickans skolgång, men när Blessing blev arbetslös och Nadja skulle tvingas flytta igen bestämde Ellen sig för att adoptera flickan.

– Så här gör man, förstår du pappa, säger Nadja lillgammalt, sätter sig på knä och och börjar veckla upp babyfilten.

Ellen ler svagt när hon stänger sovrumsdörren efter sig.

GDANSK, POLEN
FÖRRA VÅREN

– Hej!

Agata Domanska smäller igen lägenhetsdörren efter sig. Ryggsäcken knuffar ner en jacka från hängaren i den trånga hallen. Skohögen står i vägen, som vanligt.

– Hej, svarar Teresa från köket. Bra att du kom. Du måste gå och handla lite.

– Okej mamma, säger Agata med en suck och går in i det rum hon delar med sin syster. Ryggsäcken studsar på den mjuka sängen. Jackan behåller hon på.

– Räcker det om jag går ner till Delikatessen? frågar hon från hallen.

– Ja, det gör det. Det enda jag saknar är katrinplommon. Jo, förresten – ättika också.

– Vad ska du laga?

– Bigos. Och så ska jag lägga in sill. Filéerna är urvattnade nu. Sillen är till morfar, du vet.

– Och till vodkan, småler Agata, men hennes leende är snällt. Agata går in i köket där Teresa ligger på knä och baxar ut den största gjutjärnsgrytan, den som hon ärvt efter sin mor och som bor längst in i underskåpet.

– Varför gör du bigos?

– Karolina ska ju ge sig iväg i övermorgon, och i nästa vecka fyller Marek år. Jag tänkte vi kunde slå ihop alltihop och bjuda hit pappa också. Det var länge sedan hela familjen var samlad.

– Izabela också? frågar Agata med ett retsamt leende. Hennes mamma mulnar.

– Nej, det tänkte jag inte. Hon hör inte till vår familj.

Men man får nämna hennes namn, tänker Agata. Ett framsteg, trots allt.

Teresa kramar vätskan ur surkålen så att den rinner ner i en bunke. Hon ställer in bunken i kylskåpet. Kålsaften behövs vid avsmakningen. Det färska vitkålshuvudet angriper hon med sin vassaste kniv.

– Hur många plommon? frågar Agata.

– Jag behöver ungefär femton nu, men det gör inget om det blir över. Plommon är bra för morfars mage.

– Ättika då? Ska jag tömma butiken?

Agata skrattar och rabblar ”ättika, ättika, ättika – inget annat än ättika”. Det är ett familjeskämt som knappast är unikt. Snarare är ramsan ett kollektivt polskt minne från det eländiga 80-talet när affärerna var praktiskt taget tomma. Det enda som alltid fanns på de glesa hyllorna var senap – och ättika.

– En flaska räcker.

Nu ler även Teresa.

– Har du pengar? frågar Teresa.

– Ja, det tror jag.

Agata hämtar plånboken i sin ryggsäck på sängen och räknar slantarna.

– Det ordnar jag, konstaterar hon. Ett litet bidrag till hushållet. Ättika är ju så viktigt.

Ett litet gemensamt skratt.

– Oroa dig inte för pengarna, säger mamman och rufsar till

Agatas blonda hår. Det viktigaste är att det går bra för dig i skolan. Tids nog får du nog försörja mig.

Morfar Andrzej Nowak kommer på stela ben ut i köket från sitt och dottersonens rum. Han griper tag i stolkarmen och vänder sig mot Agata.

– Hur har du haft det idag?

Den gamle mannens röst är hes. Han har sovit och behöver prata igång stämbanden.

Agata svarar inte. Hon sticker ner plånboken i jackfickan.

Andrzej vänder sig till sin dotter.

– Har vi något kaffe?

– Jag ska sätta på, svarar Teresa snabbt och torkar av händerna på en kökshandduk. Det är klart om några minuter.

– Nå, hur har du haft det Agata, frågar morfadern igen när han med viss möda satt sig på köksstolen. Hur går det med studierna?

– Bra, tack, svarar dotterdottern med ryggen emot honom när hon försvinner ut i hallen.

– Tänk att hon aldrig vill berätta, klagar Andrzej när ytterdörren smällt igen.

– Hon kanske tycker att du tjatar, säger Teresa.

– Berättar hon något för dig, då?

– Nej, inte mycket.

– Då är det mycket enklare med Marek, säger Andrzej Nowak. Det är till och med lättare med Karolina, fast hon är född till mussla. Karolina är blyg, men det är inte Agata. Agata är hemlig. Det tycker jag är värre. Ungdomar ska inte ha hemligheter för sina föräldrar.

– Ja, ja. Hade du aldrig några hemligheter?

– Nej, det behövde jag inte, för jag visste vad som gällde och lyssnade till Guds röst. Den där flickan går ju knappt i mässan ens. Annat var det på min tid. Och på din.

Teresa lyssnar med ett halvt öra medan hon sätter på kaffepannan och ställer fram en kopp till fadern. Sedan hackar hon kål, mäter upp en halv liter vatten som hon häller i grytan. Saltar och pepprar. Fyra matskedar tomatpuré och två lagerblad. Gaslågan fräser till och grytan är på plats.

– Vad lagar du? undrar morfadern.

– Bigos.

– Härligt!

Morfadern ler och löständerna glappar lite.

– När ska vi äta den?

– I övermorgon. Karolina ska ju åka och jag tänkte att vi skulle fira Mareks födelsedag i samma veva.

– Ska Jacek komma då?

– Jag hoppas det. Jag har inte pratat med honom men jag hoppas det ska gå bra. Om han inte måste jobba.

Andrzej Nowak säger inget. Han både vill och inte vill att svärsonen ska komma. Han bankar lätt med kaffekoppen i bordet. Teresa förstår. Hon serverar kaffet. När fadern med en irriterad gest markerar att sockerskålen står för långt bort, på fönsterbrädan, hämtar hon den.

– Vad har du gjort idag då? frågar Teresa för att slippa prata själv. Köttet har hon stekt tillsammans med korven. Nu häller hon ner alltihop i grytan och sätter på den andra plattan för att koka den blötlagda svampen i blötläggningsvattnet.

– Jag har läst påvens skrifter och bett. Och lyssnat lite på radio. Sedan slumrade jag till en stund, tror jag.

– Lyssnar du på *Radio Maryja*?

– Ibland, när det är mässa och så.

– Hörde du något om den där kongressen som Marek är på?

– Lite.

– Hur verkar det då?

Hon lyfter blicken från spisen och tittar undrande på sin pappa. Sonens plötsligt påkomna Warszawaresa oroar henne lite, inte bara för kostnadens skull.

– Jodå. Det är väl bra att folk kommer från hela världen för att arbeta för familjen och Guds vilja, här hos oss. Det skulle HAN ha tyckt om.

Andrzej kastar en blick mot den bild av Johannes Paulus II som hänger inramad på köksväggen. Det är ett helfigursfoto, taget innan påvens rygg kroknade. Han bär den höga mitran, en grön mozzetta och korsstaven, allt mot en svepande rosa bakgrund. Det är det porträtt som Teresa tycker bäst om. Färgglatt och ungdomligt.

– Ja, det tror jag, instämmer Teresa medan hon häller på en skvätt rödvin som hon sparat längst in i skafferiet. Det här ska bli en extra fin bigos.

– Det skulle han ha tyckt om.

Ett nytt knackande med kaffekoppen mot bordet, Teresa lyder och serverar påtår.

Kålgrytan har kokat upp och en stark doft sprider sig i det lilla köket. Teresa lyfter på spetsgardinen och öppnar köksfönstret.

– Fy, vad det luktar! säger Agata när hon dänger plommonpåsen och ättiksflaskan i bordet. Hon håller demonstrativt för näsan medan hon ger sin mamma en liten kram. Sedan skyndar hon sig mot sitt och systerns rum.

– Jag måste plugga.

Sovrumsdörren smäller igen samtidigt som telefonen ringer. Teresa svarar.

– Hej Anna. Var är ni, säger ni? På akutmottagningen? Men hur är det!? Ta det lugnt. Jag kommer.

Teresa drar på sig kappan på väg tillbaka in i köket.

– Ska du gå? gnäller hennes pappa. Vad ska vi äta då?

– Jag är nog hemma snart, svarar Teresa och kastar ner en näve plommon i grytan utan att räkna dem. Hon dämpar spisvärmen, lägger på locket, knäpper kappan, sticker in huvudet i döttrarnas rum och beordrar:

– Häll på mer vatten i grytan då och då och kolla att det inte bränner fast. Och lägg i svampen när den är klar. Det kan du förresten göra nu. Om två timmar ska grytan tas av, om jag inte har kommit hem.

Agatas grymtande om att ”morfar väl kan göra något, han sitter ju bara där” låtsas hon inte höra.

– Och det finns rödbetssoppa i en skål i kylen till middag. Den är bara att värma. Hej då!

WARSZAWA, POLEN
FÖRRA VÅREN

– Vi brukar säga att sanningen ska göra oss fria, säger nästa föreläsare, en tjock kvinna i åtsittande tröja med ljusa slingor i håret.

Enligt programmet är hon filosofie doktor och arbetar åt något institut i USA. Tolken översätter.

– Man kan också säga att falskhet och myter förstör. Jag ska ge några exempel.

Marek har flyttat framåt i kongressalen. Några platser mitt i lokalen var tomma och han återvände tidigt efter fikapausen och placerade sig mitt i folkhavet. En hög broschyrer om Den heliga familjen låg på borden i entréhallen och han tog några. Han har lånat en penna av en kamrat för att anteckna på baksidan.

Egentligen tycker han bättre om manliga föreläsare, manliga polska föreläsare, men det här låter spännande.

– De människor som Hitler förförde med sitt tal om ”arier” var inte dumma – men de blev offer för en mytbildning. Lenin och Stalin påstod sig arbeta för folkets bästa. Hur det gick vet vi alla, och inte minst ni polacker. Detta leder oss till slutsatsen att falskhet och mytbildning leder till slaveri och död. Håller ni med?

Församlingen väntar på tolkens översättning men sedan nickar Marek, precis som alla andra huvuden framför honom.

– Idag har vi att bekämpa en av historiens värsta myter – myten om feminismen.

Feminismen? Marek är inte säker på att han förstår. Det är inget vackert ord, det vet han, men riktigt vad det står för vet han inte.

Men föreläsaren kan berätta:

– Vad står feminismen för? Jag ska bara ge några exempel. Det första är kravet på abort på beställning. Jag behöver inte säga mer. Ett annat exempel är offentligt organiserad barnomsorg. Detta när vi som deltar i denna kongress *vet* att forskningen överväldigande bevisat att många timmar på daghem är en utstuderad form av barnmisshandel. Men den forskningen kommer aldrig fram, eftersom feministerna har makt över media.

Talaren fnyser i mikrofonen för att markera sin upprördhet.

– Sedan allt tal om att ”far” och ”mor” bara är ord utan betydelse. Att vem som helst kan ta hand om barn, män lika väl som kvinnor, biologiska föräldrar eller ej. Det leder mig över till den anti-maskulina argumentation som numera till och med drivs av Förenta Nationerna. Att pojkar bör tränas för att bli mer ”känsliga” och mindre ”aggressiva”. Att karaktäristika som beskrivs som ”manliga” är mindre önskvärda.

De markerade citattecknen förstärks av ett ironiskt tonfall.

– Dessvärre kommer jag från ett land där feministerna styr, fortsätter kvinnan. Därför är jag tacksam över att få träffa er. Ni har rest er från det kommunistiska förtrycket, skakat av er feministerna och fattat kloka beslut i fråga om aborter, homosexualitet och annat i ordets sanna bemärkelse livsviktigt – för mänsklighetens och civilisationens överlevnad.

Marek har antecknat flitigt men funderar lite. När det gäller aborter och homosexualitet håller han naturligtvis med och att det är kvinnan som ska ta hand om barnen är självklart. Men hur har hon gjort själv, den tjocka doktorn där framme? Hur har hon kunnat bli doktor på det där institutet om hon samtidigt har tagit hand om sina barn? Hon kanske inte har några barn. Men är det i så fall bra? Om man är nunna, eller präst, eller påve har man ju vigt sitt liv åt Kristus. Men den här doktorn? Har hon vigt sitt liv åt institutet? Är det i så fall rätt? Måste inte vi kristna föda *fler* barn om det ska bli någon ordning?

Mer hinner han inte tänka förrän en power point-presentation kräver hans fulla koncentration. På den vita skärmen läser Marek:

> FRÅNVARANDE FÄDER
> Pojkar 12–22 år som växt upp utan en far i hemmet löper 300 gånger större risk att hamna i kriminalitet eller andra sociala problem jämfört med pojkar med närvarande fäder. Att växa upp utan far är den enskilt största riskfaktorn, större än etniskt ursprung, fattigdom eller religion.
>
> Flickor som förlorar sin far före sex års ålder löper fem gånger större risk att bli promiskuösa tonåringar, jämfört med dem som levt med sin far tills de fyllt sex. De flickor som förlorat sin far efter sex års ålder löper dubbelt så stor risk att bli promiskuösa.

Marek är inte helt säker på vad ”promiskuösa” betyder, men han känner sig träffad. Doktorn får massor av applåder, och Mareks broschyr är alldeles fullklottrad. Omtumlad lämnar han kongresshallen.

Då ringer mobiltelefonen.

GDANSK, POLEN
FÖRRA VÅREN

Karolina tar den näst sista trappan i tre långa steg.

På trappavsatsen, under ett öppet fönster, står mormors gamla järngryta med locket på. Bigos, tänker hon med ett leende. Mamma vill ordna en fest. Hon är för gullig. Mamma skulle så gärna gå med på pilgrimsvandringen själv, men någon måste ju ta hand om morfar.

Ovanför lägenhetsdörren står det, antecknat med krita: K+M+B+2008.

Det är ett bevis för att prästen besökt lägenheten och välsignat dem som bor i den. Karolina gör ett snabbt korstecken. Hon har sedan söndagsskolan vetat att bokstäverna KMB står för Kaspar, Melchior och Balthasar, de tre heliga konungarna som kom med gåvor vid Jesu födelse, men under lediga stunder i bokhandeln har hon hunnit läsa mycket mer. Karolina är glad för att hon hoppade av universitetet och fick möjlighet att studera det som verkligen intresserar henne; Guds ord och Jesu liv.

Men nu har hon bråttom. Chefen bad henne att stanna kvar efter stängningsdags för att skylta om i fönstret. Några nya tavlor hade kommit in. De föreställer den helige Fadern och den svarta Madonnan och bilderna är inte nya, men större, och ramarna är mer påkostade. Polackerna har fått mer pengar och då vill de uppdatera bilderna på sina väggar, självklart.

Karolina lydde fast hon var irriterad. Bokhandlaren vet att hon måste hem och packa. Avfärden är tidigt i övermorgon och hon kommer inte att ha mycket tid innan dess. Kunde han då inte låta henne gå eller få sköta omskyltningen på arbetstid imorgon?

Hon svalde irritationen och tänkte att det var en prövning. Uppoffringar kommer att krävas, det är hon helt klar över. Hela pilgrimsvandringen kommer att bli en prövning. Under den mest intensiva pilgrimssäsongen kan över 30 000 pilgrimer vara ute på vägarna samtidigt, har hon läst. Ibland finns det inte ens vatten att tvätta sig i för dem som kommer sist till härbärgena. Och många gamla människor med käpp vandrar för att hedra den svarta Madonnan. Hon ska inte vara den som klagar. Hon är glad.

– Hej! ropar hon in mot köket där morfadern som vanligt sitter på sin stol. Är inte mamma hemma?

– Nej, hon har inte kommit än. Jag vet inte var hon är. Karolina hör att morfadern är arg, men hon tänker inte låta sig påverkas.

– Vill du ha något? frågar hon. Kaffe?

– Ja tack. Det vore gott. Och min säng är inte bäddad.

– Visst, säger Karolina med en suck. Hon sätter på kaffepannan, ställer fram en kopp på bordet och går in i det lilla sovrum som morfadern delar med Marek. Mattan mellan sängarna har fått ett veck. Det är farligt, morfar kan snava. Karolina lyfter på nattygsbordet och rättar till mattan.

På väggen ovanför morfaderns säng hänger den lilla hållaren med de tre flaggorna: den röd-vita polska, påvens flagga i vitt och gult och Jungfru Marias i vitt och ljusblått.

Karolina undrar om flaggorna kommer att finnas med under

hennes vandring. Hon hoppas det. Hon tycker om flaggor.

Med några snabba ryck drar hon till morfaderns lakan, viker ihop pyjamasen och lägger det blommiga överkastet på plats.

Mareks säng är slarvigt bäddad. Hon struntar i att göra om bäddningen men slätar till överkastet.

Över Mareks säng sitter en affisch från filmen Gudfadern. Den har suttit där i många år. Karolina tror att Marek hellre skulle ha satt upp några lättklädda kvinnliga rockstjärnor men att morfadern aldrig skulle acceptera det.

Hon är lika glad för det. Morfar och Karolina är överens om det mesta. Marek också. Och mamma. Det är Agata som är problemet. Och pappa, förstås.

På morfars nattygsbord ligger den skinnklädda bibeln bredvid ett tummat exemplar av Johannes Paulus II:s *Kärlek och ansvar*. Bokmärken i form av madonnabilder sticker ut på flera ställen. Karolina blir nyfiken och lyfter upp boken när hon hör knackandet. Morfar slår koppen i köksbordet som en signal. Kaffet är klart och han anser att det bör serveras. Karolina smeker sin påvemedaljong och gör korstecknet när hon passerar krucifixet ovanför dörren.

– Jag kommer.

***

Teresa tittar på klockan en gång till. Hon borde ringa hem och be någon av flickorna ordna med middagsmaten. Men egentligen måste hon skynda sig hem själv, till andra dagens insats i bigos-grytan, och så sitter hon här istället, bokstavligt talat mitt i en sophög, med två små barn i knäet.

Det var en av prästerna i Birgitta-kyrkan som ringde strax innan hon skulle gå hem. Han var orolig. Vid eftermiddagens bikt hade en kvinna kommit och berättat om sin dotters alkoholism och sin egen vånda över de misshandlade barnbarnen. Hon hade inte bett om biktens diskretion, utan om hjälp.

Själv klarade kvinnan inte av situationen. Dottern hade kastat ut henne, oklart för vilken gång i ordningen. Mormodern hade försökt få med sig barnen, treåriga tvillingflickor, men misslyckats. Flickorna klamrade sig fast vid sin berusade mamma som hotade mormodern med kniv.

– Polisen? Nej, aldrig. Då tar de säkert barnen ifrån henne och det klarar hon aldrig, hade den storgråtande kvinnan i biktstolen sagt.

Mormodern var visserligen inte helt nykter själv men prästen bedömde att hon talade sanning.

Något måste göras. Kyrkans egen kurator verkade vara den enda möjligheten. Teresa Nowak- Domanska.

Dörren var inte låst och Teresa klev in när ingen svarade på hennes knackningar. Stanken som slog emot henne var bedövande. Rutten mat, urin, avföring och i botten en dov lukt av inpyrd ölhall. I sängen med de smutsiga lakanen halvlåg en kvinna, endast klädd i en grådaskig behå och trasiga svarta spetstrosor. Hennes buk var uppsvälld med naveln som en markerad knapp. I sjunde eller åttonde månaden, trodde Teresa. Kvinnan själv var väl inte mer än 20 år. Hon hade en cigarrett i mungipan och ölflaskan inom bekvämt räckhåll.

I soporna på golvet, farligt nära ett glödande värmeelement, lekte två lortiga tvillingflickor. De var nakna och båda hade såriga stjärtar med inkletat bajs. Med stora glansiga ögon tittade de på besökaren. Teresa klev snabbt fram och drog ur elsladden till det heta elementet.

– Vad vill du? frågade kvinnan släpigt. Vem är du?

– Jag heter Teresa. Jag kommer från kyrkan.

– Varför det?

– Jag tror att du behöver lite hjälp.

– Ja, kan du gå ut och handla ett paket cigg? Det vore bra. Kvinnans leende var fräckt och flera tänder i överkäken fattades.

– Det var inte det jag menade, sa Teresa och ansträngde sig att inte låta sin upprördhet märkas. Jag tror flickorna behöver lite mat. Och rena kläder. När åt ni sist?

– Jag minns inte, sa kvinnan, lite mindre uppkäftigt. Det var väl inte så länge sen.

Teresa närmade sig flickorna som förskräckt backade undan. Istället banade hon väg fram till badrummet som var lika grisigt som resten av lägenheten. I badkaret låg en hög med kläder i blöt. De måste ha legat länge för vattenytan hade antagit en grönskimrande ton. Men vattenkranen fungerade i alla fall. Teresa spolade rent i handfatet och fyllde det med ljummet vatten. Halvvägs under badkaret hittade hon en sprucken tvål.

– Jag måste tvätta av flickorna, sa hon med myndig röst till kvinnan som nu tappat sin trotsighet. Vet du om det finns några rena kläder?

– Kanske i den där påsen, sa kvinnan och viftade slött med handen bort mot ett hörn.

När Teresa tittade upp, med två urtvättade men rena klänningar i handen, rann tårarna nerför kvinnans kinder.

– Jag ville aldrig ha dom där jävla ungarna, snörvlade hon. Fattar du det!? Jag ville aldrig ha dom! Och inte den här skitungen heller. Hon slog hårt med handflatan mot den gravida magen. Fattar du det? Jag visste att jag inte kunde ta hand om dom. Jag visste det!

Flickorna tittade upp mot mamman i sängen och protesterade inte när Teresa klämde fast dem under var sin arm och bar ut dem i badrummet. Knäpp tysta accepterade de att bli tvättade och ombytta. När Teresa frågade om de behövde kissa nickade den ena av flickorna. Teresa höll den lilla tunna kroppen en bit över den smutsiga toalettstolen och lyckades hitta lite toalettpapper att torka henne med.

Och nu sitter hon här, på en pinnstol med en treåring på varje knä och en stortjutande kvinna framför sig. Hon tittar på klockan och längtar hem till sitt kålkok.

– Det här går inte, säger Teresa. Det förstår du väl?

– Jaaa, snörvlar mamman. Det var ju det jag sa, hela tiden.

– Vem sa du det till?

– Morsan, och alla andra. Jag gick till tre doktorer men alla vägrade hjälpa mig. Jag var ju ung och stark, sa dom. Stark var jag inte alls, och det berättade jag. Och så sa dom att jag kom för sent. Men det var ju för att dom vägrade ta emot mig först.

Kvinnan låter mer arg än ledsen nu, men gråten är sönderhackad och hon torkar av snuva på armen.

– Diskuterade ni inte adoption?

– Nej, eller kanske. Jo, det var nån som sa nåt om det, men jag ville inte. Inte då. Jag tänkte att ska jag måsta bära ungen i nio månader kan jag väl lika gärna behålla den sen. Då visste jag ju inte att dom var två. Och sen sa morsan att hon skulle hjälpa mig. Hon! Som om hon skulle vara till nån hjälp! Hon är likadan själv, fast hon dricker vodka när jag dricker öl. Så hon blir ännu fullare.

– Har du någon annan släkting som skulle kunna hjälpa till?

– Tror du att jag satt här i så fall!?

Kvinnan gör en uppgiven gest med händerna och Teresa kastar en blick på förödelsen och smutsen. Antagligen inte.

– Vem är barnens far?

– Inte fan vet jag. Med tjejerna har jag ingen aning alls men med den här, hon klappar sig lite mer försiktigt på magen, tror jag att jag vet. Men det gör ingenting bättre. Han är en skitstövel. Dessutom knarkar han. Skit i honom!

Hon skakar det tomma cigarrettpaketet och sträcker sig sedan efter ölflaskan.

– Jag måste anmäla det här, förstår du, säger Teresa, om vi inte kan hitta någon som kan ta hand om flickorna tills du kommit i bättre ordning. Och med det nya barnet skulle jag nog rekommendera adoption.

Nu händer något. Kvinnan sätter sig plötsligt upp och skyler sin kropp med det smutsiga vaddtäcket. Hon ser nästan nykter ut.

– Kommer inte du från kyrkan, sa du? säger hon med hård röst och torkar bort tårarna med baksidan av den smutsiga handen. Resultatet blir en gråstrimmig kind.

– Jo, medger Teresa.

– Då vet du väl att en mor är det bästa för sitt barn? Madonnan och barnet och allt det där.

Teresa kan inte avgöra om kvinnan är ironisk. Hon sluddrar i alla fall inte längre.

– Tjaa …

– Jag ska fixa det här!

Kvinnan sparkar till vaddtäcket så att det täcker skräpet vid hennes fötter. Hon klämmer fast överdelen av täcket under armhålorna så att hon nästan ser påklädd ut. De smutsiga händerna knäpper hon över sin stora mage.

– Dom här ungarna är mina, säger hon bestämt. Du kan ringa till min präktiga svägerska. Hon får ställa upp ett litet tag tills jag grejat alltihop. Har du en telefon? Min är avstängd.

De tysta flickorna glider ner på golvet när Teresa börjar leta i sin väska efter mobilen.

Svägerskan som svarar låter inte snäll.

STOCKHOLM, SVERIGE FÖR 40 ÅR SEDAN

Stockholm den 30 maj 1968
Hejsan hoppsan i Nordanlandet!

Här kommer Rapport Nummer Ett från den utflugna. Rälsbussen krängde så jag spillde kaffe över hela kappan (DEN NYA!!!!) å på tåget fick jag inte en blund i ögona.

Rummet är ganska litet med högt i tak å ligger inne på gården i ett eländigt stenhus på Södermalm, eller Söödär, som dom säjer här. Det är bergis fyra meter till taket, å det känns lite taskigt att inte kunna utnyttja det när golvytan är så liten. Rummet skulle tammetusan bli mycket större om man kunde vicka ikull det. I alla fall har jag kastat upp lite affischer på väggarna.

En enda liten toa å massor av folk som hyr med rivningskontrakt. Så det är billigt å möjligt att hyra för tre månader. TRE MÅNADER! Fattar du det!? I tre månader ska jag vara borta, från dej å Stickan å jobbet å alltihop.

Jag bor centralt, det säjer alla, men det verkar ta minst en halvtimme vareviga gång man ska förflytta sig här i Stockholm. Tunnelbanan är bra men när jag kommer upp ur underjorden vet jag aldrig vart jag ska. Min inbyggda kompass, som funkar så bra i hjortronlandet (minns du när vi gick vilse å blev SÅ SKRAJA på Flakamyren innan jag plötsligt VISSTE vart vi skulle?), blir alldeles vimsig av att gå upp å ner i källaren.

Jag har en liten kokplatta i rummet men får diska på toan. Där ska man förresten tvätta (den fläckiga kappan) å duscha åxå. Man lägger igen toalocket å sätter på duschen som sitter på väggen. Jag vet inget om badrum å fukt å sånt men det luktar mögel.

Det har varit upprop på kursen. Det verkar spännande. Vi är 15 elever, de flesta tjejer. Jag har inte pratat med så många men en av dem verkar åxå jobba i bokhandel.

Å – nu ska du få höra för nu kommer nåt spännande – en av killarna är NEGER! Svart som natten, rytmen i blodet, you-name-it! När jag tänker efter inser jag att jag inte sett så många negrer i levande livet. Det var nån missionär som var i Filadelfiakyrkan å fick komma till vår klass å prata om Kongo. Minns du?

Men den här negern kommer från Amerika. Han har kommit för att slippa åka till Vietnam, tror jag. Han pratar mest amärikkan inglish men försöker lära sig swidish. För nu vill han bli svensk bokbindare! Knäppt!

Jag har fått ett vykort från Stickan. Det verkar trist i Boden men han har aldrig varit mycket för att skriva långa brev, Stickan.

Då är det roligare att få brev från dig. Skriv å berätta! Hur går det på jobbet? Nya killar på gång?

Jag måste sluta nu. Ska sätta mig med böckerna å sen måste jag ut å handla lite mat. Jag har inget kylskåp men än så länge är det kallare ute än inne så jag hänger ut en kasse med mjölk å sånt utanför fönstret. Tänk att Stockholm är så gammaldags!

Det vore roligt om du var här.

Men jag får rycka upp mig å vara glad åt att jag i alla fall kom iväg!

Å att Stickan inte bråkar.

DU SKA FÄLL HÄLLSA ALLA JA KÄNNER SÅ VÄLLDITT MYKKE!

Misse

Stockholm 5 juni 1968

Gullgumma! Liebling!

Du anar inte hur jag glad blev över böckerna. Jag har läst ut allt jag hade med mig å tycker inte jag har råd att köpa nya böcker. Å jag vet inte om man kan få låna böcker på bibblan här om man inte bor här. Fast det ska jag ta reda på.

Kursen går bra, än så länge. Vår lärarinna säjer att vi ska kallar henne ”Fru Markström” fast hon inte kan vara mer än 30 (fjompigt). Hon tar i så att livstycket nästan spricker å säjer att jag är ”en begåvning”. Noggrann å stilsäker, säjer hon. Jag rodnar ju så lätt, det vet du, så jag känner mig som en svettig tomat när hon kommer förbi å berömmer. Om några veckor blir det mer teori, om papperskvaliteter å konserveringsmetoder å sånt. Då kommer hon att få se att det är alldeles för länge sen jag pluggade.

Det är ensamt, det tycker jag. Jag går hem direkt efter kursen å kokar makaroner å steker korv på min platta.

Vikken tur att jag tog med mig transistorn! Robban Broberg är verkligen söt. Å trots sentimentaliteten gillar jag "All I had to do is dream" med Bobby Nånting å Nån. Den biten går att passa in på en massa tillfällen å personer.

Men – back to business: Kerstin, hon som åxå jobbar på en bokhandel, har visat sig va en riktig mallgroda. Hennes bokhandel är berömd, säjer hon, å den ligger i Malmö.

Jag har då aldrig hört talas om den.

Du ville veta mer om negern … Jo, jag har pratat rätt mycket med honom. Min engelska är ungefär lika uschlig som hans svenska men vi gissar å viftar med händerna. Han känner sig nog åxå ensam. Han heter Milton å kommer från sunny California. Han hade blivit uttagen för att åka till Vietnam men det ville han för Livet å Pinan inte. Dels hade han en kusin som blev dödad där i förrfjol, dels tror han inte på det förbannade kriget. Så sa han. Å då åkte han hit.

Fast varför han vill bli bokbindare fattar jag fortfarande inte.

Lena!

Sa jag att han är snygg?

Lång å smal å svart (förstås!)

Han verkar ha gott om pengar för han har velat bjuda mig på restaurang, en kinesisk med röda lyktor å så som ligger bredvid kurslokalen. Jag tackade nej, för jag är ju gift å så, men på ett sätt hade det varit roligt. Jag har inte varit på restaurang så ofta, å aldrig på en kinesisk. Undrar om man kan äta den maten.

Stickan bor i fält – i tält (när snön har smält, å bössan smällt, å ingen gnällt … – jag saknar dej att skoja med!). Repmånader är väl aldrig roliga å nu när han blivit reservare verkar det tuffare än vanligt. Men han är ju så plikttrogen å ordentlig, Stickan. Vi pratade i telefon häromdan. Jag ringde från en automat till nåt militärkontor. Han sa att han sakna mig å det kanske var sant. Det var fasligt länge sen vi sågs, känns det som, å då är det bara två veckor. Vad tror du det betyder?

Det tutar hela tiden på gatan å jag vaknar varje gång en polisbil eller ambulans dånar förbi. Det gör inte dom som bor här jämt. Dom vet ju att dom inte känner dom som ska hämtas. Jag har väl inte vant mig av med att tro att jag känner alla, som vi gör hemma.

Hälsa Maggan och din mamma. Lycka till med den där nye Lars-Olof, om det verkar bra.

Till nästa gång: Take it easy! Bevara hoppet! Try to be happy! En hård kram!

Misse

Stockholm den 8 juni kl 23.30

Goddag goddag!

Det till synes illa valda hälsningsordet (med tanke på tidpunkten) beror på att jag vaknade först efter lunch. Natten blev nämligen sen …

Det var Kerstin, mallgrodan du vet, som hade bestämt att klassen måste ha ett "inkilningskalas". Hon bor inneboende hos nån släkting i en villa i Huddinge, å hon skulle greja kycklingsallad, sa hon, om vi tog med vin. Vi kunde åxå ta med nåt annat, om vi hade, sa hon å viftade med lösögonfransarna. (Har jag berättat att hon har lösögonfransar – på vardagarna i skolan?)

Jag fattade förstås ingenting å köpte en flaska Parador på Bolaget, å en bukett nejlikor, för jag trodde att det var det som var "nåt annat". Gud vilken bonnjänta jag kände mig som när jag förstod att flera av dom andra tagit med sej knark! Eller hasch, heter det väl. Vi hann knappt äta förrän folk satte sig på golvet och började skicka runt en pipa.

Jag ville förstås inte vara med å det kom väl inte som nån överraskning för nån. Jag ÄR ju en bonnjänta.

Milton hade åxå med sig nåt som han gav till Kerstin, men han sa att han inte var intresserad av droger – längre. Å sen satt vi ute i trädgården under en markis, för det regna hela tiden, å prata. Så gott vi nu kunde, med min uschla engelska å hans nästan lika skruttiga svenska, men vi hade trevligt. Han är mysig, på ett utländskt sätt.

Jag berätta förstås om Stickan å att jag är gift å så. Han sa att han förstod. Vad nu det betydde.

Till sist trassla vi, Milton å jag, oss tillbaka till stan med nattbussen. Jag tror att många av dom andra sov över i olika soffor å sängar men det ville inte jag, å då sa Milton att han skulle följa mig, för en flicka fick inte vara ensam ute på natten. Sånt har jag aldrig tänkt på förr, att det skulle kunna vara farligt att vara ute på natten, men det var ju gulligt.

Han pussa mig på kinden när vi skiljdes åt vid Slussen, men då var klockan tre på natten å jag hade svårt att somna när jag hade lagt mig.

I morse sov jag till halv ett, så nu är jag tokvaken.

Selbstverständlich borde jag läsa i mina böcker om typsnitt men det är så tråååkigt. Å jag grubblar en del på hur allt är, med kurskamraterna å mej å Milton å så.

För den delen kliar det fruktansvärt på ett finger. Det visste du inte, va?

Nu är det Smoke Rings på radion, å det är ett ganska trevligt program, OM man har tid att lyssna ordentligt.

Men nu har jag inte det – är ju upptagen med att skriva brev till DEJ, fattar du väl – men i ren panik över att radion blir tyst efter tolv så får den stå på till dess.

Härligt att höra att livet leker, att det fortfarande är iskallt i älven å att det regnar lika mycket på dej som på mej.

Vad gäller ditt trassel med Lars-Olof tror jag inte man faller för nån bara för att man är i behov av ömhet å omtanke. Det är man ju ofta. Jag i alla fall.

Är du godissugen hela tiden? Nån gång har jag läst att den som äter mycke sött snask är sexuellt otillfredsställd. Kansåvara.

SJÄLVKLART HAR JAG LÄST RÖDA RUMMET!!!!!! Strindberg ÄR BÄST! Det var jättekul att du skrev om honom just nu för jag är som besatt av hans verk. Det finns ju gott om antikvariat här, det enda som är riktigt billigt är gamla böcker, annars tycker jag till å med falukorven är dyrare än hemma, så jag köpte en samling av hans pjäser häromdan, i en volym som var tryckt 1915, å sträckläste på tunnelbanan.

Om jag får tid ska jag imorgon gå till bibblan och låna Svarta Fanor.

Jo, man får låna böcker fast man lixom bara är här på besök.

Kramelikramar i massor

Misse

GDANSK, POLEN
FÖRRA VÅREN

Uppkopplingen till internet fungerar efter den tredje handpåläggningen av hotellets unge tekniker och med en suck av lättnad sticker mannen åt pojken en slant. Det är säkert generöst för teknikern tackar flera gånger när han backar ut ur hotellrummet.

Amerikanen har valt ett av de bättre hotellen i Gdansk, för säkerhets skull. En grön dollarbunt gjorde att receptionisten tappade allt intresse för hans pass vid incheckningen.

När han kommer ut på nätet kollar han sina vanliga sajter, och sina fyra mejladresser. Inget spännande. Hans favoritsajt, som visar porträtt och familjebilder med hemadresser till motståndare i USA, verkar ha somnat in. Inga nya uppgifter sedan i förrgår.

De polska sajterna har haft problem, både med myndigheterna och med tekniken, men reser sig alltid efter varje nedstängning. De är tuffa, de patriotiska polackerna.

Vid den lilla barnamördardemonstrationen igår tog mannen en del bilder som han tänker skicka över till sajten. Anonymt, naturligtvis.

I ett fall tror han sig till och med ha en hemadress. Han funderar på att skaffa en liten videokamera så att han kan ta upp ljud. Igår missade han ett namn som han kanske kunnat fånga med en videokamera. Han noterade att någon ropade efter kvinnan med kjolen, men hann inte höra vad hon hette. Nu när han kan få hjälp med språket kan det vara bra att ta upp ljud.

Han följde efter kvinnan, som var en av de mer gapiga demonstranterna. Hon var i 40-årsåldern, hade lockigt hår och lång blommig kjol.

Hon åkte buss och spårvagn och han hängde på, till en början mycket diskret, men snart insåg han att hon inte var det minsta misstänksam. Borde de inte ha lärt sig något av alla åren med kommunistdiktatur? Vissa lär sig aldrig.

Nå, det passar honom utmärkt att ingen ser honom. Han har köpt en sliten jacka i en second hand-affär för att smälta in i mängden, och låtit bli att göra pressveck på jeansen. Men skorna tänker han inte sluta putsa.

När kvinnan kom fram till sitt trista bostadsområde gick hon först in i en matvaruaffär. Han följde efter. Affären var inte särskilt stor och hade ett mindre utbud än han är van vid. 10–20 konservburkar av samma slag intill varandra, alla med text på det obegripliga språket. Hylla efter hylla med samma ölsorter. En stor kyldisk med massor av korvar. Ändå har mannen förstått att det är mycket bättre än det var förr, på kommunisttiden. Tänk att det ska ta sådan tid för vissa att begripa sig på kapitalismens fördelar.

Kvinnan köpte varken korv eller öl utan bara tråkiga konserver och en liter av något slags mejerivara.

Själv strosade han på lagom avstånd efter henne och nöp åt sig en tidning när han ställde sig i kassan bredvid. Inte för nära. Aldrig så nära så att man kan bli igenkänd. Att aldrig bli identifierad, det är hans framgångsrecept.

När kvinnan klev in genom porten i det gula tråkiga höghuset noterade mannen adressen. Han följde inte efter. Hon skulle säkert ställa sig och vänta på en hiss där inne och se honom om han smet in. Han kommer aldrig att träffa henne igen.

Fast egentligen skulle han inte ha något emot det. Tanken känns spännande. Men, nej. Han är här på uppdrag och det ena ska inte blandas ihop med det andra.

Det fanns en tavla med hyresgästernas namn på, åtminstone antar han att det var namn, och en porttelefon, men eftersom han inte visste på vilken av alla våningarna hon bodde brydde han sig inte.

Han ställde sig under ett av träden mellan husen. Rötterna nöp sig fast i den magra jorden. Mannen spanade upp mot balkongerna, om kvinnan skulle komma ut. Det gjorde hon inte. Sakta släntrade han tillbaka till spårvagnen. När han passerade kyrkan gjorde han korstecknet.

Nu arbetar han i Photoshop för att förbättra bilderna från demonstrationen. När han tittar närmare på kvinnan i kjolen är hon riktigt snygg. De stora brösten som syns på bilderna, men som hon under hemresan dolde under en kofta, är häftiga.

Många av de värsta är snygga, det har han noterat. De som är på samma sida som han är antingen gamla tjocka kärringar eller blodfattiga oskulder. Men han arbetar för det mesta på distans och träffar inte så många. Nästan inga som vet vem han är. Det är lika bra det. Det där andra brukar han ordna på annat sätt.

Han lägger bilderna i en PDF-fil, bifogar information om demonstrationen, vad kvinnan gjorde och var hon bor. Han hoppas att det åtminstone finns någon bland mottagarna som kan engelska.

Så tar han fram sin portfölj och bläddrar igenom den lista

han fått med sig hemifrån. Den mest kände, var bor han? Har han bil? Mannen bestämmer sig för att äta middag i närheten av bögens bostad och spana.

Sedan får han inte glömma att ringa Marek. Pojken måste hållas varm. Lagom varm.

GDANSK, POLEN
FÖRRA VÅREN

– Agata! Har du tagit min orange tröja?

Karolina ropar till sin syster, som har brett ut sina böcker vid köksbordet. Agata har en tenta i nästa vecka och behöver läsa, men Karolina ockuperar deras gemensamma rum med sitt packande. På Agatas säng ligger ryggsäcken och sovtäcket, på Karolinas egen säng högar med kläder som hon – kanske – måste ha med sig. På golvet och stolarna sådant med ännu lägre ”kanske”-nivå.

– Nej.

Det skulle aldrig falla Agata in att låna den brandgula tröjan som Karolina bär för att markera sin tillhörighet till JP2-generationen. Agata känner sig helt främmande för den ungdomsväckelse som svepte över Polen i samband med påven Johannes Paulus död.

– Var är den då? ropar Karolina, stressad och ovanligt irriterad.

– Har du tittat på torkställningen? undrar Agata med lägre röst och hoppas att ropandet inte ska väcka morfar som snarkar på sin säng. I dörröppningen ser hon hur hans stora mage höjer och sänker sig under pullovern.

Karolina forsar genom hallen in i vardagsrummet. Bredvid bäddsoffan där Teresa sover på nätterna står som vanligt en ställning med kläder på tork. Morfars kalsonger, Mareks t-tröja, några kökshanddukar, Teresas stadiga strumpbyxor, en snäv kjol som Agata sällan har på sig hemma, underbyxor och behåar. Bredvid morfars brynja hänger mycket riktigt Karolinas tröja. Hon rafsar åt sig den och råkar välta hela torkställningen.

Muttrande börjar hon plocka upp kläderna från golvet.

– Varför måste allt stå framme i det här huset, tänker hon. Men var skulle tvätten hänga på tork om inte i vardagsrummet? Det finns inte plats någon annanstans. De tjocka långkalsongerna är inte riktigt torra.

– Vad gör du? frågar Agata.

– Ingenting.

Karolina lägger den torra tvätten på soffan, reser upp torkställningen, hänger tillbaka långkalsongerna och går in i badrummet.

– Har du några bindor som jag kan låna, ropar hon till sin syster medan hon rafsar runt i badrumsskåpet. Jag har bara två kvar.

– Du kan få köpa dem, svarar Agata surt. Jag har inte råd att hålla dig med sådant.

Snåljåpa, tänker Karolina, men accepterar.

– Var har du dem, då?

– I badrummet, säger Agata och försöker hålla kvar koncentrationen i läroboken.

Karolina öppnar skåpet i badrummet och rotar runt bland tandkrämstuber och morfaderns medicinburkar. Ingenting.

– Jag hittar dem inte.

– Då har jag väl inga kvar, säger Agata vresigt.

Karolina går tillbaka in i flickornas sovrum och drar ut Agatas byrålåda. Hon lyfter på en behå och styr in handen under högen med trosor och hittar – vad? Hon spärrar upp ögonen när hon vrider och vänder på den lilla kartan med de vita pillren. "Måndag. Tisdag. Onsdag. Torsdag. Fredag. Lördag. Söndag". Hälften av pillren är uttryckta och borta.

Med kartan i ena handen och behån i den andra går Karolina mot köket och ställer sig bredbent i dörröppningen. Med låg röst tilltalar hon sin läsande syster.

– Agata!

Agata vänder på huvudet. Något skarpt i systerns röst bryter genom studiefliten.

– Vad är det här?

Agata ser omedelbart vad Karolina hittat, kastar en blick mot den halvöppna dörren till morfaderns rum, reser sig och drar in Karolina i flickornas rum.

– Det angår inte dig, väser hon.

– Nähej ...?

Karolinas röst är len, med en vass underton.

Så oskyldig är hon kanske inte ändå, tänker Agata. Hon verkar veta hur p-piller ser ut. Men det är nog mycket annat hon inte vet. Agata lugnar sig och försöker tänka snabbt.

– Du vet att jag har haft lite trassel med mensen, börjar storasystern med ett pedagogiskt tonfall.

Karolina ser ut som ett frågetecken. Det visste hon inte, och det kan bero på att det inte är sant.

– Det där är medicin för att få ordning på menscykeln.

– Men det är ju p-piller.

– Ja, säger Agata lugnande. Det kan användas som p-piller *också*, men det är inte därför jag har dem. Jag har fått dem för att få mensen att komma regelbundet.

– Fungerar det? frågar Karolina, inte ett dugg övertygad.

– Jag vet inte. Jag tänker inte använda dem mer, ljuger Agata.

– Så du har inga fler då?

– Nej.

Det är i alla fall sant, tänker Agata.

– Det är bäst, för annars måste jag nog berätta det för mamma.

Som berättar det för morfar, inser de båda, och då får inte Agata en lugn stund.

Sladdertacka, tänker Agata, men ler bara hult mot sin syster. Ett inslag av utpressning finns i situationen så hon säger snabbt:

– Ursäkta att jag var grinig. Det är klart att du får låna bindor. Det ligger nog ett paket under min säng, när jag tänker efter. Ta så många du vill!

I hallen ringer telefonen och Karolina skyndar sig att svara. Det kan vara någon av hennes reskamrater. Agata stoppar ner p-pillerkartan i sin handväska. Hon hade ändå inte tänkt köpa några nya. Det är så dyrt.

– Det var mamma, säger Karolina, som redan verkar ha glömt pillren. Hon måste köra några tvillingar till deras elaka släkting, sa hon. Jag förstod inte vad det handlade om. Men sedan skulle hon komma. Hon ville att vi skulle ta in bigosgrytan och sätta den på spisen. Var hade du bindorna, sa du?

Agata drar fram ett helt paket bindor från lådan under sängen, ger det till Karolina och går med en suck ut i trapphuset för att hämta den stora gjutjärnsgrytan. Det var nära ögat.

Hon tänder gasen, ställer grytan på spisen och har precis satt sig vid sina böcker igen när hon hör morfaderns röst.

– Har vi något kaffe, flickor? frågar han mitt i en gäspning. Och vem var det som ringde?

SOLNA, STOCKHOLM
FÖRRA VÅREN

– Javisst får du komma. Det vore bra. Vi kan behöva lite hjälp.

Björn har ställt vagnsinsatsen på hallgolvet och stängt ytterdörren när han hör Ellen tala med någon i telefon. Han lyfter upp sin sovande son och bär honom försiktigt mot vardagsrummet.

Det är en vecka efter förlossningen och Ellen är fortfarande svag. Hon förlorade mycket blod vid kejsarsnittet och har vägrat ta emot den blodtransfusion som hennes professionella jag inser att hon skulle behöva. Hon har sovit och gråtit och haft ont i såret. Och gråtit igen, med armarna om halsen på sin orolige man.

Alla lugnande ord om ”normalt” och ”hormonomställning” som Ellen så ofta och nonchalant har kastat omkring sig till nyförlösta känns plötsligt inte ett dugg tröstande.

Till råga på allt har hon fått mjölkstockning och feber. Tills vidare vill hon inte ta penicillin, hon har sagt sig att det säkert ordnar sig ändå. Ibland önskar hon att hon var en alldeles vanlig patient, som ingenting visste om antibiotikaresistens och andra komplikationer, utan bara tänkte på sitt omedelbara bästa.

Hon vacklar runt i lägenheten som en glödhet mjölkmaskin. Sonen äter i stort sett hela tiden, dag som natt. En anledning kan vara att han kräks upp fontäner av mjölk. Det verkar obegripligt att den lilla kroppen kan ha fått i sig så mycket. Mödravårdscentralen lugnar, så länge mjölken räcker finns ingen anledning till oro, men Ellen är så trött. Hon tycker att hon aldrig får sova. Björn är också trött eftersom han solidariskt försöker dela de nattliga bördorna med henne, byta blöjor och torka kräk och bära och rapa, även om han inte kan amma.

– Det funkar bra om du kommer i övermorgon, säger Ellen innan hon lägger på luren.

– Vem är det som ska komma, frågar Björn misstänksamt.

– Mamma.

Ellens röst är svag och hon går sakta in i köket för att dricka lite vatten. Hon orkar inte argumentera. Mamma vill komma och hjälpa till. Är inte det bra?

Björn är inte säker, men han vill inte bråka. Det kanske är bra.

GDANSK, POLEN
FÖRRA VÅREN

– Ta vad du vill ha! säger amerikanen med en välkomnande gest mot matsedeln.

Han har stämt träff med Marek Domanski på Café Ferber vid Dluga-gatan. Marek känner till restaurangen men har aldrig varit där. Det är för dyrt och fint. Familjen Ferber som var en av Gdansks mest inflytelserika släkter under Hansatiden tittar ner på dem från jättelika porträtt. Marek har sjunkit ner i en soffa och han har ingen aning om vad han ska beställa. Han vet inte vad han vill ha men framför allt vet han inte vad han *borde* vilja ha.

Klockan är åtta. Marek har inte ätit middag och ångrar att han inte gjort det, för han vill absolut inte skämma ut sig. Borde han bara beställa en kopp kaffe, helst med något underligt utländskt namn? Eller en världsvan utländsk öl, som Heineken eller Carlsberg?

Amerikanen som presenterat sig som Michael Black ser hans villrådighet och griper in.

– Har du ätit middag?

En otydlig huvudrörelse räcker för att värden ska förstå.

– Det har inte jag heller, säger han. Då tycker jag att vi äter ordentligt. Vad ska man äta i Gdansk?

Usch, vilka svåra frågor. Hemma äter de piroger och blinier och zurek och barszcz och – när det är ett stort kalas – bigos. Mamma kokar bigos just nu, det kändes på lukten i lägenheten. Men här?

Marek bläddrar lite i matsedeln och hittar något han känner igen.

– Ryska piroger, säger han lättad. Det är gott, och typiskt polskt.

– Då tar vi det! bestämmer Michael. Och en liter polskt starköl. Vill du ha en vodka också?

Marek nickar storögt.

– Det är viktigt att vi håller oss till det ursprungliga polska, fortsätter mannen. Det finns så mycket annat som tränger sig på hela tiden, eller hur?

Marek nickar allvarligt. Det är så sant som det är sagt.

Mannens ena öga skelar lite men det gör honom bara mer mänsklig. Annars kan Marek tycka att han är *för* perfekt, med de fina kläderna och blanka skorna och alla pengarna. Och budskapet. Budskapet är det viktiga. Där är Marek och Michael – han vill absolut inte bli kallad ”mister Black” fast han säkert är dubbelt så gammal som Marek – helt överens.

Amerikanen beställer maten och Marek får hjälpa till med det polska uttalet. Ölen kommer snabbt och de båda männen skålar allvarsamt.

– Det jag vill prata med dig om, säger amerikanen, är så allvarligt att jag vill att du lovar att du inte berättar om vårt möte för någon annan. Absolut ingen annan. Tids nog ska världen få se, men just nu är det bara du och jag. Förstår du?

Marek nickar och tar en djup klunk. Det är ett gott öl, godare än något Marek smakat förr.

***

Klockan är närmare tio på kvällen och tv:n är det enda som hörs i lägenheten. Morfar snarkar med öppen mun i tv-fåtöljen, Agata har stängt in sig med sina böcker, Marek är ute någonstans och Karolina sitter i telefonen med en av sina väninnor. De diskuterar vilka böneböcker de ska ta med sig på pilgrimsvandringen. Om man behöver några böneböcker alls, eller om de finns där gruppen ska övernatta. Eller om ledarna har med sig.

– För böcker är ju tungt, säger Karolina i telefonen. När man ska bära och så, menar jag.

Bigosgrytan har kokat ytterligare två timmar. Teresa har lyft upp köttet, tagit bort benen och skurit det kokta köttet i mindre bitar. Hon saltar lite i grytan som fortfarande puttrar på låg värme. Då och då smakar hon av och häller på lite mer surkålsspad. Den urvattnade sillen har hon skurit i bitar och lagt bitarna i en skål, blandade med lök, olja och ättika.

Mellan varven sätter hon på en ny tvätt i badrummet och sedan ställer hon upp strykbrädan intill spisen. Hon stryker allt som är tvättat, inklusive underbyxor och näsdukar. Det tar mindre plats i skåpen då, brukar hon säga när döttrarna himlar med ögonen. *De* tänker i alla fall inte stryka morfars långkalsonger. Alltså gör Teresa det.

Innan Karolina ockuperade telefonen försökte Teresa ringa Jacek, sin äkta man. Hans mobiltelefonsvarare bad om ett meddelande. Teresa antar att han arbetar. Hon sa att familjen tänkte fira Mareks födelsedag i samband med att Karolina skulle ge sig ut på sin pilgrimsvandring. Det skulle bli en middag imorgon vid sextiden. Det vore trevligt om han kunde komma hem. Hon markerar ordet *hem*. Lägenheten på Halleragatan är fortfarande hans hem, det får han inte glömma bort.

Hon vill helst inte ringa till den lägenhet i Zaspa där han bott de senaste elva åren. Risken är för stor att Izabela svarar.

Karolina är färdig med sitt telefonsamtal och tittar in i köket. Hon rynkar på näsan åt kåldoften.

– Det är tur att jag vet att det blir gott, säger hon ursäktande. Tror du att jag kan få låna någon av morfars böneböcker och ta med mig?

– Det tror jag säkert, men det är bäst att du frågar honom.

Karolina går in i vardagsrummet och petar försiktigt på sin snarkande morfar. Han har lagt från sig glasögonen på dukens broderade rosor och tittar förvirrat på sin dotterdotter.

– Kan jag få låna någon av dina böcker och ta med mig på vandringen, frågar hon.

– Varsågod, grymtar Andrzej Nowak och somnar genast om igen.

I köket har bigosen äntligen börjat få den rätta grötiga konsistensen, där ingen av ingredienserna kan urskiljas. När Karolina tränger sig förbi strykbrädan har hon med sig en liten bunt böcker. Överst ligger Johannes Paulus II:s *Kärlek och ansvar*.

SUNDSVALL, SVERIGE
FÖRRA VÅREN

– Ska du verkligen köra bil redan?

Den vitklädda kvinnan tar ett vänligt tag om Stures handled, med hopp om att förstärka kontakten. Det hjälper inte. Sture ser henne inte. Han vet inte vem hon är, förstår inte varför hon ska lägga sig i om han kör bil och nu vill han bara därifrån. Från sjukhuset och alla vitklädda som ändå inte gjort någon nytta. Som inte kunde hjälpa. Som bara lade sig i och ville prata om det som inte gick att prata om, inte ens att tänka på.

Den vita Volvon har bara blivit skrot, det har Sture förstått. En annan vitklädd, eller kanske hade hon en randig tröja, för Sture är de alla likadana, har hjälpt honom att hyra en bil med släp, fast hon egentligen inte ville. Men Sture gav sig inte och nu står bilen på sjukhusparkeringen. För han måste ju köra hem skåpet. Det har han lovat Olga.

Men det var något annat också. Sture kan inte minnas. Vad var det? Han känner att han har något i handen. En knölig hopkramad papperslapp. Sture vecklar ut den och läser ”Möte hos begravningsbyrån kl 16.30 tisdag”. På baksidan en adress i Södertälje.

Han tittar upp på den vitklädda, som om han först nu fått

syn på henne. Hon släpper hans handled och möter hans blick.

– Vad är det för dag? frågar han.

– Tisdag, säger hon. Hon verkar osäker på om han ska få veta.

– Och vad är klockan?

Hon nickar mot den stora klockan på korridorväggen.

– Kvart över nio.

– Och hur lång tid tar det att köra till Södertälje?

– Jag vet inte, säger kvinnan. Kanske fyra–fem timmar.

– Då går jag nu, säger Sture.

– Lycka till, viskar den vitklädda, och det menar hon verkligen.

GDANSK, POLEN
FÖRRA VÅREN

I hallen i lägenheten på Halleragatan sticker Teresas stjärt ut ur garderoben. Den har en ny röd kjol på sig. Hon har dragit ut alla familjens skor, inklusive vinterkängorna, för att komma åt matbordets iläggsskiva som står lutad mot garderobens innervägg. En blus och en jacka rasar från sina hängare, ner på hennes upprullade hår. Hon svettas. Klimakteriet, tänker hon. Klimakteriet och stress.

Marek och Karolina försöker komma ihåg hur man ska vinkla bordet för att få benen åt rätt håll, från köket in i den trånga hallen och vidare till vardagsrummet. Och Agata har inte kommit hem än, vilket alla noterat med växande irritation. Alla ungdomar skulle vara hemma senast klockan fem, prick. Det hade Teresa bestämt. Nu är klockan kvart över.

Morfar tvingas ställa sin kaffekopp på fönsterbrädan när matbordet försvinner. Det gillar han inte. Över huvud taget har han svårt att förstå uppståndelsen kring den här familjemiddagen. Att Marek fyller år ska naturligtvis firas, morfar har köpt en gammal fin polsk vodka, Zubrowka, och det är en stor händelse att Karolina äntligen ska komma iväg på sin pilgrimsvandring – visst. Men detta stök och bök! Redan när Teresa började med sitt bigos-kok häromdagen kunde han känna att spänningen ökade. Och när Jacek ringde och tackade ja till inbjudan blev elektriciteten nästan påtaglig.

Det är sällan som familjen återförenas numera, och fast morfar är tacksam för att hans dotter inte brutit mot det avgörande budet, och hållit fast vid sitt löfte till Gud och världen, är Andrzej Nowak inte dummare än att han inser att Teresa och Jacek aldrig mer kommer att leva tillsammans. Och Andrzej är, fast han inte ens i bikten skulle erkänna det, ganska glad för det.

Svärfar och svärson kom aldrig överens, varken när Jacek var framgångsrik yrkesman under Folkrepubliken, eller efteråt, när han blev arbetslös och förlorade allt. Teresa har alltid varit den starkare av de två.

Det är väl ett av problemen, tänker Andrzej. Och ändå springer hon runt som en yr höna. Hon har till och med rullar i håret. Han suckar och hejdar Karolina så att hon kan hälla upp en ny kopp kaffe åt honom. Teresa vräker in alla skorna i garderoben igen.

Snabba klackar klapprar i trapphuset. De hörs tydligt genom den tunna ytterdörren.

– Äntligen!

Teresas röst vibrerar av indignation när Agata stormar in genom dörren. Hon pekar med en övertydlig gest på klockan. Dottern är tjugo minuter sen.

– Vad har du gjort!?

Agata vet att det inte spelar någon roll. Hon kunde ha räddat någon från att drunkna, eller brutit båda benen, eller blixten kunde ha slagit ner i huvudet på henne – det är ointressant, hon är ohjälpligt sen när man inte fick vara sen. Alltså bestämmer hon sig för att inte ljuga.

– Förlåt. Jag satt på biblioteket och läste och glömde bort tiden.

– ”Satt på biblioteket och läste!” Teresa spottar fram orden.

– Ja, men nu är jag här, skyndar sig Agata att säga. Vad är det jag ska göra?

Teresa tittar sig förvirrat om. Det var ju massor av saker som skulle göras …

– Röj upp här i hallen så att någon människa kan komma in. Och Karolina – modern höjer rösten och ropar inåt lägenheten – varför har du ställt din packning här, mitt i vägen?

Karolina kommer ut i hallen och baxar in sin stora ryggsäck i flickornas rum. Med Mareks hjälp klämmer hon in iläggsskivan i matbordet. Medan hon börjar duka smiter Marek smidigt förbi och dimper ner på sin säng. Han har gjort sin del av hushållsarbetet, nu kan flickorna göra resten, och han har saker att läsa.

Från köket ropar Teresa:

– Agata! Rödbetssalladen!

Några minuter senare kommer morfadern in i sitt och Mareks gemensamma sovrum, stödd på sin käpp. Han tittar på dottersonen och skakar manligt överseende på huvudet. Hysteriska fruntimmer.

Marek ler och håller med.

Fast han är också spänd. Han träffar så sällan sin pappa numera, ännu mer sällan sedan han förstått den polska familjens betydelse och försökt tala med fadern om saken. Pappa har dåligt samvete för att han har flyttat, det förstår Marek, men de kan väl ändå diskutera?

Nu har Marek ännu mer att tala om. Den demografiska vintern till exempel. Han måste läsa på så att han kan argumentera. Problemet är att det flesta skrifter han fått är på engelska. Han måste låna Agatas lexikon, men det får bli sedan. Nu är det så stirrigt där ute och hon skulle bara fråga vad han ska ha boken till. Det angår henne inte. Han hämtar den senare när hon inte ser. Det är lugnast.

Morfadern sätter sig på sin säng och nickar mot dottersonen, som förstår vinken. Marek reser sig för att lyfta upp de gamla morfarsbenen på sängen så att mannen kan lägga sig och vila. Samma sak händer när morfadern ska upp. Då måste Marek eller någon annan hjälpa honom upp i sittande ställning.

Det har hänt att Marek har undrat hur morfadern gör på dagarna, när han är ensam i lägenheten. Ibland ligger han ju när Marek går och är uppe när Marek kommer tillbaka, utan att någon annan varit hemma. Sin tunga kropp och ansträngda andning till trots – han klarar nog mer än han vill visa.

Hur som helst.

Marek skulle gärna ha ett eget rum, men hittills har det mest känts som en ouppnåelig dröm. Han har ju inte ens ett jobb. Men sedan han träffade Michael Black, sin broder i kampen, och insåg vilka pengar som finns att tjäna för en god sak, kanske det kan bli verklighet tidigare än han trott. Tills vidare kan han stå ut med att baxa morfadern upp och ner i sängen.

När snarkningarna börjar plockar Marek fram det material han fått av sin nye vän.

Marek har svårt att kalla honom ”Michael”, åldersskillnaden känns för stor och de har inte hunnit bli nära vänner ännu, så de enades om att kalla varandra ”bröder”. Broder Black och broder Domanski. Det låter bra. De är bröder i anden och övertygelsen. Självklart. Marek är stolt och glad men önskar att han hade lite finare kläder att ta på sig till nästa möte. Kanske kan den gamla studentkostymen fungera. Han ska be mamma pressa den.

Amerikanen är alltid välklädd. Gott om pengar har han också. På restaurangen bjöd han generöst på allt som Marek vågade be om. För första gången i sitt liv drack Marek konjak.

En litet skärsår på hakan visar att Brodern rakar sig med hyvel. Marek funderade en sekund på hur det skulle kännas att låta sitt pekfinger stryka över den lena hakspetsen, men släppte genast tanken. En sådan fånig tanke.

Det som Marek minns bäst av allt det som Brodern berättade om är vargarna. De hungriga vargarna som skulle komma. De var skrämmande, och alldeles verkliga. De stora grå vargarna skulle komma att återta kontrollen över de europeiska städerna när människorna försvunnit. Åkrarna skulle växa igen och skogarna krypa in mellan husen.

För sitt inre ser Marek hur ormbunkarna och murgrönan slingrar sig fram och täcker spårvägsspåret längs Halleragatan. Kanske kommer växtligheten att klättra upp längs fasaden och in genom fönsteröppningarna.

Han kastar en ofrivillig blick mot fönstret men ser bara de vita nylongardinerna. Himlen verkar vara fortsatt blå.

Ekonomierna kommer att rasa ihop. Europas framtidsutsikter har inte varit sämre sedan digerdöden, hade broder Black sagt.

Marek är övertygad om att det är sant. Att allt som är viktigt och verkligt betydelsefullt är hotat, som Gud och Polen och Jungfru Maria och familjen och historien och Den gode fadern Johannes Paulus goda gärning – och förstås Jesus Kristus. För att synden trängt sig in och hindrat vanliga gudfruktiga europeiska par att leva efter Bibelns bud: ”Varen fruktsamma, föröka eder och uppfyll jorden”.

Och var börjar jorden, om inte hemma, här i Polen?

2,1 barn per par krävs för att en nation ska bestå utan att invaderas av svarta muslimer. Eller var det svarta *och* muslimer? Är muslimer svarta? Marek vet inte säkert, men hotfullt är det.

Men hur ska han kunna berätta om hotet så att någon, utom morfar, förstår?

Medan han lyssnar till moderns och systrarnas slammer i köket stavar han sig sakta igenom den engelska texten och hittar en lista på vad åratal av antifamiljeutveckling i Europa fört med sig:

Preventivmedel
Aborter
Skilsmässor (Ja, just det! tänker Marek.)
Kvinnosak
Karriärkvinnor
Självisk ogudaktighet
Homosexualitet

Marek letar i sin nattygsbordslåda efter papper och penna för att anteckna och komma ihåg. Han hittar ett hopvikt papper, men ingen penna. Tyst tassar han bort till morfaderns sida av rummet och drar ut den översta byrålådan. Där ligger en jättekulspetspenna, säkert tre decimeter lång och vackert röd-vit, i Polens färger.

Den är likadan som den morfaderns kollega Lech Walesa använde när han undertecknade avtalet som avslutade den stora varvsstrejken 1980.

Pennan är varvsarbetaren Andrzej Nowaks finaste minne från sin stora livshändelse, det som blev början till slutet för världskommunismen. Precis som då ler påven Johannes Paulus uppmuntrande från den blanka pennan. Påven var på Walesas sida, och han är på min, tänker Marek Domanski.

Nu ringer det på dörren och mamma ropar:

– Jag öppnar!

Marek stoppar undan sina texter tillsammans med papperet och pennan. Argumentationen är han inte helt klar med ännu, och dessutom har han lovat att inte berätta för någon om sina möten med broder Black. Inte ännu. Men tids nog. Och vargarna kommer han aldrig att glömma.

Han petar till den snarkande morfadern på armen – ”han är här nu” – och skyndar ut i hallen för att möta sin far. Sin älskade hatade saknade far.

STOCKHOLM, SVERIGE FÖR 40 ÅR SEDAN

Stockholm den 12 juni 1968

Hej lilla Lena som faktiskt låter harmonisk, hur du än beskriver dina problem. Det var en fin bild av din glasbubbla du beskrev. Jag tror jag känner igen det där.

Nu sjunger Cornelis ”Dans på Sunnanö” å klockan är kvart i tolv å jag är, som vanligt vid den här tiden, inge trött. Men inte har jag lust att studera, näärå, då kan man ju bli trött på riktigt.

Nu har jag åxå läst ”Nana”. Jag tycker att Zola försöker visa ”härligt snusk”. Han identifierar sig inte med Nanas lidande. För ett lidande var det ju ganska ofta. Han var moraliserande, ja, men ibland tycker jag att det verkar som att han visade henne för att få en chans att fördöma henne. 1800-talsherrarnas sätt att kalla en ”otrogen kvinna” hora oavsett vad de själva gjort. Var hon inte Emile Zolas dröm?

Varför var hon aldrig ledsen? Antingen var hon förtvivlad, trumpen eller upprorisk, men aldrig bara ledsen.

Jag känner mig ofta ledsen. Å ensam. Jag tänker på ”den sista natten” innan jag åkte hit å när Stickan redan åkt på repövningen å du var hemma hos mig. Den var fylld av GEMENSKAP. Jag hade inte den minsta lust att åka på morgonen utan hade mycket hellre stuckit ut med dig å fiskat.

Hur går det med Milton, frågade du.

Jodå. Jag tror att han är ihop med Britt-Marie, en tjej i klassen, men jag vet inte. Det spelar ingen roll. Jag pratar med Stickan i telefon var tredje dag. Jag har ju ingen egen telefon å ringer från en automat när vi bestämt så. Han tycker det räcker, säjer han, å han har så många fackliga uppdrag nu så han är knappt hemma.

Jag vet inte.

Jag tycker att jag har en ständigt roterande liten igelkott i magen för att jag pluggar för lite, lär mig för lite, lika gärna kunde vara hemma å jobba å ta hand om Stickan. Jag gör aldrig tillräckligt.

Att JAG skulle kunna hålla på med bokbinderi å papperskonservering. Vilken larvig dröm! I Norrlands inland! Dubbellarvigt! Precis som Stickan har sagt hela tiden.

Detta är alltså skrivet i stundens stämning, med ett lesset hjärta å flimriga ögon.

Din

Misse

Stockholm den 15 juni 1968

Skruttgumma!

Nu har jag återhämtat mig å är inte så förfärligt deppad.

Du, det där med välanpassningen … Jag tror inte att jag har mera temperament än du. Däremot tror jag att du, klokt nog, använder din aggression, din kärlek osv till ”nyttiga ändamål”. Jag stänger in dem. Du är mer engagerad i världsproblemen än jag. Jag sitter bara å känner det växa över huvudet på mig å runt hela mänskligheten. Å retar mig på folk som tänker med tjocktarmen. Eller om det är med skosnörena. Men jag säjer inget.

Lyckost som har permanentat dej! Jag tror inte alls du ser ut som ett troll, vad Maggan än säjer. Å jag tror inte du ser ut som HUVVA om du inte rullar upp håret. Kan du inte ta ett ajtomatkort å skicka så jag får se!?

Nu hörde jag på radio att franska piloter, eller vad det var, strejkar. Åsså höjer SJ sina redan så mänschoovänliga priser nästa månad, kan man tänka. Å i musikradion meddelas att King Oliver har upptäckt Louis Armstark.

Nu kokar jag kaffe.

Hemma kör vi ju med bryggkaffe men här har jag bara en platta så jag har köpt en gammaldags Kaffepetter.

Har jag berättat hur mitt rum ser ut? En smal ganska hängig säng i ena hörnet. Jag har köpt en mysig röd filt på PUB så jag har åtminstone ett överkast. Ett skrivbord med perstorpsplatta vid fönstret är både arbetsrum å kök, eftersom kokplattan står där. Det enda eluttaget finns nämlich vid fönstret. En grön drickaback är mitt eleganta porslinsskåp som jag bär fram å tillbaka till toaletten när jag ska diska.

Å en plastkasse som hänger utanför fönstret är mitt ”kylskåp”. Det var väl allt?

Nej! Nu är jag orättvis mot min generöse hyresvärd.

Jag har en fåtölj åxå! Ett nedsuttet grått åbäke som man inte får luta sig fram i, till höger, för då kan man tippa ur. Men om man drar upp benen å kryper ihop i nedre vänstra hörnet kan man faktiskt sitta där i flera timmar. I sällskap med August S. täxämpel.

Just nu sitter jag med rullar i håret, å det är ganska unikt som du vet. På Valborgsmässoafton rullade jag upp håret för första gången på ett halvår, så det är ”långt mellan kaffevarva”.

Nu har jag tagit ut dom förskräckliga rullarna (är nu lockig å baldakinsk) å satt på mig ögona. Grön ögonskugga! Jag undrar varför jag gör det, för så här välfriserad å välspacklad är JAG inte, egentligen. Jag ska gå på restaurang. Ja, just det. Till kineskrogen med Milton. Jag postar detta på vägen dit men lovar skriva PRONTO å berätta hur det var. (”Hur det gick”, ”vad som hände” höll jag på att skriva – vad tror jag ska hända?????)

Love, peace and understanding!

Misse

Stockholm 16 juni 1968

Tjenare din gamla hästloppa!

Ett hjärtligt, innerligt, tårfyllt, knästående, storögt å för övrigt ett rejält TACK på den så kallade högtidsdagen!!!!!! Brevet med Muminboken låg här när jag kom hem från skolan. Gullgumma!

Sen var det väl inget mer …

Hej då

från Misse

Äsch, det är klart jag ska berätta vad som hände. Jag gick ju alltså med Milton till restaurangen. Möblerna var i röd sammet å servitrisen kunde faktiskt inte säga R. ”Fyla små lättel” var jättegott med ”vållulle”, ”flitelade läkol” å nån sorts ”sötsul” sås. Vi drack vin till å jag är ju inte van så jag kände mig lite snurrig, men när bananerna i sirap kom till efterrätt å jag fick en kopp kaffe blev det bättre.

Sen ville han att vi skulle gå hem till honom, eller till mig, å jag bor ju så trist, det vet du, så jag sa okej till att följa med honom. Bara för en kopp te …

Det hade jag väl aldrig gjort på helt nykter kaluv, men jag ångrar mig inte.

Nej – JAG ÅNGRAR MIG INTE.

Jag tänker inte gå in på några detaljer, nääru, nåt får du faktiskt tänka ut själv, men först prata vi en massa, om allt som skiljer oss åt, om våra olika bakgrunder å allt bök kring att vara desertör å inte veta om man ska få stanna i Schwärje, å mitt äktenskap med Stickan, å så.

Men ju mer vi var fina med varann, desto mindre intressanta blev alla hinder. Vi skratta å grät å kramades – å jag stannade kvar hos honom över natten! (Han hade världens smalaste säng.) Å jag ångrar mig inte! Jag är kanske inte klok, men det är sant.

Hur allt ska bli vet jag inte alls, men HAN gav mig en liten kram i kön till kaffeautomaten i morse, å jag tänker aspelut inte säga nåt till Stickan. Inte än, i alla fall. Kanske aldrig.

Man vet vad man har men inte vad man får, du vet …

Men JAG ÅNGRAR MIG INTE. Jag är mer intresserad i den karln än vad som är nyttigt för min sinnesro. Å för mitt äktenskap! Men du skulle se'an …!

Nedrar anåda!

En BOEIIING! PLATT FALL! – kille!

Jag ska försöka få tag i ett kort att skicka.

Å det har blivit varmare i luften. Det är hopp om livet, alltså!

Annars så hoppas jag du forsätter må bra, äter ordentligt, aktar dig för medelålders tanter å inte försummar att mata fåglarna!

Misse-stumpan

GDANSK, POLEN
FÖRRA VÅREN

– Och då sa Agata: ”Nu har de rackarns kommunisterna släckt lyset igen!”. Hon var bara tre år.

Alla har hört historien förut, och alla skrattar, morfar mest, Agata minst. De gamla familjeberättelserna om hur tungt livet var under Folkrepubliken fungerar som en besvärjelse i dessa dagar, när livet inte heller alltid är så lätt. Men nu kan man – försöka - trösta sig med att landet är fritt. Fritt och modernt.

Alltihop började med att Teresa husmorsoroligt undrade om sillen var för ättiksstark och Agata berättade hur hon – faktiskt – lyckats hitta ättika i affären. ”Ättika-ättika-ättika.”

När familje-folkloren kommit igång går den knappast att hejda. Exempel efter exempel dras om hur hopplöst svårt det var att komma fram i bostadskön, eller var den undanskymda lägenheten låg där det fanns strumpbyxor att köpa, eller 99-goda-råd-hur-man-smörjer-herr-ordförande-för-bostadsrättsföreningen, eller hur många månader Teresa fick uppvakta kö-kommittén för att få köpa en tvättmaskin …

Ungdomarna suckar. De har hört det förut och förstår att de förväntas vara tacksamma för att de sluppit den äldre generationens mödor, men de är trötta på tillbakablickarna. Livet är inte så lätt för dem nu heller, fast alla tycks tro det.

Det är varmt och rökigt i det lilla vardagsrummet där bigosgrytan har gått runt ett andra varv. Teresa krånglar sig förbi sin far för att bära ut grytan i köket. Marek, Karolina och Agata trängs i bäddsoffan, morfar sitter vid kortändan och Jacek och Teresa har klämt in sina stolar mellan bordet och det stora skåpet som täcker hela långväggen. På en hylla i skåpet står fyra fotoateljébilder uppradade. Tre föreställer barnen i olika åldrar och det fjärde är Teresas och Jaceks bröllopsfoto, anno 1982. Torkställningen är tömd och hopfälld bakom morfars fåtölj.

På bordet spretar elva djupröda nejlikor i en lite för låg vas. Jacek hade med dem när han kom. Alla noterade vad han sa när han överlämnade blommorna. Tre nejlikor till Marek på födelsedagen, tre till Karolina med lyckönskan inför pilgrimsvandringen och fem till Teresa, som tack för inbjudan och maten. Marek fnös men tog ändå emot blommorna. Han är tveksam till gåvan. Är blommor något att ge en man?

Men fem till mamma! Vad betyder det?

Teresa kommer tillbaka från köket, tränger sig förbi Jacek och öppnar fönstret. Hon viftar aningen övertydligt med spetsgardinen ovanför Jaceks askkopp, men hon säger inget, hostar bara till. Han verkar inte förstå.

Morfars vodkaflaska töms med förvånande snabbhet, förvånande eftersom Jacek nästan inte dricker något alls. Han ska köra taxi inatt och är försiktig. Han har inte råd att förlora taxilegitimationen. Vodkan får morfar att minnas.

– Minns du, Jacek, hur vi fick kämpa för att få ihop tillräckligt med dryckjom till ert bröllop?

Jo, Jacek minns. Hur alla hembrännare de kände fick bidra, och hur de tillbringade flera kvällar med att experimentera med olika frukttillsatser och konstgjorda whiskyaromer för att få bort finkelsmaken.

Det var innan han krupit till korset och börjat be om hjälp från sina föräldrar. Sedan gick det lite lättare.

– Eller när vi kämpade för att få en telefon, lägger Teresa till.

Hennes nylockade hår har fallit ihop över den svettiga huvudsvålen och lite för många vodkasmuttar har fått hennes kinder att blossa.

– Hur vi ansökte och ansökte, med allt krångligare och märkligare motiveringar, men det var alldeles hopplöst - tills jag träffade den där trevliga kvinnan på Telekommunikationsbyrån, hon som behövde en tvättmaskin, och när vi hade hjälpt henne med de kontakterna fick vi vår telefon, ögonaböj.

Jacek minns annat, sådant som det inte känns passande att berätta vid det glammande bordet på Halleragatan. Som när hans mor, hustru till en läkare med tacksamma patienter, ringde och uppmanade sin son att skynda sig till en bestämd matvaruaffär och vara där strax efter fem, när det inte fanns några kunder kvar, för då skulle affärsinnehavaren ha lagt undan margarinet, eller kaffet, eller bitsockret.

Ibland berättade Jacek för Teresa hur hans mamma hjälpt honom att få tag på de eftertraktade varorna – det hände till och med att de kunde bjuda barnen på choklad – men ofta låtsades han bara att han hade haft tur. För sin svärfar berättade han aldrig.

Jaceks far, en statligt anställd läkare med en liten privatpraktik hemma i villan, var partimedlem. Det gav många fördelar.

– Alla är jämlika men vissa är mer jämlika än andra, brukade morfar Andrzej bittert säga när doktor Domanski kom på tal.

Andrzej Nowak var varvsarbetare och hade deltagit i strejken som ledde fram till bildandet av fackföreningsrörelsen Solidaritet. Han var, och är, en djupt troende katolik och personlig vän till Lech Walesa. Det var länge sedan de hört av den före detta strejkledaren, numera också före detta presidenten, men Andrzej är förstående. Så viktiga personer har mycket att stå i, det får man begripa. Och allt snack om att Walesa skulle varit avlönad av hemliga polisen, det tror Andrzej Nowak inte alls på. Dumheter.

Barnens farfar och morfar träffas aldrig. De fåtal gånger det skett, i en fjärran forntid, slutade det alltid med gräl. Medan mormor levde kunde kvinnorna i den äldsta generationen ha lite kontakt, åtminstone på telefon, men sedan mormor dog har umgänget helt upphört.

Familjerna har aldrig dragit jämnt och Jaceks föräldrar försökte aktivt hindra att Jacek och Teresa skulle gifta sig, men på den tiden var Jacek en hetlevrad ung man med bestämda åsikter, och utan att en enda gång vända sig om mot uppväxtens fina villa i Oliwaområdet, flyttade han in hos sina svärföräldrar, i den lägenhet där Teresa växt upp. De skulle ju snart flytta till något eget, trodde han.

***

Den lätt skelögde mannen har beställt in en grillad biff med pommes frites och en halv karaff rödvin. Det är andra kvällen som han besöker samma restaurang. Fönstren ut mot det lilla torget är stora. Om han drar isär spetsgardinerna en aning kan han spana utan att synas utifrån. Inte för att någon skulle bry sig. Han ser ut som en internationell affärsman av den anonyma sorten. Att han är amerikan hörs när han öppnar munnen, men han kan läsa polska matsedlar och betalar utan att tveka med rätt sedlar i zloty.

Det lilla torget är prydligt med blomlådor, bänkar och några uteserveringar. Ett tiotal bilar står parkerade på förhyrda parkeringsplatser mitt på torget. Den lilla japanska bilen som intresserar mannen står på sin plats, idag liksom igår. Bögen är hemma. Det lyser i de eleganta 1800-talsfönster som ska vara hans. Gardinerna ser tunga ut. Inga rörelser och inga misstänka personer går ut och in genom porten. Mannen undrar om huset verkligen är original. Bombade vi inte hela den här staden?

Han är besviken. Han hade hoppats få se något intressant, kanske kunna följa efter och ta några bilder. Helst komprometterande foton. I fickan har mannen en mycket liten kamera som kommer att göra hans övervakning diskret. Inte för att bilderna skulle visa något nytt. Bögen finns väl dokumenterad på till exempel webb-sajten Redwatch, en bra källa när mannen väljer sina studieobjekt. Bögen är faktiskt världsberömd i hela Polen och har identifierats som homofil i vanliga veckotidningar. Några tidningar har till och med dömts till böter för ärekränkning på grund av publiceringen.

”Ärekränkning”, tänker mannen med en invärtes fnysning. Självklart kränker homofiler allas ära, men här var det sanningssägarna som dömdes. Det hade varit ett domslut typiskt för USA, eller något av de gudlösa länderna i norra Europa, men att det hände i Polen förvånade honom.

Här har politikerna lagt fram förslag som ska stoppa homosexpropaganda i skolorna och hålla bögarna borta från de oskyldiga skolbarnen. Och det finns förslag om att stoppa all sexpropaganda som sprids i skolorna. Här i Polen händer det saker. Att den polska barnombudsmannen pekade ut en av dockorna i barntv-serien Teletubbies som bög, eftersom det är en pojkdocka som har en handväska, har många gjort sig lustiga över, men det är på tiden att bögpropagandan granskas.

Som vanligt ligger Polen i framkant. Om inte mannen i djupet av sin själ var afrikan skulle han vara polack.

Men just här händer ingenting. Restaurangen är en bra bas

för hans spaning men nu måste han byta utkikspunkt. Även om servicen var bättre idag än igår finns en risk att personalen kommer ihåg honom om något skulle hända på gatan och någon, till exempel polisen, skulle fråga.

Mannen drar försiktigt undan gardinen medan han väntar på notan. Vad homofilen gör där inne kan han föreställa sig, med både äckel och fascination. Det var därför han kom tillbaka till restaurangen, fast han vet att det är säkerhetsmässigt vansinne. Kanske ska han placera sig utanför tv-huset imorgon och se när den ogudaktige kommer till jobbet. Han måste bestämma sig för var det är bäst att agera.

***

– Skål! säger morfar Andrzej, och de andra höjer pliktskyldigt sina glas, men ingen annan verkar dricka längre.

– Skål för lägenheten!

På vintern drar det från fönstren och centralvärmen är knappast pålitlig, men ändå är det många som med glädje skulle byta lägenhet med Andrzej och hans familj. Centralt och billigt och tre rejäla rum.

Då, när Andrzej fick lägenheten i början av 50-talet, var den en gåva från Gud.

Nu kan Andrzej Nowak inte längre gå ut. Hans hjärta slår underligt ibland, men det har han inte berättat för någon. Det han säger är att hans ben inte klarar de många trapporna. Hur som helst var det mycket länge sedan han var på Dlugagatan. Men han vet hur vackra husen är. Han var en av dem som, frivilligt och utan ersättning, byggde upp det sönderbombade Gdansk efter krigsslutet. Han minns hur fasaderna med hjälp av hans och andras händer reste sig ur krigets ruinhögar, och han är stolt.

Det finns mycket annat han *inte* är stolt över i det nya Polen, men han hoppas att han en gång till, innan han dör, ska få sitta på en bänk vid Mariacka-gatan och njuta av åsynen.

När de två första av de sex barnen föddes delade familjen Nowak en minimal trerummare med två andra familjer. Det fanns knappt några bostäder kvar i den sönderbombade staden. Men Andrzej fick arbete på varvet och kämpade med återuppbyggnaden på kvällar och nätter. Belöningen för slitet blev en lägenhet i det nybyggda huset vid Halleragatan, tre trappor upp med utsikt över spårvagnshållplatsen. En trerummare på 54 kvadratmeter. Högsta vinsten.

Där föddes Teresa som nummer fem i syskonskaran. Hon var den yngsta dottern och den som blev kvar när de andra syskonen flyttade ut. Hon stannade när Jacek flyttade in, och när barnen föddes, och när Jacek flyttade ut. Hon kommer att stanna när hennes barn flyttar. Andrzej har bott tillsammans med Teresa längre än med någon annan, inklusive sin döda hustru, och Teresa har delat kaffepanna och badrum med sin far i hela sitt liv.

Det har hänt att hon tänkt att hon velat något annat, men nu är det som det är. Var skulle hon annars bo? Hon har fått mycket hjälp av sin far genom åren, och nu behöver han henne. Sedan Jacek flyttade märks mycket sällan några konflikter i de tre rummen med kök även om Teresa inte alltid håller med sin far. Speciellt inte när han buntar ihop judar, bögar och gudsförnekare i underliga utbrott. Men hon säger sällan något. Hon vet ju att han vill väl.

Teresa frågar vilka som vill ha kaffe. Alla räcker upp handen men Jacek kastar en blick på sitt armbandsur. Hans taxipass börjar om en halvtimme.

Morfar Andrzej tar en klunk vodka och låtsashostar för att markera alkoholstyrkan. Han har kommit i föreläsartagen och vänder sig mot barnbarnen som sitter hoptryckta i soffan.

– Ni förstår inte hur bra ni har det. Ni inser inte vilken frihet ni har.

Ungdomarna suckar, men tyst så att morfar inte ska höra. Han hör inte så bra. Det är ofta rätt skönt.

– Jag minns hur vi fick låna kopior av förbjudna böcker. ”Katyn i ljuset av dokument” till exempel. Har ni läst den?

Obestämda huvudrörelser från ungdomarna i soffan kan betyda både ja och nej. Morfadern fortsätter:

– Två dygn fick vi ha dem, inte mer, för sedan skulle de vidare. Kopiorna var gjorda med kopieringsmaskin, med pyttebokstäver för att så mycket som möjligt skulle rymmas på varje sida. Vi låg i sängen sida vid sida, mormor och jag. Jag läste en sida först och gav henne den, när jag var klar med nästa sida fick hon den.

Han ler lite vid minnet.

– Hon läste fortare än jag så ibland hann hon somna medan hon väntade och jag fick väcka henne när jag var klar med nästa sida.

Agata har hört berättelsen förr men först nu slår det henne: varför fick inte mormor läsa sidorna före morfar, om hon var snabbare? Men hon säger inget, önskar bara att nostalgiavdelningen ska bomma igen snart.

– De nätterna hann vi inte sova mycket, fortsätter morfadern, för efter två nätter var vi tvungna att lämna den vidare. Då var den bokad av någon annan. Vi använde så mycket tid till sådant, att hämta, gömma, lämna vidare, inte bli upptäckta, oroa oss – och nu kan ni gå in i vilken bokhandel som helst och köpa boken! Förstår ni vilken frihet det innebär?

Ungdomarna nickar utan större entusiasm.

– Men nu finns det ju moderna, inte ett dugg kommunistiska, politiker som vill förbjuda andra böcker i skolorna, flikar

Jacek in. Som vill bannlysa Goethe och Dostojevskij och till och med vår egen Gombrowicz.

Marek kvicknar till i soffan. Det känner han till. Att vissa böcker är olämpliga för skolelever. Varför vill pappa försvara sådana spridare av irrläror? Gombrowicz var ju till och med pederast, det har han hört på *Hela Polens ungdoms* möten. Ogudaktigt och snuskigt. Trots de extra centiliter vodka han hällt på när mamma inte tittat, känner han sig inte beredd att gå i klinch med fadern. Dostojevskij vet han nästan ingenting om. Ryss var han, det är han rätt säker på. Och var det inte han som hade ihjäl någon gammal gumma? Typiskt ryssar. Men morfar vet nog. Morfar tycker lika illa om bögar som han, det har de ofta talat om.

– Jaa, säger den gamle stilla. Jag har hört att de vill bannlysa vissa författare. Jag tycker inte om det. Jag tycker absolut inte om det.

Marek häpnar. Kan han inte lita på morfar heller?

– Jag har inte läst den där Gombrowicz, säger Andrzej, och jag vill inte heller. Jag tror säkert att hans böcker kan vara hedniska, och handla om sådant som vi inte vill att våra barn ska läsa. Men censur? Det var inte det vi slogs för.

Teresa tror inte heller att hon har läst Gombrowicz, och har hon gjort det har hon glömt det, men en del av debatten verkar snurrig.

– Är det verkligen vettigt att förbjuda böcker för att de skriver om värnplikten? frågar hon.

– ”Sprider avsky för värnplikten”, menar du, säger Jacek med ett spetsigt tonfall. Det måste väl vara vettigt, om utbildningsministern sagt det?

Marek känner sig illa till mods. Han vet att utbildningsministern har varit en betydelsefull medlem i *Hela Polens ungdom* och Marek skulle vilja försvara honom, men han vet inte riktigt hur.

Andrzej Nowak häller upp en sup till, och erbjuder Jacek påfyllning, men svärsonen lägger handen över glaset. Marek får inget erbjudande.

Flickorna reser sig för att duka av.

– Jacek, ber Teresa. Kan du hjälpa mig att titta på en lampa vid morfars säng som inte vill lysa? Jag undrar om det är något elektriskt fel.

Teresa vet att det *är* ett elektriskt fel. Det är sladden, klädd med ett brungrått uråldrigt textilmaterial, som blivit avskavd och säkert mycket brandfarlig. När fadern försökte sätta i en ny glödlampa gick den sönder med en smäll och Teresa vill slänga det gamla skräpet, men Andrzej Nowak är inte den som slänger saker som kanske går att laga. Han har inte förstått att inget går att laga numera. Att grundprincipen i det moderna samhället är att alltid köpa nytt och slänga allt som har någon skavank. Det är sådant som får hjulen att rulla. Det vill den gamle inte acceptera.

Nu hoppas Teresa att Jaceks dom över lampan ska få fadern att förstå. Kanske kan Jacek till och med ta med sig lampan och slänga den innan han börjar sin taxirunda. Teresa kan köpa en ny lampa när hon lyckas få skjuts till Ikea och under tiden kan fadern få låna golvlampan i vardagsrummet, den som också är hennes sänglampa. Hon orkar aldrig läsa något på kvällarna ändå.

Dessutom tycker hon att middagssamtalet kommit in på farliga vägar.

Jacek är inte alltid överens med sin svärfar om den polska nationens historieskrivning, och på vissa punkter kan Teresa hålla med sin äkta man. Allt har inte blivit bättre efter Folkrepublikens fall.

I sitt jobb ser Teresa vad fattigdom och utslagning ställer till med.

Visserligen var det massor, kanske det mesta, som inte fungerade bra förut heller, men även kapitalismen skördar många offer.

Kyrkan har en starkare ställning idag, men den har liksom vuxit ihop med staten. När det är val röstar Teresa naturligtvis på politiker som är emot aborter och dödshjälp och sexualundervisning i skolan, självklart, men hon vill välja själv och inte bli uppmanad av någon biskop.

Det händer att hon saknar den gamla tiden. När alla, unga och gamla, samlades i kyrkan för att be och prata politik. Och hjälpa varandra, utan egennytta. När kyrkan var frihetens symbol, där man kunde hålla ihop utan att hamna i fängelse. Det var innan påven omfamnades, kanske riskerade att kramas ihjäl, av politikerna.

Sedan har mycket ogudaktigt, som pornografi och prostitution, vällt in i landet. Var och varannan dag hittar hon små lappar med sexshop-erbjudanden fastklämda under vindrutetorkarna på alla bilar på gatan. Om hon hinner och orkar går hon hela gatan fram och plockar bort dem, river alltihop i småbitar och kastar i papperskorgen vid spårvagnen. En gång blev hon ertappad och utskälld av en ung man som bar en kasse full med nya lappar. Hon skällde tillbaka, men redan när spårvagnen skakade iväg kunde hon se hur han fortsatte att smutsa ner där hon försökt rengöra.

För några år sedan hittade Teresa två porrtidningar under Mareks säng. Hon kastade förstås bort dem, nej, hon eldade upp dem i diskhon i köket, och när sonen kom hem från skolan försökte hon tala med honom. Inget hon sa verkade påverka honom. Han såg lite skamsen ut men svarade knappt på hennes frågor om varifrån han fått tidningarna och om han tyckte det var förenligt med Guds vilja att förnedra den vackra fortplantningen på det sättet.

När hon bad Jacek om hjälp ryckte han bara på axlarna. Visserligen höll han med om att det kanske saknats ett ordentligt far-till-son-samtal dem emellan, nu när Marek kommit upp i ålder, men budskapet i ett sådant samtal ville Jacek i så fall välja själv. Och det lät inte som om det budskapet skulle vara Teresas.

– Pornografi ingår i varje ung mans utbildning, hade han till och med mage att säga.

Så vitt Teresa vet har Jacek och Marek inte haft något sådant samtal.

Hos *en* person hade Teresa säkert kunnat få stöd och råd – hos pappa Andrzej – men av någon anledning berättade hon inget för honom. Kanske ville hon skydda Marek. Eller sitt eget anseende som god mor. Hon är i alla fall tacksam för att det var hon, och inte morfadern, som hittade tidningarna. Alltid något gott med hans tjocka mage och stela rygg.

Numera, sedan Marek gick med i *Hela Polens ungdom*, är han lika negativ till pornografi som hon. Jungfru Maria och Moder Polen har tagit de nakna flickornas plats, och det är hon tacksam för. Åtminstone för det mesta. Ibland undrar hon vad han får lära sig på mötena, eller vad han gjorde på den där kongressen i Warszawa. Och vilka det är han träffar när han inte vill berätta.

– Den här lampan är livsfarlig, säger Jacek när han kommer ut i köket och håller i lampfoten med rak arm, som om den skulle kunna anfalla honom.

Teresa nickar ”jag vet” och vickar med huvudet i riktning mot vardagsrummet. ”Säg det till honom” menar hon och Jacek förstår.

– Den här lampan är livsfarlig, upprepar Jacek med hög och tydlig röst i dörröppningen till vardagsrummet. Svärfadern ser skeptisk ut men Jacek fortsätter:

– Du vill väl inte bränna ner hela huset?

– Nej, säger den äldre mannen, men han har omedelbart tappat intresset. Lite vodkatrött trevar han efter fjärrkontrollen till tv:n. Kalaset verkar vara slut.

– Jag tar med mig lampan och slänger den så slipper du bekymra dig, säger Jacek till Teresa i köket och hon nickar tacksamt. Att slänga skräp är karlgöra. Numera är hon tvungen att hålla på med alldeles för mycket karlgöra.

– Nu måste jag åka.

– Men kaffet då? undrar Teresa. Och vallmokakan?

– Jag hinner inte. Passet börjar snart och jag ska ju kasta bort lampan först.

– Förresten, säger han och vänder sig till sina döttrar som sköljer av tallrikar vid diskbänken. Izabela fyller år i nästa vecka och jag tänkte att ni kanske ville komma på middag?

– Jag är ju inte hemma, påpekar Karolina.

– Nej, jag vet, men kanske du kan komma, Agata? Och Marek?

Han tittar in i vardagsrummet där Marek sträckt ut sig i soffan sedan systrarna rest sig för att utföra sina kvinnliga plikter.

– Hur har du det på onsdag? Kan du komma hem till oss då?

Marek tänker efter. Kanske ska han träffa broder Black då. Kanske är det redan i nästa vecka dags att börja arbeta.

– Jag vet inte, glider han. Vi kan väl höras?

– Visst. Vi ringer varann.

När dörren smällt igen och den släpande lampsladden hoppar efter Jacek i trappan, drar han en suck av lättnad. Lägenheten känns alltid som ett fängelse och han är glad när han kommer därifrån. Det gick bra den här gången, utan större konflikter, och barnen verkar ha det bra. Om bara surgubben kunde lägga näsan i vädret skulle Teresa få det riktigt hyggligt.

Själv längtar han hem, till sin Izabela. I taxins baklucka har han femton gerbera, i en elegant celluloidinsvept bukett. Han kommer att tackas i den varma sängen, av en kvinna som inte bryr sig om fåniga påveförbud mot preventivmedel. Han är nöjd med sitt nya liv. Ett vuxenliv utan krav och skrikande bebisar. Izabela skulle gärna vilja ha barn, men inte utan en ring på fingret. Det har sina fördelar att inte vara skild.

Inne i lägenheten ropar morfadern från vardagsrummet.

– Teresa! Blev det något kaffe?

STOCKHOLM, SVERIGE
FÖR 40 ÅR SEDAN

Stockholm den 21 juni 1968

Hej Honung! (Fritt översatt från engelskan.)

Det låter spännande med den där nye … Verkar inte precis va nån bråkföda han heller. Honom skulle du ha i stugan å strömavbrott å snöstorm, de du! Hur du ska få'n intresserad? Du får väl koppla på full strömstyrka om det ska bli nåt resultat. Om du hittar nån kontakt på'n.

Annars var det en mycket förnuftig tanke du hade angående elförbrukningen. Inte minst kvälls-å nattetid, i det mörka mellanschwärje, bör man tänka på att inte belasta kraftverken för hårt. När ljus krävs, å mer handgriplig vänskaplighet är på gång, då är stearinet att föredra. Jag bytte just från en gul ljusstump till ett halvbränt rött i min stiliga mörkgröna vinflaska.

Jag har träffat Milton på tu man hand igen. Å nu lyckades vi PRATA som vi aldrig gjort sen första gången. Gissa om det var härligt! Vi snackade om varför vi träffas å vad vi eventuellt vill med det. Vi var överens om att vi hade lite olika skäl, men att vi skulle fortsätta gå på bio å så. Inkluderar inte övernattning! Av många skäl.

Bland annat, som du så korrekt påpekar, på grund av att jag är gift. Jo, jag kommer ihåg det!

Det vore toppenkul om du kunde hitta rätt tåg (å en smärre tipsvinst) å komma hit nån helg.

Live, love and eat!

Din Misse

Stockholm den 29 juni 1968

Hej svejs i lingonskogen!

Om du visste vad blomstret från dej gladde lilla jag! Å jag fick den på samma dag som jag skulle ha prov på papperskvaliteter, å den lättade upp humöret betydligt.

Å ditt lilla ljufliga brev, med "Vi flytt int"-märket. Dylika dyrgripar skapar grön avundsjuka på dessa breddgrader. Det gläder mig oavlåtligen.

Det är dåligt fegt att du får vara hemma i Nordanlanden när min själ längtar dit så det blir blodspår när jag går. Till mänschorna, sjöarna, myggen, språket. Jag gillar till å med den hemkörda rotvälskan i Lars Ekborgs "Bunt ihop dom!" när den kommer i radion.

Trist att den där Lars-Olof inte var nåt att ha, men så är det nu ibland. "Om ditt hjärta brister, laga det med Karlssons klister" du vet.

Här rullar det mesta på, med föreläsningar å bindning å pappersarbete (OBS! Vitsigt!)

Det har blivit några till Amerikanska Övernattningar men lite mer sällan. Kanske lika bra. Stickan har pratat om att komma hit nästa helg så jag behöver nog samla ihop mej lite. Kamma mig å stryka kjolen å så, om du förstår vad jag menar. Milton förstår. Lite väl bra, tycker jag ibland. Ska blodet inte svalla lite mer hos dom mörkhyade, eller vad tycker du?

Inatt när jag omslutits av morfars underskjorta å lakanets mjuka mörker fick jag en råsop av tanken: Felet med dej, lilla Misse, är kanske att du lever för mycket i nuet! När jag tänker rätt på saken handlar jag många gånger – som du så riktigt påpekat, min kära – som om det inte skulle finnas något "imorgon". Men om jag blir lyckligare idag av att inte bekymra mig för imorgon så är väl det viktigt idag (om du förstår vad jag menar, jag gör det knappt själv.)

Nu ska jag ta å sluta, å hoppas du har kvar din TRO PÅ LIVET, TRON PÅ KÄRLEKEN SOM EN REELL MAKT, TRON PÅ ATT DET GODA I MÄNNISKORNA KAN FÖRDRIVA DET ONDA, å att MÄNNISKORNA KAN GÖRA VARANDRA LYCKLIGARE.

Din Misse

WLADYSLAWOWO, POLEN
IDAG, KL 21.23

Ellen har hittat telefonen som hon – "för att minnas var hon lagt den" – stoppat i en låda vid kajutans diskbänk. Jag håller på att bli senil, tänker hon. Det måste vara en reaktion på chockerande aktivitet efter tydlig understimulans. Telefonen är inte det första hon förlagt.

Hon knappar in sitt hemnummer och möts av en upptagetsignal. Vem är det som pratar i telefon? Nadja borde ha somnat vid det här laget och Björn pratar aldrig länge i telefon. Men det kan vara mamma Marianne förstås. Hon har väl ringt hem till någon väninna för att prata av sig.

Ellen samlar ihop broschyrerna, trär gummisnoddar runt buntarna och lägger dem på en hylla vid väggen. Träpenisen och paketen med kondomer stoppar hon bakom buntarna, så att de inte ska rulla iväg i det lätta gung som vågorna åstadkommer.

Så letar hon fram en sopborste. Hon kan lika gärna städa lite medan hon väntar. Golvet är täckt av ett lager med grus som besökarna dragit in. Sopskyffeln blir snart full och hon slänger gruset i en papperskorg. Hon skulle kunna gå ut och slänga gruset i sjön men hon vill inte. Telefonsamtalet med familjen vill hon klara av inne på båten. Det känns inte helt säkert att promenera på Wladyslawowos gator med koncentrationen i en telefonlur. I så fall borde hon ha en öppen linje till projektets säkerhetsfolk. Alla som arbetar på *Aurora* har uppmanats att hålla skärpt uppmärksamhet. Ellen såg visserligen ingen som följde efter henne till hamnen, men man vet aldrig.

Demonstrationerna under dagen var våldsamma. Ingen kom till skada, men det var nära flera gånger. Uppdraget har blivit tuffare än Ellen tänkt sig, och definitivt tuffare än hon förespeglat Björn. Men han behöver inte få veta. Snart är det över och hon ska åka hem. Det känns helt okej.

I en dryg vecka har hon arbetat på båten och det har varit viktigt. Hon har gjort något av bestående värde. När uppdraget är slutfört kan hon åka hem till sin älskade familj. Hon saknar dem. Leende tänker hon på Nisses lilla mjuka mage och Nadjas ständiga frågor.

Plötsligt stannar Ellen upp. Hon håller sopkvasten blick stilla i luften. Hon tycker att hon hör ett ljud. Det kommer från aktern, från den stora fartygscontainer som står på däcket och används som undersökningsrum. Det låter som en duns, som om något slår mot plåtdäcket, eller kanske mot containerväggen.

Hon hinner nästan bli rädd – kan någon ta sig ombord på båten med vakterna och staketet och alltihop? – när hon hör fiskmåsens skrik och inser vad som hänt. En stor fågel har krockat med fartygsskrovet, förstås.

Hon ler åt sin överspända fantasi och slår numret hem igen.

GDANSK, POLEN
FÖRRA VÅREN

Disken är torkad och bordet, utan iläggsskiva, har flyttats tillbaka till köket. Karolina har sopat köksgolvet och Agata har knölat in den stora grytan längst in i underskåpet. Teresa har tagit fram strykbrädan och pressar Mareks gamla kostym, vad han nu ska ha den till. Morfadern snarkar i tv-fåtöljen medan Marek dåsar i soffan.

Agata har låst badrumsdörren om sig och sitter på toalettstolen med huvudet i händerna.

Hon är trött. Universitetet kräver all tid. Hon skulle vilja arbeta, kanske bara några helger på ett café, men hon hinner inte. Hon måste plugga på helgerna för att klara sin examen.

Det betyder att hon aldrig har några egna pengar. Mat och husrum får hon hemma och de slantar hon kan pressa ur mamma och morfar måste gå till böcker. Hon avundas Karolina som har en egen inkomst, även om den är liten. Å andra sidan skulle Agata inte stå ut en kvart i den kvava kyrkobokhandeln där systern arbetar. Dammiga, tråkiga böcker och korkade, inskränkta arbetskamrater.

Agata lyfter blicken och läser, för tusende gången, den inramade, tvålbestänkta dikt som suttit vid handfatet så länge hon kan minnas:

Polskt recept anno 1980

Du tar vad du inte har
lägger i lite kummin och salt
Plus en nypa av nåt sånt
som på torget tagit slut.
Du rör ihop det omsorgsfullt
tills du blir led och trött.
Strör sedan ovanpå allt,
nåt sånt som är riktigt dyrt
In i ugnen, där må det jäsa!
Eller kanske på spettet fräsa!
Öser sedan då och då
med det du i drömmen äga må.
Snart kan du äta och smaska
det finns nog för alla att smaka.
Och hemligheten bakom allt,
vårt ekonomiska under, tusenfalt!

Det är morfar Andrzej som klippt ur dikten och ramat in den. Så att alla ska minnas hur det var, säger han.

På den andra väggen har Teresa satt upp ett annat citat:

En idog hustru, var finner man en sådan?
Långt högre än pärlor står hon i pris.
På henne förlitar sig hennes mans hjärta,
och bärgning kommer icke att fattas honom.
Hon gör honom vad ljuvt är och icke vad lett är
i alla sina levnadsdagar …
För den betryckte öppnar hon sin hand
och räcker ut sina armar mot den fattige …
Hennes man är känd i stadens portar
där han sitter bland landets äldste …

Kraft och heder är hennes klädnad,
och hon ler mot den dag som kommer.
Sin mun upplåter hon med vishet,
och har vänlig förmaning på sin tunga.
Hon vaktar över ordningen i sitt hus
och äter ej i lättja sitt bröd.
Hennes söner stå upp och prisa henne säll,
Hennes man likaså och förkunnar hennes lov:
"Många idoga kvinnor hava funnits,
men du, du övergår dem allesammans."
Skönhet är förgänglig och fägring en vindfläkt
men prisas må en hustru som fruktar Herren.
Må hon få njuta sina gärningars frukt.
Hennes verk skola prisa henne i portarna.
Ordspråksboken 31: 10-31

Det var länge sedan Agata *läste* det långa bibelordet, men nu ser hon det plötsligt med nya ögon. Som en knäpp på näsan, ett litet stillsamt uppror från sin gudfruktiga mamma. Mot vem då?

Hon minns inte när texten kom upp, om det var före eller efter det att pappa flyttade, men inte minst de sista raderna, om den förgängliga skönheten, måste anspela på Izabela.

När hon tänker efter brukar pappa sällan besöka toaletten när han kommer och hälsar på. Agata kan förstå varför.

Plötsligt får hon en idé. Snabbt går hon in i sitt rum. Karolina ligger på magen i sin säng och läser en bok. I ryggsäcken hittar Agata det hon skrev ut från nätet häromdagen. Papperet ligger under böckerna och har blivit lite knöligt. Hon stryker ut det med handen och går ut i köket för att visa Teresa.

– Det här kanske vi också skulle kunna rama in och ha på toaletten?

Teresa letar fram sina läsglasögon och sätter sig vid köksbordet. Hon läser:

VEM VAR JESUS?

Det finns tre bevis på att Jesus var mexikanare:

- Han hette Jesus
- Han var tvåspråkig
- Han hade problem med myndigheterna

Men det finns också belägg för att han var irländare:

- Han gifte sig aldrig
- Han berättade alltid historier
- Han älskade att vara ute i naturen

Samtidigt finns det tydliga indikationer på att Jesus var svart:

- Han kallade alla för "broder"
- Han gillade gospelmusik
- Han fick ingen rättvis rättegång

Tre starka argument för att Jesus var italienare:

- Han gestikulerade när han talade
- Han drack vin till alla måltider
- Han var säker på att hans mor var jungfru, och modern var säker på att han var Gud

Men annat tyder på att han var från Kalifornien:

- Han klippte aldrig håret
- Han gick barfota
- Han grundade en ny religion

MEN, det mesta talar faktiskt för att han var kvinna:

- Han blev tvungen att utfodra många människor med kort varsel, även om det inte fanns tillräckligt med mat
- Han försökte göra sig hörd bland en massa män som inte lyssnade
- När han hade dött blev han tvungen att uppstå igen, för det fanns mer att göra

Teresas panna är rynkad under större delen av läsningen, men när hon kommer till slutklämmen fnissar hon till.

– Det *är* roligt, men jag tror inte morfar skulle uppskatta det …

– Vad talar för att Jesus var polack? spånar Agata vidare. Att han trodde att han bodde i ett heligt land? Att månglarna sålde krimskrams vid templet? Att hans bästa kompis hette Karol och kom från Krakow?

– Sluta nu! säger Teresa och kväver ett stort skratt med handen. Och sätt *inte* upp det på toaletten!

Hon går fnissande tillbaka till sin strykbräda.

Agata viker ihop papperet och är nöjd, ändå. Mamma har humor.

Att visa papperet för Karolina är meningslöst, men kanske ska hon ta med det till pappa och Izabela. De förstår att man kan skoja med kyrkan utan att vara hädisk. Johannes Paulus själv hade ju massor av humor, eller hur?

Karolina ligger kvar på magen på sitt blommiga sängöverkast. Hennes blommor är röda, Agatas blå. På väggen ovanför Karolinas säng hänger tre madonnabilder, ett krucifix och ett stort porträtt av påven. Det är en bild från slutet av JP:s liv. Han sitter ner med den lilla vita mössan på skulten och den krumma ryggen täckt av en röd mantel. Han ser gammal ut. Och snäll. I handen håller han ett papper. Karolina brukar säga att hon tror att det är ett brev från ett barn. JP älskade barn.

Från Agatas sida blickar ett ensamt svartvitt porträtt av Sylvia Plath mot påveväggen. Det lilla skrivbordet vid fönstret är belamrat med läroböcker. Alla böckerna är Agatas sedan Karolina gett upp sina universitetsstudier.

Karolinas pilgrimspackning täcker större delen av golvytan och när Agata tränger sig förbi den knuffar hon ner den hög av kläder som balanserat på stolen vid fotändan av hennes säng.

– Shit! säger hon och Karolina lyfter på huvudet och blänger lite.

– Vad läser du? frågar Agata och lyfter upp den instabila klädhögen på stolen. Den tippar genast över och glider ner på golvet igen. Hon låter den ligga och lägger sig på rygg på sängen med händerna under huvudet.

Karolina håller upp boken och visar titeln: *Kärlek och ansvar* av Karol Jozef Wojtyla, alias Johannes Paulus II.

– Den där är väl morfars?

– Jo, men jag får låna den. Jag håller på att bestämma mig för om jag ska ta med den. Den är ju tung, och jag vill inte släpa på mer än nödvändigt.

– Verkar den bra då?

– Fantastisk!

Karolinas röst är full av vördnad. Hon sätter sig upp i sängen och börjar bläddra för att hitta det hon vill läsa upp.

Även Agata har stor respekt för Polens store man, men en man som bestämt sig för att leva i celibat, och i ett sammanhang där det nästan bara finns andra äldre män som knappt träffat några kvinnor – vad vet han om kärlek? Kärlek mellan man och kvinna, alltså.

Kärleken till Gud är han säkert världsbäst på, tänker Agata, men har han någon aning om hur det känns när mjuka händer smeker en bröstvårta och det bultar mellan benen? Och om han har en aning, kan han någonsin förstå eller acceptera? Eller måste allt handla om fördömande, synd och skuld?

– Här, säger Karolina som bläddrat färdigt och hittat vad hon sökte. Hör vad han säger om avhållsamhet: ”Vilken kolossal och till sitt resultat positiv roll spelar inte här avhållsamheten, som befriar … från egoismen och därigenom indirekt gestaltar kärleken. Kvinnans och mannens kärlek kan inte byggas annorlunda än till priset av ett visst offer och självförnekelse.”

Karolina gör en paus och hoppar en bit i texten:

– ”Evangeliet lär avhållsamhet som ett sätt att älska.”

Nöjd tittar Karolina upp och möter sin systers skeptiska blick.

– Vad menar han med det? Att man ska älska varann men aldrig ta i varann?

– Nej. Det tror jag inte. Jag tror att han menar att avhållsamhet är rätt innan man har gift sig, eller om man inte vill ha barn, eller förstås om man har vigt sitt liv till Gud som präst eller nunna. Men att det inte behöver betyda att man inte älskar. Och att avhållsamheten är ett offer, som man ska vara glad att få göra.

Karolina ser belåten ut, som att hon hittat en lösning på något som länge bekymrat henne.

– Men jag fattar fortfarande inte, säger Agata. Att präster och sådana inte får ha sex, det vet jag, och att vi inte förväntas ligga med någon innan vi gift oss, det har jag också förstått – men är inte det där ett jäkla krångligt sätt att uttrycka sig?

Hon har medvetet använt svordomen för att reta systern som blivit fasligt fin i munnen sedan hon slutade på universitetet och blev tok-kristen, men Karolina verkar inte bry sig. Hon bläddrar vidare, på jakt efter nya visdomsord.

– Du vet det här med att mamma inte vill skilja sig från pappa, säger Karolina.

– Ja?

– Det skulle inte ens spela någon roll om hon *också* ville ha skilsmässa. De skulle ändå inte kunna skilja sig.

– Nähej?

Agatas skepsis växer. Den kutryggige påven blickar ner mot henne från systerns vägg. Hon blänger tillbaka.

– Han skriver att det som Gud instiftat kan människan inte åtskilja, även om båda skulle vilja. Det bara är så.

– Och det kan han bestämma, fnyser Agata.

Karolina bläddrar till ett nytt ställe i boken medan hon rättar sin syster, som om hon lämnar en faktaupplysning, mer i förbigående.

– Det är inte han som bestämmer. Det är Guds ord. Det är till och med så att morfar fortfarande är förenad med mormor, för alltid.

– Men det är ju jättelänge sedan mormor dog.

– Ja, men det spelar ingen roll. Hör här: ”Även om det andra äktenskapet, efter makens död, är berättigat och tillåtet, så är det dock i alla avseenden lovvärt att förbli i änke- eller änklingsståndet, ty på detta sätt uttrycks bättre föreningen med den person, som har avlidit.”

– Det gäller att passa sig jävligt noga för att gifta sig, alltså, muttrar Agata.

Karolina lägger ihop boken och reser sig från sängen.

– Nej, nu ska jag duscha. Jag tror inte jag tar med mig boken, fast den är bra. Det är rätt krångligt skrivet, det har du rätt i. Och så är den tung.

Karolina klär av sig och drar badrocken runt sin avhållsamma kropp. Undrar om hon fortfarande är okysst, tänker Agata elakt.

När duschen börjar strila i badrummet tar Agata upp boken från Karolinas säng och börjar bläddra. När hon hittat vad hon söker, kapitlet om drift, njutning och den absoluta nödvändigheten av behärskning, lägger hon ihop boken och går ut till vardagsrummet och tv:n. Hon gillar inte att påven tittar på henne. Imorgon ska hon nog ta en sväng förbi kyrkan. Det kan vara dags för en bikt.

***

Hotellet är finare än något Marek sett förr. Lobbyn har tredubbel takhöjd och mosaikfönster som släpper in ett mjukt ljus. Broder Black väntar på honom, bekvämt nedsjunken i en guldfärgad soffa. Han har vit skjorta, en mjuk mockakavaj, ljusgrå byxor med pressveck och loafers.

Trots att Marek har sina finaste kläder på sig känner han sig som en slashas. Det måste synas att han inte hör hemma här. Broder Black reser sig, hälsar hjärtligt och tar Mareks hand mellan sina båda. Hans handslag är fast och mjukt. Marek svettas.

När mannen och ynglingen passerar receptionsdisken nickar Michael Black snabbt mot kvinnan och hon svarar med ett strålande leende.

– Tala är silver, men tiga är dollar, mumlar Brodern, och Marek fnissar lite nervöst. Fyndigt.

Hissen lyfter dem susande till översta våningen och heltäckningsmattan i korridoren slukar allt ljud. Broder Black låser upp dörren med ett plastkort, och tänder ett tiotal bords- och golvlampor på samma gång genom att sticka in kortet i en hållare. Hotellrummet är stort och går i guld-beige. Det blanka överkastet på dubbelsängen glänser och Brodern ber Marek sitta ner i en bred fåtölj som slukar ynglingens tunna kropp. De tunga gardinerna är fördragna och någonstans spelar en melodislinga.

– Vad vill du ha att dricka, frågar Brodern och öppnar en teakdörr som gömmer ett kylskåp med många flaskor.

– Jag vet inte …

Marek är rädd för att göra fel.

– En öl kanske, förslår mannen hjälpsamt med glitter i sitt vindande öga.

– Ja tack.

– Och kanske en konjak?

– Ska du ha konjak? undrar Marek som inte vill utmärka sig.

– Ja, det tror jag. En drink eller två skärper koncentrationen, och vi har mycket att göra.

– I så fall …

Broder Black hämtar två glas från badrummet och häller upp ölen. Ur sin portfölj tar han upp en liten läderbehållare som visar sig innehålla små tennbägare. Han tar två miniflaskor konjak ur barskåpet och fyller bägarna.

– Skål!

– Skål!

Broder Black går bort till en av garderobsdörrarna.

– Jag vill att du ska se vem vi kämpar för, säger han, och Marek ställer försiktigt ner ölglaset på glasbordet.

Långsamt öppnar amerikanen garderobsdörren. På insidan sitter en affisch. Den föreställer en blond pojke i ettårsåldern. Hans stora blåa ögon tittar uppfordrande mot kameran. Ovanför hans ansikte står ordet ”LIV” och längs kanterna med stora bokstäver: ”Stoppa aborterna nu!”

– Det finns många typer av ogudaktighet, säger broder Black och skjuter igen garderobsdörren. Aborter är den värsta. Att mörda barn. 45 miljoner ofödda varje år.

Amerikanen blinkar bort tårarna som alltid vill välla fram när han tänker på hur det kunde varit om fyllkärringen fått som hon velat. Han tar fram sin välstrukna näsduk och snyter sig.

– Men jag vill att du ska tänka större, säger han och fäster blicken på den unge mannen. På homosexualitet, prostitution, incest, den demografiska vintern, Europas sönderfall, attacken från de otrogna …

Uppräkningen är långsam. Han vill understryka betydelsen av varje ord. Han hämtar en tidning från nattygsbordet och visar Marek en sida med rubriken ”Familjenyheter från världen”. Det är korta texter som illustrerats med bilder av flaggor. Den tyska flaggan känner Marek igen men rubriken på engelska är krånglig. Han pekar på flaggan och tittar frågande på sin vän.

– Ja, det är bara ett exempel, säger Brodern. Det är en tysk familj som har begärt politisk asyl i USA eftersom de inte tillåts undervisa sina barn i Guds lära hemma i Tyskland, utan skulle tvingas skicka barnen till en kommunal ogudaktig skola.

– Eller det här, fortsätter han och pekar på en flagga som Marek inte känner igen. Det är Vatikanen som protesterar mot ett förslag som fransmännen lagt fram i FN:s generalförsamling. De vill göra homosexualitet laglig i världen. I förlängningen vill de säkert godkänna äktenskap mellan homofiler. FN! fnyser han.

Marek nickar. Det låter allvarligt.

– Jag vet att du kan hjälpa till i kampen, säger broder Black. Jag vet att ni polacker kan det. Jag vet var ni får er kraft ifrån. Ert lands historia växlar mellan berättelsen om Kristus, som säger att Polen lider, och berättelsen om upproret, som betyder att Polen leder utvecklingen. Nu är det dags att leda utvecklingen.

Marek lyssnar storögt medan han läppjar på konjaken. Han tycker om när den elegante amerikanen berömmer hans fosterland. Allt för ofta beskrivs Polen som en outvecklad lillebror i världen. Marek önskar att han kunde be Brodern komma till *Hela Polens ungdom* och föreläsa men han har förstått att det är omöjligt. Broder Black vill verka i det tysta. Det får han acceptera.

– Vet du vad den polska flaggans färger betyder? frågar Marek. Kanske är det något som amerikanen inte vet, som han kan berätta.

Black skakar på huvudet.

– Det röda står för blodet och det vita för oskulden. Minns du hur Solidaritets namn skrevs?

– Lite dimmigt, erkänner broder Black. Han har alltid haft svårt att förstå hur en fackförening kan arbeta i Guds tjänst, men mycket är annorlunda här i Polen. Han har sett bilder från de jättemässor som hölls inne på Leninvarvets område under strejken och han vet att Lech Walesa har varit viktig för att försvara kyrkan, men lite underligt är det allt.

– Det var röda och vita bokstäver som skrevs ihop för att visa att alla människor måste arbeta tillsammans, förklarar Marek.

– Det är bra, svarar Brodern allvarligt. Och sedan har ni ju henne …

Han lutar sig bakåt i fåtöljen och vickar golvlampan så att den lyser på hans bröst. Sakta viker han upp kavajslaget. På baksidan sitter ett litet märke som föreställer den svarta Madonnan, helgonet från Czestochowa. Marek känner igen henne, naturligtvis känner han igen henne. Morfadern har en bild av henne vid sängen. Det är hennes helgedom som är målet för Karolinas pilgrimsvandring. Och Lech Walesa bär alltid Madonnan på kavajslaget. Vad folk numera än säger om Walesas medlöperi och samarbete med den kommunistiska hemliga polisen så tror inte Marek på sådant. En man som bär

Madonnan på bröstet måste vara god. Det säger morfadern också. Och han känner faktiskt Walesa.

– Madonnan har alltid gett er polacker extra styrka, fortsätter broder Black. Han viker sakta ner kavajslaget igen och klappar lätt på den mjuka mockan, som för att skydda en dyrbarhet.

– Visste du att inför det stora slaget i Wien, fortsätter han, när polackerna hindrade de muslimska barbarerna från att invadera Europa, då begav er kung Jan Sobieski sig till Madonnans helgedom för att be om ett underverk? Vid det avgörande slaget, den 12 september 1683, bar kungen Madonnans porträtt om halsen. Han fick bönesvar. Hon hjälpte honom att köra ut de otrogna.

Marek rodnar av förtjusning. Tänk att broder Black till och med kommer ihåg datumet.

– Nu ska hon hjälpa oss i vår tids kamp mot vår tids otrogna. Dig och mig och våra kristna vänner. Du ska få en egen Madonna.

Broder Black viker upp kavajslaget igen och knäpper försiktigt loss Madonnan. Med en sirlig gest fäster han märket på slaget till Mareks lite för trånga polyesterkavaj.

Marek nickar och sväljer, kommer inte på vad han ska säga.

– Ska du inte behålla det? får han fram.

– Jag skaffar ett nytt. Jag vill naturligtvis ha ett eget, men den här Madonnan ville jag ge till dig. Som en symbol.

– Tack.

Stämningen har blivit högtidlig och när Brodern höjer sin tennmugg för att skåla för Polen, och Jesus, är Marek nära att ställa sig upp. Det känns som i kyrkan, eller i småskolan. Men han hejdar sig. Han är vuxen, en vuxen man med ett uppdrag.

– Jag undrar om du skulle kunna hjälpa mig lite med datorn, fortsätter broder Black och häller på mer konjak i Mareks glas. Jag läser ju inte polska, tyvärr. Jag tänker lära mig, för polska är ett av de viktigaste språken i världen. Men tills vidare kanske du kan hjälpa mig lite? Jag har fotograferat ett gäng gudsförnekare som jag skulle vilja presentera för världen, så att deras grannar och arbetskamrater kan tala dem till rätta. Du förstår?

Visst förstår Marek. Det är en bra idé. De sätter sig på var sin stol vid skrivbordet. Marek blir imponerad av Internets möjligheter. Ytterligare ett av Guds underverk. Med broder Blacks surf-hjälp kan han följa en grupp kristna vänner vars mål är att stänga en barnamordsklinik någonstans i USA. I Mississippi, var det visst. Om de amerikanska rättrogna inte lyckas skriva om abortlagstiftningen efter polsk förebild kan man åtminstone arbeta för att stänga klinikerna. Med en blandning av demonstrationer och utpekande av de skyldiga mördarna, direkt genom hembesök och indirekt på nätet, kan det inte dröja länge förrän mördarna ger upp. Och några tusen barns liv har räddats.

Tillsammans tittar de igenom bilder från en barnamordsdemonstration här i Gdansk. Vissa av demonstranterna är välkända och Marek vet vad de heter. De googlar fram fullständiga namn, e-postadresser, vanliga postadresser och telefonnummer. Broder Black vet hur man gör och Marek läser och skriver polska.

De alldeles vanliga människorna som demonstrerar är svårare att identifiera. Till Mareks förvåning är några gamla tanter och en del tonårspojkar. Till sist bläddrar broder Black fram en bild på en kvinna som Marek känner igen, alldeles bestämt. Marek släpper ifrån sig ett förvånat ljud.

– Du vet vem det där är? frågar Brodern nyfiket.

– Ja, intygar Marek. Jag känner henne. Men bara lite.

Han känner plötsligt ett behov av att vara försiktig.

– Hur då? frågar Michael Black.

– Äsch, hon är en bekant till mina föräldrar, viftar Marek undan.

– Vet du var hon bor?

– Jaa … Marek tvekar. Jag tror det.

– Och vad hon heter?

– Jaa, jag minns inte säkert, men det kan jag kanske ta reda på.

Marek låter lite ängslig, som om han inte riktigt vill vara med längre.

– Kan du greja fram hennes telefonnummer, tror du?

– Det tror jag.

– Bra.

När Marek två timmar senare lämnar hotellrummet med Madonnan stolt på kavajslaget, ytterligare några konjak i blodomloppet och en rejäl bunt zloty i fickan – "för utgifter i tjänsten" – låser amerikanen dörren med säkerhetskedjan.

Han tömmer ytterligare en flaska ur minibaren utan att hälla upp spriten i ett glas, och går in i badrummet. Irriterad granskar han de små hål som Madonnamärket gjort på insidan av hans kavajslag och försöker gnugga bort dem. Sedan tvättar han händerna två gånger med mycket tvål och gnuggar med nagelborste bort de siffror han skrivit i vänstra handflatan: "9-12-1683".

Conciergen i hotellobbyn vet numera precis vad han vill när han ringer och lovar skicka upp det efterfrågade.

Via personalhissen, så att det inte blir något krångel.

SOLNA, SVERIGE
FÖRRA VÅREN

– Nej, nu står jag inte ut längre!

Björn drar igen sovrumsdörren efter sig och sjunker ner på sängen intill Ellen som ligger ner och ammar sin son.

Ellen tittar upp på sin man, den ambitiöse babyfadern, och kramar hans hand.

I flera dagar har ett krig pågått mellan Björn och hans svärmor, mer eller mindre högljutt. Det har handlat om amningstider, blöjor och insomningsritualer – om allt. Både Björn och Marianne har ansträngt sig för att inte störa Ellen, och för att gräla på låg volym. De ser hur utpumpad hon är och vill inte belasta henne ytterligare.

Ellen har ändå hört allt, inklusive spetsiga anmärkningar utan faktiskt innehåll, men inte orkat medla.

Den senaste striden handlade om sonens namn. ”Nisse” tycker Ellen och Björn. Syster Nadja accepterar motvilligt, även om hon lagt sin röst på ”Peter” eller ”Michael” med engelskt uttal.

Mormor Marianne bara fnyser. ”Nisse”!? Ska pojken inte få heta ”Nils” i alla fall? Att *kalla* honom ”Nisse” må väl vara hänt, men att *döpa* någon till ett smeknamn!

Till sist satte Björn och Ellen ner en gemensam fot och sa

att namnbeslutet var *deras*, och att de inte ville höra ett ord till från Marianne i frågan. Surt knep hon ihop sina tunna läppar och retirerade till badrummet där hon kanske grät en skvätt. Ellen kände att hon inte brydde sig.

Den konflikt som Björn flytt från nu handlar om hur många filtar en bebis bör ha på sig när han åker vagn i +21 grader.

– Vem är det som är bestämmer här? frågar Björn och det låter verkligen som om han undrar.

Ellen flyttar sig och sonen en bit och bereder plats i dubbelsängen. I köket underhåller Marianne Nadja med en påhittad saga samtidigt som hon knäskurar köksgolvet.

Att Björns dominanta mamma Siv skulle kunna bli en påfrestande farmor hade de kunnat tänka sig, men att den blida Marianne skulle visa sig ha så bestämda åsikter om allt som rör små barn, det kom som en överraskning.

Viskande analyserar Björn och Ellen Mariannes förändring med den snusande Nisse mellan sig.

– Jag tror att hon håller på att komma över pappas död och börjar våga säga vad hon tycker, är Ellens vänliga analys.

– Jag tror att hon alltid styrt och ställt, men att hon tidigare knuffade din pappa framför sig för att slippa stå för vad hon tycker, misstänker Björn, något mindre förstående.

– Dessutom, fortsätter han, har hon äntligen hamnat på sin verkliga hemmaplan. Det hon alltid varit bäst på är att vara mamma och att städa och diska. Nu behövs de kunskaperna på allvar. Tidigare, när du var en yrkeskvinna som dammsög en gång i halvåret, då hade hon ingen riktig spelplan. Nu har hon det. Hur gammal var hon när du föddes?

– 38 år. Det var väldigt sent för en förstföderska på den tiden. De hade varit gifta sedan mamma var 20. Jag har tänkt på det ibland. 18 år utan barn. Mamma jobbade i affären, städade och knöt ryor medan pappa gjorde karriär. Mamma ville alltid ha barn, det har hon i alla fall sagt, så jag har frågat varför de inte adopterade när det tog sådan tid. Jag tror inte pappa ville. Och till sist kom vi ju, som något slags Guds gåvor. Tre på raken, med ett års mellanrum. Jag tror inte de fick någon behandling, men det har jag aldrig frågat om.

– Var hon en bra mamma?

– Ja, det tyckte jag. Hon hade alltid tid med oss och våra kompisar var alltid välkomna. Men det var ju pappa som var rolig och skojade. Mamma stod mest vid diskbänken, som jag minns det. Utåt sett var det alltid pappa som bestämde, som fick lämna tråkiga besked om saker man inte fick och så. Egentligen tror jag att de var helt överens. Och pappas, och farfars, ständiga prat om att vi skulle "göra något av bestående värde" tror jag också var hennes, fast hon var mer lågmäld. Försiktig. Hon hade ju haft det rätt besvärligt som barn, du vet.

– Hur mycket vet du om det, egentligen?

– Inte så mycket. Min morfar, som jag aldrig har träffat, söp nog ihjäl sig. Jag tror att han dog när mamma gick i realskolan. Mormor var också död när jag föddes. Hon dog i någon form av cancer. Mamma pratar inte så ofta om det.

– Men hon har berättat en del för din syrra?

– Ja, jag tror det. Men jag pratar ju inte så mycket med Kristina heller.

– Och Maria?

– Ja, Maria, ja ... Ellen tänker efter. Jag vet faktiskt inte ens var hon bor just nu.

Sovrumsdörren kastas upp och Nadja stormar in. Marianne försöker hindra henne men Nadja har redan väckt sin lillebror som gnäller.

Björn lyfter skyndsamt upp sin son och bär honom till badrummet för att byta blöja, förbi Mariannes framsträckta mormorsarmar.

Nadja kryper ner hos Ellen. Nu vill *hon* vara liten en stund. Hon vill också suga på bröstet. Ellen låter den dotter hon aldrig ammat smaka på mjölken, men den är äcklig. Varm och äcklig. Nadja spottar och Ellen skrattar.

GDANSK, POLEN
FÖRRA VÅREN

Den blonderade kvinnan med urringningen reser sig sakta från heltäckningsmattan i hotellkorridoren. Hennes glansiga strumpor, som av rent affärsmässiga skäl hålls uppe med strumpeband av svart spets, har gått sönder på knäna.

För en minut sedan vräkte torsken ut henne genom dörren. Nu öppnar han den igen och kastar utan ett ord ut hennes högklackade skor tillsammans med trosorna och pengarna. Sedlarna singlar ner och hon plockar upp dem innan hon drar på sig trosorna och reser sig upp. Lutad mot väggen trär hon på sig skorna. Mer förvånad än förbannad.

Det plingar från hissen och en äldre herre kliver ut. Hon ler ett inbjudande leende och skjuter fram höften när han passerar med hotellnyckeln i högsta hugg. Kanske kan fler möjligheter öppna sig? Men nej, mannen stänger snabbt dörren bakom sig och hon hör hur han lägger på säkerhetskedjan. Som att hon skulle försöka bryta sig in!

Hon kastar en sista blick på torskdörren och skakar på huvudet.

Vad var det som hände? Vad gjorde hon för fel?

Det började så bra. Conciergen på hotellet har hennes mobilnummer och ringer när det är något speciellt. Hon tar bara schyssta kunder, sådana som kan betala bra. Helst utlänningar. Hon talar bra engelska och det är hon stolt över. Rent professionellt ställer hon upp på ganska mycket, men hon har också krav. Inga fyllbultar och inga skithögar. Rent och snyggt ska det vara. Hon är ren och snygg.

Det var första gången med den här torsken, som ville bli kallad ”Black”. Så klart heter han inte det, men hon är inte den som bråkar. Han hade ingen brådska heller, utan satt länge och småpratade. Till sin förvåning berättade hon för honom om både det ena och det andra, om sin uppväxt och sin storebror och sådant som hon inte brukar berätta. Som hon aldrig brukar prata om, faktiskt. Men hans intresse verkade vara på riktigt. Han var lite vindögd och charmig. Ja, jätterar, faktiskt.

Det enda hon undrade var varför han inte ville bjuda henne på något att dricka. Visserligen hade hon tagit några drinkar tidigare under kvällen, det här var ju inte den första torsken, men han luktade sprit själv och i sådana här hotellrum brukar barskåpen vara välfyllda. Men hon ville inte tjata.

Till sist satte han igång och knullet var alldeles normalt. Inte våldsamt eller kinky eller så. Och med kondom. Hon behövde inte ens klä av sig utan bara dra av sig trosorna och lägga sig på sängen och så pang på. Men sedan hände något.

Han ville kyssa henne. Hon brukar inte gilla det men tyckte att okej, för den här gången då, för han var ju faktiskt riktigt gullig. Det var då alltihop sprack.

Han reste sig upp på raka armar och blängde på henne.

– Fyllkärring! skrek han och spottade henne i ansiktet. Inte en utan tre gånger.

Sedan slet han upp henne ur sängen och vräkte ut henne i korridoren.

Här står hon nu. Vadå ”fyllkärring”? Ett järn eller två är väl inget att bråka om?

Sakta traskar hon iväg mot personalhissen. Hon undrar om hon ska ringa conciergen och berätta, men bestämmer sig för att inte göra det. Han behöver inte veta att hon inte var uppskattad. Och hon fick ju betalt.

”Black” kommer nog inte att ringa igen, och gör han det får hon skylla på något. Han verkar ju faktiskt inte riktigt klok.

***

Agata sitter på spårvagnen och bläddrar i dagstidningen. Hon är på dåligt humör. Hon hade tänkt köpa blommor till Izabela men glömt att alla butiker är stängda. Parlamentet har beslutat att affärerna ska stängas vid alla religiösa och historiska helger. Beslutet kom efter påtryckningar från kyrkan som tyckte att folk handlade istället för att gå i mässan. Vill inte Gud att man ska köpa blommor, tänker hon och drar ner den korta kjolen som åkt upp över låren. Den tufsige alkoholisten på bänken mitt emot verkar lite väl intresserad.

Agata återgår till tidningen. Notisen om att parlamentet antagit en resolution om att den döde påven är alla polackers ultimata föredöme hoppar hon över, och opinionsundersökningen som visar att en majoritet av polackerna vill att samme Johannes Paulus ska helgonförklaras i rödaste rappet får henne att sucka.

Den korta artikeln som berättar att polska präster gärna skulle gifta sig läser hon däremot ordentligt.

Ett reportage om en stor demonstration i Warszawa, till stöd för homosexuellas rättigheter, bestämmer hon sig för att riva ur och läsa senare, för nu är hon framme.

Kiosken vid spårvagnshållplatsen är öppen så att hon kan köpa en liten chokladask till sin styvmor. Agata är den enda som tänker på Izabela som sin styvmor. Varken Karolina eller

Marek har accepterat faderns nya kvinna, även om de efter elva år går med på att träffa henne.

Att Karolina ställt sig på moderns sida, för att stödja bevarandet av det av Gud instiftade äktenskapet, är inte så konstigt. Karolina tror i djupet av sitt hjärta på allt som kyrkan säger.

Men Marek? Visserligen rabblar han också en massa religiösa teser numera, men Agata tror inte att det sitter särskilt djupt. Han kan hålla med vem som helst om vad som helst. Ett rö för vinden, det är vad han är.

Hos honom är motståndet mot Izabela mer personligt. Det finns en djup sorg hos Marek. Han saknar fadern mer än han vill erkänna, tror Agata. Om han inte var så tjurig kunde han ju träffa sin pappa mycket mer, i sällskap med Izabela.

Karolina har gett sig iväg på sin pilgrimsvandring och Agata har försökt bestämma tid med Marek, för att de skulle åka tillsammans till födelsedagsmiddagen. Han kunde inte boka någon tid, sa han, för han visste inte när han skulle kunna komma.

– Vad ska du göra då? frågade Agata grinigt.

Mareks svar var otydligt. Det ena och det andra. Möte på stan. Träffa folk. Han använde många ord för att säga ingenting. Vad i hela friden kan han ha för sig som är så viktigt?

Sedan Marek hoppade av sina ingenjörsstudier har han haft några småjobb, men för det mesta har han legat hemma på soffan eller dragit runt. Det nya engagemanget i *Hela Polens ungdom* har gett hans liv lite struktur. Det är bra, tycker mamma och morfar. Agata är mer tveksam. Det beror väl på vad strukturen används till, tänker hon. Hans mobiltelefon ringer i alla fall oftare numera, men det mesta som avhandlas verkar hemligt. Marek smiter in på toaletten eller ut i trapphuset när han svarar.

Agata är framme och genar över den nötta gräsmattan. Höghuset är nymålat med ett geometriskt mönster i olika starka gula färger. Trapphuset är visserligen lika nedslitet som förr, och man ska ha tur om porttelefonen fungerar, men bostadsrättslägenheterna i Zaspaområdet har renoverats och blivit riktigt fräscha.

Agata är rätt nöjd med att Teresa aldrig velat komma hit, trots många inbjudningar.

Modern skulle tycka att det var svårt att se den uppenbara standardhöjning som Jacek fått. Då tänker Agata inte bara på det materiella, som vitvaror och badrumsinredning och täta fönsterbågar, utan mer på något annat. En stämning. Teresa skulle plågas av den värme som strålar mellan Jacek och Izabela, de förstulna smekningarna, den lust som hela tiden ligger under ytan. Hennes äkta man tillsammans med en annan kvinna.

Agata är tacksam över att Izabela och Teresa inte träffas annat än i undantagsfall.

Lägenheten i Zaspa är bara en tvårummare, men den har ändå lika många kvadratmeter som familjens trea på Halleragatan. Dessutom har den här lägenheten en stor balkong och Jacek och Izabela är bara två personer. På Halleragatan är de fem som trängs.

Jacek fick sparken från sitt ingenjörsjobb när Folkrepubliken bröt samman i början av 90-talet. Då han gick ner i svart i bäddsoffan hemma på Halleragatan kämpade Teresa med kortare anställningar. Hon hade också fått sluta sitt kommunala kuratorsjobb, men ”det finns ju inget alternativ – ungarna måste ha mat”.

Under tiden avancerade Jaceks ingenjörskollega Izabela på fabriken. Hon hade i flera år varit hans älskarinna, det stod klart mycket senare, och när Jacek tillfälligt lämnade depressionen och bäddsoffan på Halleragatan kunde han ofta återfinnas i en helt annan säng. Men det visste inte Teresa då.

När Izabela fått kontraktet på den eftertraktade lägenheten i Zaspa klev Jacek upp ur soffan, utan att bädda, skaffade sig ett jobb som taxichaufför och begärde skilsmässa. Teresa vägrade, men efter några månader av olidlig kyla på Halleragatan gick hon till sist med på att han flyttade. Men formell skilsmässa – nej.

Numera vet Agata att Jacek skulle kunna driva igenom skilsmässan oavsett vad Teresa säger, men när hon frågar säger fadern bara att han inte vill plåga sin hustru mer än nödvändigt. Han tycker att han är skyldig henne den respekten. Om det av religiösa skäl är viktigt för henne att fortsätta vara gift kan han stå ut med att leva i synd, säger han.

Agata är framme vid huset, ringer på porttelefonen och möts av sin fars entusiastiska röst:

– Kom in! Har du Marek med dig?

Izabela har gjort en stor kycklingsallad och flera buketter med rosor lyser upp vardagsrummet. Den lilla presentchokladasken som Agata hade med sig har hon lagt på hedersplatsen på hyllan, bredvid ateljéfotografiet där Izabela sitter i Jaceks knä. Några inramade semesterbilder står intill. Det är Izabela i baddräkt, Jacek med vandringsstav i ett bergslandskap och båda två, storskrattande mot kameran vid ett bord på en uteservering.

Izabela har köpt en ny blommig kjol som Agata berömmer. Hon försöker övertala sin styvdotter att prova kjolen men Agata vill inte. Om den passar kommer Izabela att vilja ge henne den, och det vill hon undvika.

De väntar i tjugo minuter på Marek, och när Jacek börjar klaga på sonens nonchalans försöker Agata ringa till hans mobil. Den är avstängd. Precis när Izabela ställer fram maten surrar porttelefonen till.

– Bråka inte med honom nu, ber Izabela och ger sin man en

snabb kyss på pannan. Jacek hummar något ohörbart.

När Marek kommit upp nickar han mot Agata, ger sin pappa en försiktig kram och handhälsar formellt på Izabela.

– Har du köpt nya kläder? frågar Agata, uppriktigt överraskad.

Till moderns och systrarnas förvåning har Marek de senaste dagarna klätt sig i sin gamla kostym. Han har berättat om ett nytt uppdrag i *Hela Polens ungdom* som gör att han förväntas klä upp sig. Vad uppdraget går ut på har han inte förklarat. Men nu har han andra, nya, kläder på sig. Svarta kängor och jeans, en svart skjorta och en svart halvlång rock som han ordentligt hänger upp på en galge i hallen. Hemma kastar han bara kläderna på en stol och sedan får Teresa plocka upp dem. I en påse från H&M ligger antagligen den kostym som han gick hemifrån i.

Någon present till Izabela har han inte med sig. Agata vet att Marek inte gillar Izabela, men den här gången är han mer än vanligt otrevlig. Han sitter vid sitt hörn av matbordet, nickar bara när värdinnan frågar om han vill ha mer mat och svarar motvilligt när fadern frågar om jobbansökningar och framtidsplaner. Han kastar i sig maten och säger att han måste gå snart. Han har ett möte.

Det enda han verkar intresserad av är vilket telefonnummer lägenheten i Zaspa har. Det förvånar Agata. Hon vet att han alltid ringer fadern på mobiltelefonen eftersom han inte vill prata med Izabela, men kanske har han kommit på bättre tankar. Noggrant lagrar han telefonnumret i sin mobiltelefon. Izabela ser ut att bli glad över det lilla och stryker Jacek lugnande över handen när hon känner att han närmar sig ett utbrott över sonens avoghet.

– Du skulle jobba ikväll, eller hur? frågar hon sin oäkta man.

– Ja, men inte förrän vi firat dig färdigt.

– Det har vi nog snart. Jag tänkte att du kanske skulle kunna köra Marek till hans möte?

Jacek ser inte förtjust ut. Ska dåligt uppförande belönas med erbjudande om skjuts? Men han förstår att Izabela ger honom en chans att utan hennes närvaro få bättre kontakt med sin son. Och det kan behövas, det ska gudarna veta. Pojken är på väg att försvinna, åt vilket håll är oklart.

– Hur är det med dig, Agata? frågar han. Ska du också åka?

– Du behöver väl inte ha någon brådska, vädjar Izabela och lägger sin hand på Agatas. Du kan väl hjälpa mig att diska?

En sådan begäran kan Agata, som den väluppfostrade polska flicka hon är, inte svara nej på. Hon gillar dessutom Izabela och har inget emot en liten pratstund, kvinnor emellan. Izabela är mycket yngre än mamma, ja, på de flesta sätt en annan generation. Det är spännande att prata med henne.

– Jag stannar en stund, avgör Agata och reser sig för att plocka av bordet.

Marek är redan ute i hallen och försäkrar att han inte behöver någon skjuts, men nu har Jacek bestämt sig och lyssnar inte på några invändningar.

– Vart ska du? frågar fadern medan han drar på sig taxichaufförskavajen.

– Du behöver inte köra mig alls, men om du absolut vill kan du släppa av mig vid spårvagnen.

Jacek stänger dörren med en irriterad smäll.

SOLNA, SVERIGE
FÖRRA VÅREN

– Var det skönt? frågar Björn med en liten osäker röst.

– Ja, säger Ellen och reser sig upp på armbågen i sängen. Hon kysser sin man med stor ömhet och snor in sina fingrar i hans blonda brösthår.

Nadja är i förskolan och Marianne har gått på promenad med Nisse. För säkerhets skull har de älskande låst in sig med sjutillhållarlås, om Marianne skulle komma hem tidigt.

Visserligen är de vuxna, och gifta, men Ellen har aldrig varit riktigt bekväm med att hennes mamma ska höra vad hon gör i sängkammaren. Västerbottnisk prydhet, retar Björn sin fru, men erkänner att han inte heller rullat runt i sänghalmen särskilt ofta inom hörhåll för sin mamma.

Försiktigt har de nyblivna föräldrarna älskat, för första gången efter förlossningen. Utan täcke, mitt på dagen, i ljusgatan från sovrumsfönstret. Sakta klappade Björn med sin mjukaste hand på ärret efter kejsarsnittet, och när han smekte de tunga brösten sprutade mjölken så det blev fläckar på tapeten. Ett skrattanfall hejdade lusten, men den kom igen.

Nu ligger de svettiga på rygg intill varandra, hand i hand. Ellen böjer sig mödosamt över den rådbråkade magen för att dra upp täcket och täcka brösten. Om de blir kalla kan mjölkstockningen komma tillbaka.

– Ja! upprepar Ellen. Du är härlig. En underbar man och en underbar pappa. Den bäste att älska med, och att dela allt med. En man som diskar. Du är bäst!

Björn låtsas se sårad ut. Som om det är viktigare att han diskar än att han för sin älskade till orgasmens högsta höjd. Men han vet och han håller med. Den man som diskar får bättre sex än machomannen. Det är till och med vetenskapligt bevisat.

– Men du, kom ihåg att det är din tur att diska ett tag nu, påpekar han med låtsad stränghet.

Ellen nickar. Han menar inte att hon ska stå vid diskbaljan mer än han, men han påminner om att det är hans tur att förvärvsarbeta. Det är hon som ska vara hemma med Nisse det närmaste året. Det är de överens om.

– Det är oss du ska ta hand om nu. Världen får vänta.

Ellen lovar. Hon håller inte ens fingrarna i kors bakom ryggen. Hon ger honom en puss på munnen.

– Men vad ska vi göra med din mamma? frågar Björn.

– Jag vet inte.

– Hon är ju alldeles skogstokig. Det känns inte som om det går att prata allvar med henne.

– Tror du att det kan fungera med humor?

– Kanske. Vilken sorts humor?

– ”Schwammel”?

”Schwammel” är ett uttryck som alltid funnits i Ellens familj. Det myntades av Ellens far, den socialdemokratiske kommunalpampen, och beskrev sådant som han tyckte var mångordigt eller osakligt eller övermaga eller bara korkat.

Hon minns hur pappa satt vid frukostbordet med Västerbottens Folkblad och snabbt bläddrade förbi kultursidor och nöjessidor och utrikes bevakning med ett muttrande ”schwammel”. De lokala sidorna lusläste han däremot. Även där fanns ”schwammel”, främst när meningsmotståndare uttalade sig.

Ellen brukar berätta om en gång när en socialdemokratisk minister kom på valturné. Hon fick sitta bredvid sin pappa på den reserverade raden längst fram i Medborgarhuset när ministern höll sitt tal. Ingen annan än Ellen hörde, det är hon säker på, men faderns ”schwammel” västes fram vid åtminstone tre tillfällen.

Björn har förtjust adopterat uttrycket. Det har hänt att han på jobbet inlett sågningen av ett undermåligt projekt med att citera sin avlidne svärfar. ”Schwammel, som Stig Olofsson skulle ha sagt ...”

– Tror du att det skulle kunna fungera? undrar han nu. Har Marianne någon humor i de här frågorna?

– Det är värt ett försök, säger Ellen.

När Marianne senare kommer hem med Nisse och påbörjar en lång föreläsning om behovet av kokta nappar vänder sig Ellen mot henne och säger:

– Vet du vad pappa skulle ha sagt nu?

– Nej?

– Schwammel!

Marianne ser förnärmad ut men har svårt att hålla tillbaka ett leende.

Hon är inte helt hopplös, tänker Ellen och går för att byta blöja på Nisse.

GDANSK, POLEN
FÖRRA VÅREN

– De är inte kloka, säger Izabela och skramlar ilsket med besticken i diskvattnet. Bara tanken att skriva in ett abortförbud i konstitutionen!

Agata står beredd med diskhandduken. Tillsammans har de dukat av bordet och fällt ihop klappstolarna. Izabela insisterade på att diska själv och kastade åt Agata en bomullshandduk. De fina glasen är redan torkade och står på sin plats i vitrinskåpet i vardagsrummet.

Egentligen behöver Izabela ingen hjälp med disken, men hon vill prata. Hon berättar om demonstrationen hon deltog i häromdagen. Hon demonstrerade för fri abort och emot ändringen i konstitutionens artikel 38 som vill värna livet "från befruktningsögonblicket".

Det var många som gick i tåget, men också ett gäng motdemonstrerande häcklare som ropade glåpord och fotograferade.

– Idioter! fnyser Izabela. Vet du vad vi är bäst på i det här landet? Världsbäst på?

Agata skakar på huvudet.

– Illegala, osäkra aborter! spottar Izabela fram. *Den* ligan leder vi. De skrattar åt oss i Europa, fortsätter hon, fattar du det? De omoderna polackerna som ingenting begriper utan bara vill sitta i kyrkan och snurra radband! Vad har vi i Europa att göra?

Agata skrattar till. Det händer att hon tänker på sin syster precis så, i nunnedok och lång kjol och med den svarta Madonnan tatuerad på insidan av ögonlocken. Allt oftare har Karolina talat om att hon skulle vilja gå i kloster. Och prästerna har alldeles för mycket att säga till om, det tycker Agata absolut.

Men "Europa"? Visst är Polen en del av Europa, och har alltid varit?

– Du menar EU? invänder hon försiktigt.

– Ja, jag sa ju det, spottar Izabela fram. Europa!

Agata ger upp sina geografiinvändningar. Egentligen håller hon ju med Izabela. Hon vill att Polen ska bli modernare, mer europeiskt. Hon vill att hennes examen, när hon nu blir färdig med den, ska duga i andra delar av Europa. Hon vill kunna resa. Hon vill kanske flytta. Irland lär vara trevligt. Fast där är folk också väldigt katolska, förstås.

Och hon skulle sakna mamma. Och pappa. Och Izabela. Kanske till och med Karolina. Men knappast Marek. Och morfar, slår det henne, honom har hon alldeles glömt.

– Vi är ju fria att protestera mot orättvisor nu. Och så gör vi ändå inte det, säger Izabela och sköljer av en bunt diskade knivar och gafflar under kranen. Hon lägger dem på ett skumgummiunderlägg på diskbänken och Agata börjar torka.

– Jag har funderat och jag tror att jag vet varför inte fler protesterar, fortsätter Izabela. Det finns massor av folk som egentligen tycker att abortförbudet är snurrigt, till exempel, men som aldrig säger något. Det är för att vi är vana att ljuga. Att göra saker illegalt har liksom blivit en del av vår natur. Vi tror att det ska vara så. Under Folkrepubliken gällde det att hålla tungan rätt i mun, att inte berätta för mycket och att hela tiden bryta mot lagen. Därför fortsätter vi att göra det. Vi tror att det är normalt.

Agata lägger ner de torkade besticken i kökslådan.

– Och sedan är det dubbelmoralen. Att vi låter svartrockarna styra i bakgrunden, fast vi inte håller med dem. Vad vet en präst om aborter? Ingenting! Först fördömer han alla utomäktenskapliga barn och ställer mammorna vid skampålen – och sedan säger han att alla barn är välkomna. Skitsnack, det är vad det är.

Styvmoderns röst har gradvis fått en ny klang. Det trotsigt ilskna har ersatts av en blandning av vrede och sorg. Plötsligt hör Agata en snyftning. Hon lägger tafatt en arm runt Izabelas axlar. Hon har aldrig sett Izabela ledsen förut.

– Hur är det?

– Jobbigt. Izabela drar ur proppen ur diskhon och rätar på ryggen. Baksidan av handen torkar bort tårarna och med ett ryck löser hon upp förklädesbandet.

– Men nu tar vi en påtår.

Tre timmar senare har Jacek fikapaus i taxikörningen och kommer hem. När kvinnorna hör hans nyckel i ytterdörren tystnar de, reser sig samtidigt och börjar duka undan kaffekopparna. Izabela smiter in i sovrummet och snyter sig högljutt. Hon stryker bort lite gråtkladdig mascara under ögonen.

Jacek tar en egen kopp och en ostmacka och samtalet övergår till att handla om hur man kan köpa billiga läroböcker på nätet. När Jacek går på toaletten viskar Izabela:

– Du säger inget, eller hur?

Agata nickar.

Fadern erbjuder sig att skjutsa Agata hem och hon tackar ja. Hon har fått mycket att tänka på.

– Vad du är tyst, säger Jacek och kastar en blick på sin dotter.

– Jag är nog bara trött, svarar hon med ett blekt leende. Det är mycket att plugga nu, du vet.

Han klappar henne på knäet.

– Du är så duktig.

Agata ler. Den mörka bilkupén känns som ett varmt rum, där pappa är stark och ansvarstagande, och där Agata får vara liten. Hon lutar sig tillbaka mot nackstödet. Jacek knäpper på bilradion och när musiken fyller luftrummet känns tystnaden alldeles naturlig. Han trummar med fingrarna mot ratten.

Vid ljussignalerna på Kosciuszkigatan bromsar han in. Han lutar sig framåt och kisar lite för att se bättre. Under en gatlykta ser han ryggen på en svartklädd person som snabbt rundar ett gathörn.

– Var inte det där Marek? frågar han, men Agata vet inte.

Hon tittade inte. Hennes blick har fastnat på baklyktorna på bilen framför. Tankfullt skakar hon på huvudet.

– Det tror jag väl inte.

Någon minut senare möter de en tjutande polisbil, följd av tre brandbilar.

När Teresa kliver upp nästa morgon ligger ett par svarta kängor omkullsparkade mitt på hallmattan och Mareks gamla kavaj draperar telefonbordet. Teresa studerar intresserat skorna innan hon placerar dem, prydligt sida vid sida, på skohyllan. Kavajen hänger hon upp utan att tänka på saken. Om hon hade luktat på den skulle hon ha reagerat. Den tjusiga rocken har hon aldrig sett, så den saknar hon inte.

STOCKHOLM, SVERIGE
FÖR 40 ÅR SEDAN

Stockholm den 2 juli 1968
Lena-gull!

Vielen Dank för det tjusiga kortet som geföll även Milton sehr gut.

Du, kan du inte komma över nån kväll för jag kan inte skriva ner allt jag skulle vilja prata om?

Okej, jag vet.

Du tycker att jag ska komma hem istället men jag har inte råd.

Nu har det änteligen blivit sommar här i stan, å då är jag förstås inte heller nöjd … Varmt som i mormors bagarstuga i fjortonde tunnbrödsbakstimmen, otäcka avgaser, svettiga lektioner, heta vindar mellan stenväggarna, mjölken surnar på en kvart i mitt före detta fönsterkylskåp som blitt värmeugn.

Jag sover med vidöppet fönster å det betyder att jag vaknar tre gånger i kvarten när nåt högljutt med sirener dånar förbi.

Jag längtar hem! Jäklar va härligt! Att bada utan kläder i den kalla älven, å plocka blommor på natten, å springa rätt ut på gräset i pyjamasen, å tävla i att hoppa längst från en gunga efter tre gungningar, å hänga ut tvätt som torkar jättefort, å slå flugor å getingar, å få fula myggbett på bena, å ha skoskav, å komma hem när morfar kliver upp på morronen, å sitta länge i ett dike å prata om livet å litteraturen – DET ÄR SOMMAR!

På radion spelas just nu en skiva med Lasse Lönndahl å Towa Carson. Dedu!

Det var stiligt att du har införskaffat den HUNDERBARA LP:n av vår dyre Cornelis! Min komplimang! ("Varje kväll vid åttatiden, går jag stigen nerför berget, åsså hoppar jag på bussen, som går till Copacabana. Jag har badat, jag har duschat, luktar gott om hela kroppen. Åssä börjar jag gå, å jag tål att tittas på. DANSA SAMBA MED MEJ!" osv.)

Jag längtar tills vi kan sitta i höstmörkret med var sin tekopp och nynna med vid din grammofon.

När jag igår läste Kuriren såg jag att din morbror Svante hade varit till Björksele. Schysst att man håller sej informerad. En reporter från VK hadd nämligen fari mä bussn från Sorsele till Ume, å i Gargnäs hadd n'hovslagarn Svante Gabrielsson stige på. (Egentligen köpte jag Kuriren för att klippa ut Maggans bebis födelseannons.)

Nu är jag ziemlich empty in mein Kopf.

Misse

Stockholm den 15 juli 1968

Hello Stjärnöga!

Jag har saker att berätta må du tro! (Bränn detta brev så fort du läst för allt är TOP SECRET.)

Först var det svängom i sänghalmen med Milton i tre nätter efter varann. Mer å mer plågsamt, eftersom vi visste att Stickan skulle komma. Sen kom han, min lagvigde, å allt kändes hemvant å ganska tryggt å jag tänkte knappt på min stilige neger, å gamle Stickan var intresserad av min kurs å börja fundera kring affärsidéer å kunder, hur jag ska kunna jobba med mitt bokbinderi, å jag insåg att det är där jag hör hemma, ändå. Han är så rejäl å praktisk, Stickan. Pålitlig. Det kom jag ihåg igen å det behöver jag.

Milton är ingen framtid för mej. Så är det bara, tänkte jag. Jag får skärpa mej, helt enkelt.

Jag tror inte Stickan märkte nåt. Vi gick på Nationalmuseum å handlade på PUB å knatade varenda gata i Gamla Stan. Å låg med varann första kvällen. Med kondom. Jodå ...

Fast han tyckte att stockholmarna bodde fasligt omodernt.

Sen åkte Stickan å då var Milton här igen. Jag tror inte Norrlandståget hunnit till Uppsala innan min smala säng börja knarra igen. Jag känner mej hemsk. Vad ska jag göra?

Nu känner jag mig asig, för jag har fått för mig att jag bara skriver om MÄNNEN till dej, å det känns så banalt och billigt. Och skuldtyngt. Men vem skulle jag annars kunna prata med? Jag får stundtals väldiga samvetskval för att jag är så EGOCENTRISK!!!!

Sven-Bertil Taube är nu här på besök. Via radion.

Nu kom jag ihåg ett citat:

GOD RESPECTS ME WHEN I WORK
BUT HE LOVES ME WHEN I SING

Kan det va sant? Vad betyder det för mej just nu i så fall?

Å bryr jag mej om vad Gud tycker?

Nu börjar John Blund komma smygande å så grus i mina ögon. Tanken flyr till varma (nåja) nätter vid myggrika stränder.

Jag håller med att man bäst tänker ”stora tankar” när man krupit ner å ska sova. Då tänker man klart, på nåt sätt. Jag kanske ska försöka med det.

Meine Liebe: BE HAPPY!

Misse

GDANSK, POLEN
FÖRRA VÅREN

BILBOMB I GDANSK
Tre bilar totalförstördes vid en brand igår kväll. Bilarna stod parkerade på en gata i Nowe Szkoty-området när en explosion inträffade i en av dem. Branden spred sig till bilarna som stod parkerade intill. Ingen människa kom till skada och enligt polisen har inga ögonvittnen hört av sig. Vem som äger bilarna var inte heller klart vid denna upplagas pressläggning.

Brandmyndigheterna undersöker brandorsaken, men enligt brandmästaren tyder det explosionsartade förloppet på någon form av sprängladdning.

Tidningen Gazeta Wyborcza

***

Det har gått två dagar och Marek har inget hört från broder Black. Han tycker inte om det. Visserligen hade Brodern sagt att det var viktigt för dem att ligga lågt ett tag, och inte ha kontakt, och Marek har aldrig fått Broderns telefonnummer, men han vill gärna höra att Brodern är nöjd med hans insats. Han förstår att han inte kan besöka vännen på hans hotell utan en ordentlig inbjudan, men på tredje dagens morgon åker han till hotellet och ställer sig i en port på andra sidan gatan för att vänta.

I en plastpåse har han morfars gamla Solidaritetspenna, den med påvens bild på. Han hoppas att morfadern inte ska märka att den är borta, men han bestämde sig för att ta risken. Han vill ge sin vän en riktigt fin present.

Marek behöver bara vänta en kvart innan Brodern kommer ut från hotellentrén. Han ser inte Marek utan skyndar iväg bortåt gatan. Marek får bråttom och tänker springa ikapp sin vän, men får plötsligt för sig att han ska se vad Brodern gör när Marek inte är med. Han håller en lucka på 20–30 meter och tackar Gud för amerikanens längd som gör att han syns även i folkmassor.

Lite förvånad ser Marek hur mannen skyndar över den öppna platsen framför kyrkan, öppnar porten och kliver in. Långsamt följer Marek efter. Han går sakta fram mot bänkraderna. Hans ögon har inte vant sig vid halvdunklet efter solskenet utomhus.

I samma ögonblick som den tunga porten slår igen bakom honom, tar någon ett hårt grepp om hans arm. Han har inte hört Broderns gummidämpade steg bakom sig och hoppar till.

– Vad gör du här? väser broder Black med en röst som Marek aldrig hört förr.

Den är hes och undertryckt. Hotfull.

– Följer du efter mig!?

Broder Black drar ner Marek i en av kyrkbänkarna. Några andra kyrkobesökare tittar till men vänder sedan sina ansikten mot Gud igen.

– Svara! Följer du efter mig?

– Nej, stammar Marek. Jag bara råkade vara här utanför och såg att du gick in …

– Du ljuger, konstaterar Brodern. Nu är rösten lugnare, men

inte mindre farlig. Ljug aldrig för mig. Det måste du förstå, att du aldrig får ljuga för mig.

Brodern har lagt sin hand på Mareks lår. Den är varm och tung.

Marek nickar. Han förstår.

– Så du tänkte be? frågar Marek osäkert.

Han vill byta samtalsämne.

– Eller tänkte du bikta dig?

Det låter orimligt, att broder Black skulle ha något att bikta sig för, och ett nervöst fniss pyser ut ur Mareks mun utan att det är meningen.

Så kommer han ihåg presenten och räcker fram påsen med pennan.

– Sådana här finns inte att få tag på längre, försöker han.

Brodern verkar inte lyssna. Istället stirrar han ner i golvet, mot Mareks fötter.

– Du får aldrig ljuga, upprepar Brodern med betoning på varje stavelse.

Hans blick är fortfarande fastnaglad vid golvet.

– Och du ska alltid lyda.

Marek nickar, och plötsligt förstår han. Kängorna. Brodern hade understrukit, gång på gång, att allt som Marek hade på sig under kvällen med bilen måste försvinna. Gärna eldas upp, men annars kastas i olika soptunnor.

– Jag ska ordna det, säger han snabbt. Jag är ledsen. Jag åker genast hem och byter skor. Och kastar bort de här. Jag gör det nu, på en gång.

Han gör sig beredd att resa sig och rusa iväg men hindras av den tunga handen. Broder Black är tyst och sitter med böjt huvud bredvid pojken i kyrkbänken, som om han var förtvivlad. Förtvivlad och besviken.

När han lyfter bort sin hand från Mareks lår böjer han sig

långsamt ner mot golvet och börjar lossa på pojkens skosnören. Marek förstår och drar upp fötterna ur skorna. Han lyder.

När han tassar ut ur kyrkan, med enbart sina gamla stumpor på fötterna, föser amerikanen in kängorna under kyrkbänken. Dem får han ta hand om senare. Plastpåsen med den fåniga presenten sparkar han också in bredvid skorna. Nu väntar ett viktigt möte.

Dörren till sakristian står på glänt.

***

– Vem var det som ringde?

Jacek fimpar cigarretten och tittar upp från tidningen när Izabela kommer in från hallen.

– Det var någon som hade ringt fel.

Izabela går fram till krukväxterna i fönstret och petar tankspritt i den blöta jorden. Hon vattnade ju alldeles nyss, visst ja.

– Igen? Är det inte ofta som folk ringer fel numera?

– Jag vet inte det …?

– Ibland när jag svarar lägger de bara på luren, fortsätter Jacek. Fast igår viskade någon något om ”barnamördare”. Fattar du vad det handlar om?

– Nej, ljuger Izabela. Det är väl någon dåre som fått för sig något.

– Jag tycker det är lite obehagligt. Tycker du inte att vi borde ringa till polisen och berätta?

– Nej, svarar Izabela och försöker låta ointresserad. Det blir bara en massa trassel då, och polisen kan säkert inte göra något åt det.

Eller också kan de det, tänker hon. Och det vill hon inte.

När trakasserierna pågått en vecka, med olika röster och olika tillmälen, insåg hon att hennes telefonnummer måste finnas där ute någonstans. En arbetskamrat hjälpte henne att leta på nätet och där, på sajten Redwatch, fanns hennes ansikte med namn, adress och telefonnummer. Bilden var tagen vid demonstrationen för fri abort.

Just det är inget problem. Inget större problem, i alla fall. Hon har visserligen inte berättat för Jacek att hon vid två tillfällen deltagit i sådana demonstrationer, men det skulle hon kunna göra utan större svårighet. Jacek tycker, åtminstone teoretiskt, att abortförbudet är fel. Preventivmedel är det bästa han vet.

Nej, det som verkligen bekymrar henne, och som hon varken vill att Jacek eller polisen ska veta, är att hon kan finnas med på de bilder sajten påstår sig ha på kvinnor som gjort illegala aborter. I en lysande röd text kan man läsa att antiabortaktivisterna har tagit bilder utanför den läkarmottagning där hon för ett halvår sedan betalade en månadslön för att slippa bli ogift mor.

Hon vet att det är samma läkarmottagning eftersom de har bilder på porten. Den känner hon igen. De har inte lagt ut bilderna på kvinnorna ännu, står det på sajten, men de hotar med att göra det snart. Eller – att erbjuda polisen bevismaterialet om de begär ut det.

Ingen polis, alltså. Då är det bättre att byta telefonnummer.

Telefonen ringer igen och Izabela skyndar sig ut i hallen för att hinna svara innan Jacek rest sig.

Rösten i andra änden är mjuk och personen som ringer talar engelska.

– Är det mörderskan jag talar med?

– Fel nummer! ryter Izabela och slänger på luren. Hon rycker ut sladden ur uttaget och ropar in till vardagsrummet och Jacek:

– Vill du ha något att dricka? Eller ska vi ta ett bad?

– Tillsammans?

– Jag tänkte det.

Izabela öppnar kranarna och böjer sig över badkaret för att sätta i proppen. Jacek kommer in och ställer sig bakom henne. Han trycker sitt kön mot hennes stjärt. Hon reser sig upp och kryper in i hans famn.

– Kan du inte prata med Teresa igen?

– Om vad då? mumlar han med läpparna mot hennes hals.

– Om skilsmässan, förstås. Jag skulle så gärna vilja vara en gift kvinna.

– Jodå, mumlar han medan han drar av henne tröjan. Sedan.

***

– Men snälla pappa, det är väl inte hela världen?

Teresa häller upp ytterligare en kopp kaffe till sin otröstlige far.

– Det var ändå bara en penna.

– Men vilken penna! Någon måste ha stulit den.

– Vem skulle stjäla din penna?

Hon hoppas att hon inte låter sarkastisk men den möjligheten förefaller henne helt otrolig. Att en tjuv skulle gå in i lägenheten utan att märkas, öppna Andrzej Nowaks nattygsbordslåda och stjäla Solidaritetspennan.

Teresa har ägnat en timme åt att söka igenom varje skrymsle i faderns och sonens rum, utan att hitta pennan. Det är en likadan penna som den Lech Walesa hade när han undertecknade avtalet efter varvsstrejken och faderns mest älskade ägodel, ja, efter Bibeln förstås. Egentligen är hon övertygad om att fadern bara lagt pennan på något konstigt ställe. Han har blivit allt glömskare på sista tiden. Men var kan den vara? Han lämnar ju aldrig lägenheten och vistas egentligen bara i sitt sovrum, köket och vardagsrummet. Och i badrummet förstås. För säkerhets skull går hon dit för att titta under badkaret. Ingen penna.

Barnen har förstås förhörts, men ingen har sett pennan. Teresa har tvingat flickorna att söka igenom sitt rum, utan resultat, men hon tror inte att de verkligen tömde garderoberna och skakade alla kläder. Det får hon göra själv när hon hinner.

– Nu hinner jag inte leta mer, säger hon. Men jag ska göra en ordentlig genomsökning i helgen igen. Nu måste jag åka.

– Vart ska du? frågar fadern grinigt.

– Jag får skjuts till Ikea. Jag ska köpa en ny lampa till dig, och lite småsaker.

– Ikea! frustar Andrzej Nowak. Handlar du av de hedningarna?

Teresa suckar. Hon trodde inte att fadern lagt märke till kampanjen för Ikea-bojkott. Själv orkar hon inte bry sig. Ikea har bra varor och det är viktigast för henne. Homosexualitet är emot Guds vilja, det håller hon med om, men att ett homosexuellt par i en av Ikea:s tidningar ska få henne att vägra handla där, nej, någon måtta får det vara. Hon tycker synd om de homosexuella, och hon vet att Gud har vänt sitt ansikte från dem, men hon hatar dem inte.

Och nu ska hon köpa en snygg lampa.

Morfadern reser sig ilsket och går stelbent in i sitt rum. Ur sin nattygsbordslåda drar han fram ett urklipp och citerar: ”Jag är katolik – jag handlar inte hos Ikea.”

– Jag vill inte ha någon lampa från Ikea, slår han fast.

– Då slipper du, säger hon. Du kan behålla min så köper jag en ny till mig själv.

När hon skyndar sig nerför trapporna tänker hon att Ikea ändå fick honom att glömma pennan. Alltid något.

WLADYSLAWOWO, IDAG
KL 21.25

Den unge mannen förbannar att han tappade ryggsäcken och har stått orörlig några sekunder, om vakten skulle ha hört något. Inget hände så nu har han hela sin koncentration på ryggsäckens innehåll.

Han hör inte hur den väntande motorbåten sakta tuffar ut mot havet.

Jag har 25 minuter på mig, tänker han och svettas under den täta mössan. Om 25 minuter är klockan 21.37. Ett historiskt klockslag.

På 25 minuter hinner man precis göra det som krävs, även om man är lite nervös. Det hade Brodern understrukit, gång efter gång.

”Du har 25 minuter på dig. Det är inget problem att hinna göra det du ska och paddla tillbaka. 25 minuter är oceaner av tid.”

Paketen är inslagna i tidningspapper och tyngre än förra gången. Det förvånar den unge mannen lite. Det här är en mindre måltavla än bilen, det är bara ett plåtskåp. Men han har lärt sig att lita på Brodern.

Då, den förra gången, gick allt enligt planerna. Det hade varit lätt att bryta sig in på byggarbetsplatsen och stjäla dynamiten och de andra prylarna. Det var lika lätt att komma över grejorna den här gången och Brodern tog hand om allt och monterade laddningen.

Den unge mannen hade läst att man kunde beställa bomber på nätet, inklusive bruksanvisning, men hans uppdragsgivare varnade. Det är osäkert och farligt, och de fick inte utsätta sig för onödiga risker. Dynamitgubbar är säkra. De fick inte utsätta *någon* för onödiga risker. De utför Guds uppdrag, och ingen människa får komma till skada. Självklart.

Förra gången gick allt som det skulle. Det var bara bilar som förstördes, visserligen några fler än den som var måltavlan, men ändå. Bara plåt som blev skrot. Inga människor var i närheten och ingen misstänkt kommer att gripas. Och det fungerade som en varning – just som det var tänkt.

Bilägaren har förstått och tystnat. Det påstås att han flyttat från staden. Det är skönt. Som Brodern brukar säga: ”Homosexualitet är synd. Islam ljuger. Abort är mord. Det finns frågor som är svart-vita. De är alla delar av den svarta handske som täcker djävulens knytnäve.”

Länge hade den unge mannen hoppats att det inte skulle behöva bli fler sprängningar. Andra uppdrag är lättare att utföra, men när Brodern kallar ställer han upp, förstås. Både för sakens skull, och för pengarnas. Gud är en generös uppdragsgivare.

Men han undrar varför paketen är så tunga. Medan den unge mannen bytte kläder och drog på sig mössan ordnade Brodern det tekniska. Det var något med strömkretsen och transportsäkringen och äggklockan som strömbrytare. Orden var svåra och krångliga på det främmande språket och mannen var glad att han slapp hantera det praktiska. Visserligen har han läst en grundtermin teknik på universitetet, men det blev aldrig så handfast.

Äggklockan tickar stadigt vidare. Alltihop är nedstoppat i en stor necessär i läder. Den kraftiga magneten är fasttejpad på utsidan med många lager stadig tejp.

Mannen undrar också varför Brodern var så noga med att han skulle lämna över sitt armbandsur så att *han* fick synkronisera deras klockor.

Och varför meddelandet skulle talas in på mobilens telefonsvarare redan innan de åkt ut för att utföra uppdraget. En sprängning av ett plåtskåp, det var väl inte säkert att det skulle uppmärksammas alls?

"Men tänk på symbolvärdet", hade Brodern sagt.

Den anonyma mobilen med kontantkortet hade Brodern tagit för att lägga på en plats som inte kunde kopplas till någon av dem, om den visade sig möjlig att spåra. På telefonens telefonsvarare har den unge mannen läst in sitt meddelande, på polska, med en näsduk framför munnen så att det lät lite grötigt:

"Den sprängning som utfördes på bogserbåten *Aurora* i Wladyslawowos hamn är Guds verk. Den dödsbringande verksamhet som drivs på båten är emot Guds vilja och måste stoppas. Sprängningen utfördes exakt klockan 21.37, på det klockslag när vår gode herde påven Johannes Paulus II lämnade jorden för att återvända till sin skapare. Vi som tar på oss ansvaret för sprängningen heter *Kommando JP2*, och vi kommer att gå ut i strid för Guds och Polens sak närhelst det behövs."

Den unge sprängaren tycker inte om namnet *Kommando JP2*, men Brodern ansåg att det var bra, det skulle få genomslag om det blev internationell bevakning av händelsen, och mannen har vant sig vid att låta Brodern sköta det strategiska tänkandet.

Sprängaren vet precis vad som ska hända. När han paddlat

tillbaka till motorbåten kommer Brodern att hjälpa honom ombord och tillsammans ska de lyfta upp gummibåten. Det är den som ska ta dem vidare, när de senare bränt upp motorbåten och förstört allt bevismaterial.

Medan de är på väg ut till sjöss kommer bomben att detonera och skåpet med dess ogudaktiga innehåll att förstöras. Klockan 21.37.

I samma ögonblick kommer ett antal nyhetsredaktioner i Gdansk, Krakow och Warszawa att få ett mejl från en hemlig IP-adress från någon ö i Atlanten. Ett mejl som uppmanar dem att ringa ett visst mobiltelefonnummer om de vill få kunskap om en sprängning som precis inträffat i en Östersjöhamn.

På det sättet ska Guds budskap spridas över världen, tänker den unge mannen under sin svettiga luva medan han tar fram mejseln för att bryta upp ventilen på containerväggen. Guds budskap sprids, och mina polska systrar hindras från att begå en oförlåtlig synd.

Äggklockan tickar.

EKERÖ, SVERIGE
I SOMRAS

– Vänd dig mot din närmaste granne och berätta vilken insikt det var som fick dig att komma hit.

Kvinnan på stolen intill Ellens vänder sig tvekande mot henne och börjar prata:

– Jo, det var när jag sprang på en kusin på gatan, en som jag bergis inte träffat på tio år, och hon lyckönskade till graviditeten. Jag som är 47 år.

Ellen försöker tänka efter för egen del. Var det en särskild insikt som fått henne att komma?

Att något måste göras, det hade hon gradvis insett. Efter Nisses födelse var de flesta extrakilon kvar, trots att själva Nisse vägde över fyra, och när inte ens amningen hjälpte mer än marginellt var det dags att ta itu med saken. Viktväktarna känns som ett bättre koncept än Atkins eller andra snabbkurer. Ellen ammar fortfarande lite grann, mest på kvällar och nätter när Nisse är orolig, och brösten läcker stadigt däremellan, men hon vill sluta. Helst utan att svälla över alla bräddar igen.

Alltså letade hon sig fram till den undanskymda källarlokalen i Ekerö centrum, visade upp den rabattkupong som hon klippt ur tidningen och skrev in sig som medlem i Viktväktarna.

Några få medlemmar i den smockfyllda lokalen är män. Ingen av dem säger något. Ellen undrar hur de känner sig. Budskapet riktar sig knappast till dem. En flicka i hundrakilosklassen fnyser över en t-shirt hon sett med texten ”Öl byggde denna kropp”. Karlar behöver i alla fall inte misstänkas vara gravida.

Ellen har svårt med frälsardelen i Viktväktarkonceptet, som när den lilla blondinen i de trånga jeansen kallas fram för att vittna om de 20 kilo hon tappat på ett år. Alla applåderar. Ellen också. Hon vill för allt i världen inte markera.

Den lilla banterskan ser sliten ut och har – fortfarande, eller om igen – för trånga jeans.

– Mjukisbyxmodet, förkunnar konsulenten, är förödande. I trikå eller velour kan man svälla obehindrat, ibland utan att märka det.

Ellen drar diskret ner tröjan över byxresåren.

– Vi som kommer hit, kungör en hennafärgad kvinna med hög röst och intränad auktoritet, vi har ett neurotiskt förhållande till våra kroppar.

Många i salen tittar sig osäkert omkring. De verkar inte känna igen sig i det neurotiska. Ellen fnyser. Vi har helt enkelt ätit för mycket och rört oss för lite, tänker hon. Varför slickar sig hunden på pungen? För att den kan!

Ellen drar på sig jackan och går ut. En snål vind smyger runt knuten och driver upp dragkedjan och kragen. Ska det inte bli riktig sommarvärme snart?

0,7 kilo minus sedan förra måndagen. Helt okej. I väskan har hon veckans nya lågkalorirecept.

Innan hon åker hem ska hon handla lite på ICA. Välling och gröt till Nisse, nya plåster med Kalle Anka på eftersom Nadja skrapar knäna hela tiden. Det får nog bli några barnmatsburkar också fast Nisse mest äter vanlig mat, men barnmat är bekvämt, näringsrikt också, fast kladdigt och smaklöst, och om det bara blir som reserv … tre burkar får räcka.

Kanske en liten Brieost till ett glas vin åt Björn och henne till kvällen … Nej, visst nej! Några äpplen blir bra. Morotsstavar i ett vattenglas i kylen är utmärkt. 0,7 kilo hit och 0,7 kilo dit, det blir snart en hel storlek. Ellen närmar sig 42. Ett mål så gott som något.

Hon betalar med ICA-kortet och lastar in kassen i bakluckan. Volvo och villa. Det är bara vovven som fattas. Ellen suckar när hon backar ut från parkeringen.

– Nej, nu får du sitta i stolen!

Ellen skäms när hon hör hur vass hon låter och försöker kompensera med en puss på det lockiga huvudet.

Förlåt min älskade gubbe, tänker hon, men jag är in i döden trött och har ont i ryggen och nu får du faktiskt sitta still ett tag. Hon plockar upp favoritböckerna och det lilla tåget och Nalle Puh men allt åker genast i golvet. Skrik. Nappen ska också bort. Skrik. Den glider in under bokhyllan och Ellen bestämmer sig för att låta den ligga. Ryggen vill inte böja sig mer. Fortsatt skrik. Den andra nappen då? Men nej, också den flyger tvärs över golvet.

Ellen sjunker ner på köksstolen intill sin son och lutar huvudet mot barnstolen.

Nisse är drygt ett år och kan nästan gå. Det vill säga, om Ellen håller sina pekfingrar i hans små händer kalvar han iväg som en sprinter, men gå själv – nej, det vill han inte. Krypa, som varit så roligt i flera månader, har helt förlorat sin tjusning. Om Ellen inte går med honom klamrar han sig fast vid hennes ben och vill komma upp. Gå eller bli buren, det är det enda som är roligt. Inte sitta i stolen!

Tre dagars feber med dålig sömn har gjort både Nisse och hans mamma utmattade. Utmattade och griniga.

Förvånad tystnar den lille pojken när han hör ett oväntat ljud.

Mamma låter så konstig. Hennes huvud och axlar vilar mot kanten på hans stol och rör på sig som de inte brukar göra. Hans skrikande har kommit av sig helt och han drar försiktigt i det mörkbruna håret, inte så våldsamt som när han blir ivrig och hon måste aja-baja honom. Han vill bara lyfta upp hennes huvud och titta på hennes ansikte. När hon rätar på nacken och blinkar mot honom är hon alldeles blöt på kinderna. Nisse klappar försiktigt och ger henne en stor puss med öppen mun.

Mellan tårarna ler hon och när hon sakta lyfter upp leksakståget från golvet kör han det försiktigt lite fram och tillbaka.

När det ringer reser hon sig, men först efter femte signalen. Hon harklar sig och svarar.

– Hej. Jodå. Han mår bra. Vi har ätit lunch. Inte så mycket mer. När kommer du hem? Inte förrän då? Nähä. Hej då.

Det blir tyst. Nisse lyssnar efter de oroande ljuden. Så kommer de igen. Nu blir Nisse rädd. Han skriker men mamma rör sig inte. Hon gråter bara tyst med telefonluren dinglande i sladden.

Björn sa att han kommer hem sent ikväll. Det är inte ofta, för han försöker ta sin del, det vet hon. Han *jobbar* helt enkelt, och ibland betyder det lite övertid, det vet hon, det har de ju varit överens om. Och hon ska inte säga något, om någon har övertrasserat övertidskontot så är det Ellen Elg.

Så när Nadja klagar på att pappa är borta försvarar Ellen honom, men utan entusiasm.

Ellen vill inte gräla men hon är trött och stubinen är alldeles för kort. Hon håller igen medan barnen är vakna, men sedan brister det alltför ofta.

Igår drog hon igång en stor palaver på grund av några

avbrända tändstickor. Hon skäms när hon tänker på det. Det var därför hon inte orkade klaga när Björn ringde, fast han lät uppriktigt bekymrad. Att Björns ovana att lägga tillbaka de avbrända tändstickorna i tändsticksasken kunde få henne att explodera. Det är inte klokt. Hon är inte klok.

Ellen samlar ihop sig, snyter sig i hushållspapper och går beslutsamt fram till sin skrikande son.

– Ta det lugnt nu, lilla gubben, säger hon och rösten är nästan stadig. Vi får nog ta en promenad och få lite luft. Jag ska bara byta på dig först.

***

Den vaksamma rådjursgeten stannar till i skogsbrynet mellan huset och sjön. Hon vädrar fara. Något som inte brukar finnas i den lilla dungen har kommit dit. Hennes kid förstår, även om han ännu inte lärt sig vad alla dofter betyder, och håller sig tätt intill sin mor.

Mannen sitter på en hopfällbar pall i den riskoja han byggt i alsnåren. Han är väl kamouflerad i mörkgröna kläder och neddragen luva, men även om rådjuren inte förstår vad de ser litar de på sitt luktsinne. Några grenar knäcks när de tvärvänder och med höga hopp försvinner mot säkrare marker. Mannen hör dem, men bryr sig inte. Han är van vid skogen och förstår att han skrämt upp ett djur. Det spelar ingen roll. Det är människor han inte vill träffa, och de brukar varna i god tid innan de dyker upp. Människor är obegripligt bullersamma.

I teleobjektivet ser han genom fönstret hur kvinnan med barnet klär på sig för att gå ut. Han trycker av och tar en serie bilder.

SOPOT, POLEN
I SOMRAS

Ljumma vindar slår emot Agata Domanska när hon kliver av pendeltåget på stationen i Sopot. Hennes blonda hår blåser fram över ansiktet och hon får en slinga i munnen. De högklackade skorna är inte bekväma, men snygga. Kvinnliga. Ikväll vill Agata vara kvinnlig. Jeansen smiter åt runt rumpan och springan mellan brösten syns i urringningen. Hon har köpt en ny behå som lyfter och fyller ut. Det känns lite utmanande. När hon gick hemifrån hade hon den vita koftan på, med knäppta knappar, för att slippa kommentarer från mamma och morfar. Han hade redan gnällt om skorna. När hon satt sig på spårvagnen drog hon av sig koftan och stoppade ner den i bagen.

Nu känner hon sig plötsligt avklädd och drar på sig koftan igen, men utan att knäppa den.

Hon är tidig och kamraterna har inte kommit ännu. Den slitna vänthallen är trist och hon bestämmer sig för att ta en promenad. Den riktigt stora turistinvasionen har inte satt igång. I augusti kommer strömmen av turister att förvandla gatan till en gigantisk utomhusscen för musikanter, clowner, schackmästare och vanliga fyllon.

Ikväll är det strandfestens första kväll och imorgon bitti,

när de kulörta lyktorna släckts och ungdomarna trasslat sig hem, kommer gatan att smyckas av hundratals söndertrampade plastmuggar. Strandstädarna kommer att kunna bygga en pyramid av kondomer, vad kyrkans män än må säga.

Kvällssolen värmer och Agatas kofta åker av igen. Hon draperar den över axlarna och kastar en blick ner i urringningen. Jodå. Hon är fin. Det ska bli roligt med fest.

Plötsligt känner hon sig sugen på en glass. Visst fanns det en glasskiosk längre uppåt gatan? Hon går ner i tunneln under infartsleden. Där är det fuktigt och kallt. Betongväggarna är täckta med röd och svart sprayfärg. Med "Lechia Gdansk" och "Arka Gdynia" har klottrarna hyllat de lokala fotbollslagen, och mellan de vanliga könsorden läser Agata "En kvinna utan man är som en fisk utan cykel". Hon ler. Om hon nu är en fisk vill hon ändå ha en cykel, tänker hon. Åtminstone ikväll.

Uppe på gatan kände hon ingen vind men nere i tunneln finns en otrevlig luftström, det drar snålt. Inbillar hon sig, eller droppar något vått från taket? Hon stryker sig över det nytvättade håret. Några halvårsgamla höstlöv har klibbat ihop vid väggen och en vaddsovsäck i obestämbar färg vittnar om att någon brukar sova här. Agata skyndar på stegen.

Glasskiosken har slagit igen och Agata måste gå tillbaka genom tunneln igen. "Knulla" och "runka" står det med jättelika röda bokstäver på väggen bredvid ett prydligt målat hakkors. Agata drar ihop koftan över brösten och klackarna smäller mot betonggolvet.

På trappan till kyrkan står Monika och vinkar.

– Hej! Har du varit här länge?

EKERÖ, SVERIGE
I SOMRAS

– Jag kan byta på honom. Jag är en stor flicka.

Ellen tar tacksamt emot sin stora flickas hjälp. Nadja får gärna hjälpa till. Det enda hon inte får göra är att bära sin bångstyrige lillebror i den branta trappan. Annars är Ellens förtroende oändligt. När Nisse föddes var Nadjas erfarenhet av småbarn mycket större än föräldrarnas. Hon älskar fortfarande sin lillebror över allt på jorden, och lillebror svarar med blöta pussar.

Det var Ellen som drev frågan om adoption av den föräldralösa Nadja, född Hope i Zambia. Björn var först tveksam men blev sedan världens bästa pappa. Ja, han blev verkligen världens bästa pappa. Ellen får upprepa det för sig då och då. Hon har nästan glömt.

När familjen flyttade till Vietnam för att Ellen skulle arbeta på ett sjukhus i Hanoi blev Björn medföljare och tog det mesta av ansvaret för hem och familj. Och det gjorde han bra. Han klagade nästan inte alls. Hon är mer imponerad nu, när hon inser vad det innebär att vara heltidsförälder.

Ellen håller med Björn om att hon arbetade för mycket i Vietnam.

När de hade flyttat hem och Nisse fötts fick Björn ett nytt

jobb med många spännande resor och engagemang och han tyckte att det var hennes tur att ta barnansvaret. Hon höll med. Tyckte faktiskt att det skulle bli skönt att ta det lite lugnt och inte springa runt i ekorrhjulet under ett år. Det stora ekorrhjulet, vill säga. För det lilla, där dagarna spaltas upp av välling och blöjbyten och D-droppar och lämna och hämta Nadja i skolan och vakna mitt i natten och aldrig få vara i fred, har visat sig vara nog så energikrävande.

Inte minst sedan de flyttade in i det nya huset vid Mälarens strand.

Det är en flytt som aldrig verkar bli avslutad. Det har gått flera månader sedan flyttbilen backade fast i geggamojan utanför huset och fick dras loss med bärgningsbil och fortfarande har de inte hittat korkskruven. De har köpt en ny, jovisst, men Ellen letar fortfarande efter den gamla.

Hon har som ambition att varje dag dra fram minst en ny flyttkartong från det till synes oändliga lagret under trappan. Helst ska hon också tömma den. När hon hittar korkskruven ska hon omedelbart SMS:a till Björn, och han ska alltid ha telefonen på, oavsett vilket viktigt möte han sitter i.

Varje kväll när han kommer hem frågar han: Korkskruven? och hon skakar sorgset på huvudet, låtsas fälla en tår och de skrattar tillsammans. De kan fortfarande leka. Det är skönt, mitt i tröttheten.

Det nya huset är stort och fint. Bostadsrätten i Solna visade sig vara en guldklimp som utan ytterligare skuldsättning kunde bytas mot 180 kvadratmeter nybyggd villa i Ekerö kommun.

Ett jättefönster vetter ut mot Mälaren och det lilla skogsbrynet i parken med gångvägen. Utsikt, men också insyn. I början kände Ellen sig besvärad när mörkret föll och hon gick omkring i ett skyltfönster, men gångvägen har ingen belysning och det är nästan aldrig någon som promenerar där, om inte solen skiner. Hon ser alltid till att vara anständigt klädd när hon rör sig i det kombinerade köket och vardagsrummet.

Huset är bra, det är inget snack om saken. Skinande nytt, med rostfri kyl och frys och bubbelbadkar under takfönster. Vackert och praktiskt.

Men ensamt, också. Ellen har aldrig tidigare bott i en villa. När hon var liten tyckte hon synd om de kamrater som bodde i egna hus. De måste vara mörkrädda, tänkte hon. Själv kände hon sig alltid trygg i hyreshuset där alla grannar kände varandra och alla dörrar alltid stod öppna. Hon var aldrig mörkrädd. Om föräldrarna var borta fanns någon annan hemma.

Sedan dess har hon bott i lägenhet, inkilad mellan andras snarkningar och toalettspolningar och stekos. I den stora blanka villan känner hon sig ofta ensam.

Fastighetsaffären blev extremt snabb. Den förre ägaren, som byggt stora delar av huset med egna händer men aldrig riktigt bott där, ville att det skulle gå fort. Efter visningen ordnade mäklaren en snabb värdering av lägenheten i Solna, Ellen och Björn betalade det begärda priset och fick nycklarna samma dag. Det är den enda gången Ellen träffat säljaren.

Han var tystlåten och verkade sorgsen, och när han tog Ellen i handen för att bekräfta affären kände hon sig obekväm. Ett handslag som är fem sekunder för långt kan kännas som en evighet.

Sedan var det som om mannen inte kunde komma därifrån snabbt nog. Han hade bara några få möbler som han packade på ett hyrsläp och – vips – var han borta. Ett stort gammalt skåp som stod i hallen kunde han inte härbärgera, sa han, och erbjöd Ellen och Björn att ta över det. De nyinflyttade hade inte så mycket möbler och tackade ja.

Skåpbeslutet ångrade Ellen nästan genast. Möbeln är stor och mörk och ganska ful. Ut ska den, så fort de får tid. Till soptippen, för ingen kan väl vilja ha ett sådant beläte? Men Björn har aldrig tid att hjälpa till att köra bort det, och ensam klarar hon det inte.

Ellen har ringt säljaren några gånger för att fråga om grovsophämtning och jordfelsbrytare och annat praktiskt och när han svarat har han låtit glad över att höra av henne, nästan förtjust. Ellen har småpratat längre än hon tänkt. Av någon anledning tycker hon synd om honom.

Grannarna hann inte lära känna honom, så trots att Ellen frågat har hon inte fått någon förklaring till varför man bygger ett så fint hus och sedan knappt flyttar in.

Trädgården hade han inte hunnit med, tyvärr. Den är fortfarande rena lervällingen, men även i lervällingar överlever maskrosor och tistlar. Ellen skäms inför grannarna och längtar efter en gräsmatta, men hon hinner inte mer än att hålla hygglig ordning inomhus.

Björn har föreslagit att de ska skaffa städhjälp, men Ellen kan inte tänka sig att gå runt hemma medan en lågavlönad städerska med brytning torkar upp Nisses grötkladd. Alltså städar hon själv. Ibland, när hon hinner. Dammsuga går bra för Nisse gillar dammsugaren. Men det blir splittrat, en skurad toalett då och en dammtorkad övervåning då, och aldrig riktigt rent. Det *luktar* aldrig rent, klagar Ellen, men allt mer sällan inför Björn eftersom han tycker att hon är fånig som inte vill köpa hjälp. De har ju råd. Däremot är han, av för Ellen oklara skäl, emot att hyra trädgårdshjälp.

– Vi grejar det i sommar, har han sagt. När jag har semester. Vi köper gräs som man kan rulla ut. Jag har läst att det är jättelätt.

Nu *är* det sommar och Björn har fortfarande inte bestämt när han ska ha semester. Han har så mycket att göra på jobbet. Och han har så roligt, tänker Ellen avundsjukt. Men Björn ska vara pappaledig i höst, och det är miljoner saker som han måste ha hunnit med innan dess.

Jag ska åtminstone ta två veckors semester i juli, har han lovat.

Nu ringer han och säger att han sitter i bilen på väg hem. Han passerar precis Drottningholms slott. Kungen står vid busshållplatsen, tror han. Är det något han ska handla? Ellen öppnar kylskåpsdörren för att titta efter.

– Vi har bara en liter mjölk så du kan köpa två till. Och blöjorna håller på att ta slut igen. Och – vänta – jag ska titta hur det är med ost. Vad vill du ha till middag?

– Han kan köpa godis! ropar Nadja från skötplatsen i badrummet.

– Köp några kycklingfiléer, bestämmer hon. Och lite broccoli. Det kan Nisse också äta. Puss, själv! Hej då.

– Blä för broccoli, säger Nadja som kommer in med Nisse i famnen. Pojken skiner som en sol.

– Du ska få makaroner, lovar Ellen.

Då ringer telefonen igen.

SOPOT, POLEN
I SOMRAS

Agata sitter på en fuktig handduk på den varma sanden. Skorna har hon parkerat intill handdukskanten. Solen håller på att gå ner och havet glittrar. Några kamrater har varit uppe i skogen för att bryta några grenar och sedan tänt en liten brasa på stranden. Det är inte tillåtet, men ikväll kommer inga vakter eller poliser att hinna bry sig. De har tillräckliga problem med alla hel- eller halvfulla ungdomar som ramlar omkring på stränderna mellan Gdansk och Gdynia. Det är många mil sandstrand och områdets alla ungdomar har kommit hit. Nåja, de flesta i alla fall.

Kanske är Marek här någonstans tänker Agata, men syster Karolina skulle aldrig komma även om hon kunnat. Hon har blivit så präktig och skenhelig på senare tid. Nej, *sken*helig är fel ord. Ibland lyser det om henne. Kanske är hon helig på riktigt. Andlig i alla fall. Agata är både förskräckt och imponerad. Tänk att kunna tro så helhjärtat.

Karolina bär alltid en berlock med ett porträtt av Johannes Paulus II runt halsen. Hon smeker den när hon gör korstecknet. Agata tror att systern frågar den döde påven om råd varje gång hon ska fatta ett beslut, om det så handlar om att köpa svarta eller vita strumpor.

Agata förundras över att någon kan bygga hela sitt liv på vad som står i en urgammal bok och som uttalats av en – visserligen ovanligt vis men dock – dödlig man. Ja, en uppenbart död man.

Agata minns det sorgeutbrott som startade i lägenheten på Halleragatan när beskedet om påvens död kom. Ingen kan ju ha blivit förvånad. Alla måste dö och det hade varit uppenbart för alla som kunde se att den polske påven inte hade lång tid kvar. Agata hade visserligen gråtit en skvätt själv, men någon måtta fick det ändå vara.

Hon hade smitit ut och promenerat några varv runt kvarteret tills de andra somnat, eller åtminstone tystnat. Det fanns folk ute som samlats för att tända ljus, men hon fick gå i fred. Hon hade tänkt tanken att åka hem till pappa och Izabela. Där hade de kanske kunnat *prata* om saken, vad påven *egentligen* betytt för förändringarna i Polen och Östeuropa och vad som var ohälsosam helgondyrkan.

Pappa skulle säkert ha välkomnat henne, om han hade varit hemma, och Izabela skulle blivit stormförtjust fast det var sent på kvällen, men mamma … Mamma skulle aldrig ha förlåtit henne. Hon blev sur bara för att Agata gick ut och inte satt och tjöt med de andra. Ibland tänker Agata att Teresa gifte om sig med Johannes Paulus när Jacek flyttade.

Det är därför Agata fortfarande går i mässan på söndagarna. För mammas skull. För hon älskar mamma.

Men nu är varken mamma eller Karolina här, och skönt är det. Agata har sagt att hon ska övernatta hos Monika, så att mamma inte får för sig att sitta uppe och vänta.

Ölmuggarna töms med varierande snabbhet runt den lilla brasan, någon har med sig en gitarr, en sång blandas med allmänna lustigheter. De pratar om det rund-SMS som många fått: ”Det är snart val. Rädda landet. Göm mormors ID-kort”.

Agata har ingen mormor längre, men hon förstår vad som menas. Det är de gamla slitna tanterna, i sina mohairbaskrar och med plågsamma minnen från kommunisttiden, som har röstat fram tvillingarna Kaczynski och politiker som är ännu värre, sådana som mormödrarna sett som Vår Herres budbärare på jorden.

De skojfriska datorkunniga grabbarna som skickat ut meddelandet har åtalats för "brott mot konstitutionen". Inte klokt. Runt brasan är alla överens om att landet håller på att tappa verklighetsförankringen.

SMS-historien drar igång andra präst- och påvevitsar, den ena värre än den andra. Agatas kurskamrat Daniel kan många.

– En präst kör på väg mot Gdansk men blir stoppad för fortkörning, börjar han och höjer sin ölmugg för att äska tystnad.

Polisen tycker att prästen luktar sprit, fortsätter Daniel, och så ser han att det ligger en tom vinflaska på golvet. Han frågar: "Fader, har du druckit?" "Bara vatten", säger prästen. "Och varför luktar du då alkohol?" Prästen ser ner på flaskan och säger: "Gode Gud! Han har gjort det igen."

Alla skrattar, Agata så att hon kiknar. Hon känner sig glad och uppspelt. Den där ska jag komma ihåg, tänker hon. Den kan jag berätta för pappa.

– Kan du fler? frågar hon.

– Javisst. Vad säger du om den här: Påven håller audiens och en affärsman kommer fram till honom och säger: "Jag vill ge dig ett anbud. Om du ändrar på den sista frasen i Fader Vår, från *vårt dagliga bröd*, till *vår dagliga kyckling*, så kommer mitt företag *Vår dagliga kyckling* att donera 10 miljoner euro till katolsk hjälpverksamhet." Påven nekar bestämt. Två veckor senare besöker mannen påven igen, nu med ett anbud på 50 miljoner euro. Påven nekar åter bestämt. En månad senare erbjuder mannen 100 miljoner euro, och nu accepterar påven budet. I ett möte för kardinalerna förkunnar han sitt beslut genom att berätta att han har en god nyhet och en dålig. "Den goda nyheten är att vi har fått 100 miljoner euro till välgörenhet. Den dåliga nyheten är att vi har förlorat vår huvudsponsor, *Vårt dagliga bröd*."

Alla skrattar. Daniel sätter sig ner på sin utbredda jacka och erbjuder Agata att dela sittplatsen. Jackan är bättre än den fuktiga handduken. Hon drar koftan bakåt och blottar springan mellan brösten, fast hon fryser lite.

Daniel är rolig. Och snygg. Hans rutiga skjorta är välstruken och jeansen sitter bra. Han är barfota i tygskorna och fötterna är lika solbrända som ansiktet. De vita tänderna lyser i eldskenet. När han vill lägga sin arm runt hennes axlar protesterar hon inte. Inte heller när hans tänder nafsar henne lite i nacken. Han luktar gott. Tvål och rakvatten.

Den lilla brasan håller på att dö och ölet i plastmuggen är slut, igen. Påsen med de rökta korvarna är också tom och det har blivit dags att röra på sig. Längre bort finns en annan, större brasa, och Monika föreslår att de ska gå dit. Daniel drar upp Agata på benen och hon svajar till lite. Ändå tackar hon ja när han erbjuder sig att köpa mer öl till henne. Det spelar väl ingen roll. En enda kväll.

STOCKHOLM, SVERIGE
FÖR 40 ÅR SEDAN

Stockholm den 17 juli 1968

Vännernas vän!

Detta simpla kollegieblockspapper beror på att jag befinner mig i en aula, på en komplett värdelös föreläsning. "Informationsvetenskap" kallas det. Teori, teori, teori när det enda jag vill är att jobba med händerna. Tummen å pekfingret å lite huvet, om du förstår vad jag menar. Jag gör tappra försök att anteckna men tänk dej själv när karln vägrar att skriva på tavlan utan bara pratar å pratar å pratar. Å tar ointressanta exempel till höger å vänster. Det går in genom ena örat å ut genom det andra, utan att hjärnvindlingarna ens känner ett vinddrag.

Nu har det varit paus å jag har varit på toa.

Mensen har låtit vänta på sig, men så är det ju med mej, som du vet – ingen ordning på hormonerna – men för säkerhets skull har jag dubbla bindor på. Tycker att brösten spänner lite å det kan va ett tecken. Eller åxå är det bara så att dom längtar, efter nåra mörka händer, eller så ...

Lite knöligt med bindorna i brallorna men säkrast

ändå. Du vet hur det blir när mitt Amerikafrämmande kommer – rena Röda Havet!

Åsså ska karln där framme fortsätta å snacka, men det är lögn att få ner det han säjer på papperet.

Just nu snackar gubben om att privatbrev inte har nån verkan på större befolkningsgrupper, men där högg han i sten! VET HAN INTE att du å ja har förändrat hela Hufvudstaden, å Västerbotten, å Vintergatan, å Universum? Han påstår att de (privatbreven alltså) har mycket lite att göra med normspridning. Lilla gubbe, du vet inte vad du snackar om!!! I självaste din föreläsningssal sysslas inte med nåt annat än normspridning, i privatbrevens form!

Tjosan! Nu var föreläsningen slut å har jag några vettiga anteckningar? Nej!

Paus.

Nu är jag hemma å José Felicianos röst strålar ur radion. Han påminner mej om i vintras. När vi var hos Roger å lyssnade på hans nya grammofon.

Och du tänker åka till Tyskland! Fegt! Å här går jag å drar bena efter mej å undrar om det är nån mening med hela tjollimojset. Man kan väl inte jobba som bokbindare, heller. Eller "Buchbinder" kanske det heter på Deutsch.

Aber, doch: Du kannst ja die Loppe leben da ganz förschkräcklich. Ich habe hört dass die junge Männern in Deutschland immer haben seine Tröjen um ihre Hälsen wenn sie in Schweden sind. Können Sie bitte underschöken ob sie haben densamme Vanen in seine Mutterland?

Efter denna fenomenala ansträngning stiger temperaturen i skallen så fruktansvärt att om jag hade några

Carmen Curlers så skulle jag inte behöva värma dom för att få kalufsen lockig, det var bara att kasta i rullarna.

Min kusin Hasse från Burträsk är ju här på facklig kurs, som jag väl sagt? Han ringde till skolan å sa att han varit på Apoteket Röda Näsan å tyckte att vi skulle hjälpas åt att konsumera medicinen innan den ruttnade. Det var han å nåra av hans kompisar, å han är SÅÅÅ rolig, Hasse, så jag kunde inte låta bli att åka dit, fast jag som vanligt inte drack nåt å gick hem tidigt.

Hasse är verkligen en sympatisk man, men han snusar som en idiot å ska jämt ha en prilla inne. Åsså är det synnerligen otrevligt vid uttagandet av densamma. I både förbrukat å oförstört tillstånd luktar denna vara på ett mycket otrevligt sätt. Enligt mitt förmenande.

Å en av tjejerna som var med gjorde sej åxå till å snusade. Ganska komiskt med tjejer som kämpar för att hålla sluskklumpen på plats. Men likafullt usch.

Tycker du att jag går omkring som nåt ur djurriket runt nåt varmt i en kastrull? Katten kring het gröt?

Det beror på att jag inte har nåt att berätta. Jo. Milton har slutat på kursen. Han har inte försvunnit helt, men vi träffas inte särskilt ofta, å sitter då mest å grubblar över en kaffekopp. Han vet inte om han får stanna i landet å jag är ju gift, som du brukar påpeka. Det är väl bäst som sker, som du så klokt brukar säga.

Hördududu! Kom genast å tjwetta mitt schiiitiga hår. Det är ett lager av vid pass två centimeter högt skit på mitt huvve.

Nähä. Då kryper jag väl till kojs nu.

Postar imorgon.

Gonatt

Misse

EKERÖ, SVERIGE
I SOMRAS

Ellen klämmer fast telefonluren vid halsen när hon svarar.

– Är det Ellen Elg, läkaren? frågar en kvinnoröst, på engelska.

– Ja?

Ellen känner sig skeptisk. Hon har börjat plocka ur diskmaskinen och staplar tallrikar på varandra. När någon obekant ringer på kvällen vill de nästan alltid sälja något. Men på engelska?

– Mitt namn är Victoria Maasens, säger kvinnan. Jag arbetar åt en holländsk organisation som heter Women on Waves. Har du hört talas om oss?

– Ja, säger Ellen avvaktande och ställer en kaffekopp i skåpet. Men jag vet inte så mycket om er.

– Vi ägnar oss åt information om sexualitet och preventivmedel, sprider kunskap om säkra aborter och erbjuder hjälp via nätet.

Nu vet Ellen säkert. Det är en spännande organisation som hon har läst om.

– Jag har hört talas om er.

– Och vi har hört talas om dig, säger kvinnan.

– Jaså? Ellen blir orolig. Vad vet kvinnan? Kanske mer än hon borde.

– Vi har hört att du har gjort ett bra arbete i Zambia.

Det var det Ellen var rädd för. Insatsen i Zambia är inget hon är stolt över. Hon svarar inte.

– Hallå! säger kvinnan.

– Ja, svarar Ellen med liten röst.

Från grinden vid trappan ropar Nadja.

– Jag går upp med honom nu.

– Nej! ropar Ellen mot dottern och sedan, i telefonluren: Ursäkta. Jag talade med mina barn. Ett ögonblick bara.

– Nadja, ropar hon och låter argare än hon känner sig. Inte i trappan! Det har vi ju sagt. Om du vill vara där uppe med honom kommer jag och bär upp honom snart. Jag ska bara prata färdigt. Ni kan väl leka här på golvet?

– Men han vill gå upp, gnäller Nadja.

– Ett ögonblick till, säger Ellen i telefonen. Jag måste ordna en sak.

– Jag kan ringa senare, om det passar bättre, säger Victoria Maasens förstående.

– Om du kan vänta en minut så kommer jag tillbaka, säger Ellen som blivit nyfiken.

– Visst.

Ellen lägger ifrån sig luren, rycker åt sig Nisse, öppnar den barnsäkra grinden och tar några snabba steg uppför trappan med sonen på armen. Nadja hoppar efter. Ellen lämnar sina barn i Nisses rum och Nadja börjar plocka fram leksaker.

– Här ska du få se, Nisse, säger hon. Vad säger kissen? Mjau.

Nisse härmar ”mjau”.

Ellen stänger den övre grinden och hastar nerför trappan.

– Ja? säger hon aningen andfått. Konditionen är verkligen usel.

– Vi behöver din hjälp.

– Hur då?

Ellen går fram till det stora fönstret och tittar ut mot gångvägen och parken. Sommarkvällen är ljus. Hon skymtar något som rör sig i skogen, men har hela sin koncentration på det förslag Victoria Maasens lägger fram.

Hon inser att hon borde säga:

– Vänta. Jag vet inte. Jag måste undersöka möjligheterna först. Jag måste i alla fall tala med min man.

Istället hör hon sig själv:

– Javisst. Det ordnar jag. Jag kommer.

SOPOT, POLEN
I SOMRAS

Ölmuggen är halvfull och när Agata snavar trycker hon ihop den så att plasten spricker lite. Daniel sträcker fram sin mugg och fnittrande häller Agata över sitt återstående öl i hans. Havet rör sig med ett stilla vågskvalp.

Paret har kommit ifrån de andra. De passerar det stora bullriga diskoteket som är tapetserat med ölreklam. Där har nog de andra stannat.

Daniel håller sin arm runt Agatas axlar och viskar att han vill bada. Det är svinkallt, tror hon, men hon lovar känna efter med tån, och hopslingrade tar de sig ner till strandkanten. Vattnet *är* svinkallt, och de har ingen handduk. Men Daniel vill ändå bada. Han kan självtorka.

– Du blir förkyld, säger Agata, men är ändå lite imponerad över hans manliga dumdristighet.

De går en bit till, bort mot strandrågen nedanför puben med alla hängpelargonior. Det har blivit ganska mörkt. Agata sätter sig i sanden och ser bara siluetten av den nakne Daniel när han rusar ner mot havet, kastar sig i efter bara några meter och med blixtens hastighet kommer upp igen. Det *var* svinkallt. Han huttrar och torkar sig med den t-shirt han haft under skjortan och sliter i kalsongerna som fastnar på de sandiga fötterna och våta benen.

– Du måste värma mig!

De breder ut Daniels jacka och sätter sig tätt tillsammans. Agatas kofta blir fuktig, men själv är hon varm. Hans kalla händer smeker hennes rygg och hon försöker gnugga honom varm på armarna, ryggen och den platta magen. Han för ner hennes hand mot sin lem. Den är varm, och stenhård. Det pirrar i hennes underliv. Hans iskalla fingrar söker sig ner i urringningen där heta bröst väntar och värmer.

– Kan vi inte gå upp i skogen? frågar han.

– Vänta, säger hon, och vet egentligen inte varför.

Hon vill ju. Hela hennes kropp vill.

– Kan vi inte få något att dricka först?

De går upp till puben. En liten flicka går runt och säljer rosor. Daniel köper fem stycken till Agata. Fem! Det hade ju räckt med en. Efter ytterligare två öl har Daniel fått upp värmen och vill dansa. Hans skjorta har blivit skrynklig och han dansar barfota eftersom skorna är sandiga. Agata behöver ingen kofta. Hon känner sig vacker och rör sig till musiken med halvöppen mun. Tätt, tätt glider de runt på dansgolvet fast alla andra rockar loss. Hon håller rosorna i ett fast grepp bakom hans rygg. Hon är lite yr och aningen illamående. Men upphetsad. De höga klackarna gör henne nästan lika lång som han och han trycker sitt hårda kön mot hennes. Blodet dunkar i takt med basgångarna.

Daniel upprepar förslaget om skogen. Eller kanske strandrågen längre bort på stranden, där det är folktomt. Agata stannar upp på dansgolvet, kramar honom hårt och viskar i hans öra:

– Har du kondomer, då?

På ett sätt önskar hon att han inte hade det. Att han inte varit så inställd på att hitta någon att knulla med så att han är förberedd. För henne kan han inte ha tänkt på. De har ju knappt träffats utanför klassrummet .

– Nej, har du? retas han. Jag bara skojar. Det är klart jag har kondomer. Alltid redo!

Han gör en skämtsam scouthälsning och vinglar till.

Tio minuter senare, när de ligger med nakna underliv tätt och hett tillsammans i den kallnande sanden, hittar han inga kondomer. Han måste ha glömt dem. Men han ska vara så försiktig. Han lovar.

Vid det laget spelar det ingen roll. Agata särar på benen och tar emot honom. Redan vid tredje stöten går en våg av vällust genom henne, men han är uthållig och hon kommer igen, och igen. Hon river honom på ryggen när han kramar hennes stjärt. Hennes skrik dränks av vågskvalpet. Det är härligt.

WLADYSLAWOWO, POLEN
IDAG, KL 21.32

Ellen häller en ny hög med grus i kajutans papperskorg medan telefonsignalerna går fram hemma i villan.

Hon tycker sig höra ett knakande ljud från undersökningscontainern, men när hon får svar glömmer hon att oroa sig och hör bara Nadjas röst. Hon ställer ifrån sig sopborsten och sopskyffeln.

– Hej gumman! Det är mamma. Är du fortfarande uppe? Hur har ni det? Vad har du gjort idag då? Och hur mår Nisse?

Ellen sätter sig på bänken och småskrattar när hon hör Nadjas beskrivning av Nisses bokhylleklättring.

Det är tur att Nisse har en så bussig storasyster som tar hand om honom.

Mannen i aktern har klättrat upp på relingen. Med mejseln och ett kort knakande ljud har han brutit loss locket till containerns friskluftsventil. Hans handskklädda näve tar emot det uppbrutna ventillocket och hindrar det från att falla ner och föra oväsen. Inget mer skramlande nu! Försiktigt kliver han ner på däck och lägger locket i ryggsäcken. De stadiga gummisulorna ger bra fäste mot den stadiga relingen när han kliver upp igen, nu med necessären som innehåller sprängämnet i handen. Han sticker in den högra handen genom hålet och känner sig för. Precis där han föreställt sig, någon decimeter från ventilen, står plåtskåpet. Skåpet som är fyllt med mordvapen. Ytan är blank och metallisk och när mannen väl krånglat in necessären genom hålet fäster den med ett magnetiskt klick.

Mannen torkar bort svetten som rinner ner under mössan. Han tittar på klockan. Det har bara gått sju minuter. Han kommer att hinna.

Detonationsklockan tickar taktfast vidare.

EKERÖ, SVERIGE
I SOMRAS

På parkeringen vid ICA-butiken försöker Björn komma ihåg vad han skulle handla. Mjölk och broccoli minns han, och kycklingfiléer. Men det var något mer …

Han går in i butiken och tänker att det han glömt nog dyker upp när han ser det. Förstrött lägger han ner ett paket italiensk skinka och några mandelskorpor i vagnen. Matlagningsgrädde är alltid bra att ha. Juice? En tetra åker ner. Potatis finns, det vet han för han gjorde raggmunkar igår. Löken är inte heller slut. Men det är extrapris på de små goda körsbärstomaterna. Och pastan går alltid åt. Tre paket till priset av två. Okej. En sväng förbi barnmaten laddar vagnen med vällingpulver. Där kommer han ihåg: blöjor, visst ja! Nöjd med sin insats ställer han sig i kön för att betala och tjuvläser kvällstidningen.

En notis på sidan 16 fångar hans uppmärksamhet.

DARWIN LEVER FARLIGT I POLEN
Darwins teori om att det naturliga urvalet bidrar till arternas utveckling väcker ingen anklang i Polska familjeförbundet. Landets vice utbildningsminister Miroslaw Orzechowski har uttalat att Darwins teori är felaktig och bör diskuteras. Anledningen till feltänket

skulle kunna vara att Darwin var vegetarian och saknade inre glöd, tror Orzechowski.

Björn skakar på huvudet och ställer tillbaka tidningen. När han är framme vid kassan ringer hans mobiltelefon och med luren under hakan plockar han upp varorna på bandet. Han betalar utan att ha en aning om hur mycket det kostade, samtidigt som han instruerar sin kvällsarbetande kollega i hur den nya rapporten ska rubriceras. Kassörskan skakar på huvudet.

Björn har ofta dåligt samvete för arbetet. Han kan så sällan jobba över. Det är mycket att göra på avdelningen och kollegan får ta ett stort ansvar. Lite surt tänker Björn ibland på alla sina ensamma kvällar i Hanoi, när Ellen jobbade över och ibland inte ens ringde för att berätta att hon skulle bli sen. Men Björn är inte den som tänker hämnas genom att göra samma misstag. Dessutom vill han ju träffa sina barn.

Egentligen är han förvånad över att Ellen klarat av drygt ett år som hemmamamma. Visst märks det att hon börjar klättra på väggarna nu. I september blir hon avlöst, men inte innan dess. Det går helt enkelt inte.

På parkeringsplatsen ringer kollegan igen. Nu har några viktiga dokument försvunnit ur hans dator. Björn lovar att komma in tidigt imorgon bitti och föra över texterna från sin hårddisk. Och gå igenom materialet under kvällen.

SOPOT, POLEN
I SOMRAS

Agata vaknar ensam. Hon fryser i den kalla sanden, men Daniel har brett sin munkjacka över henne. Hon minns att de somnade tillsammans, tätt hopslingrade.

Någon gång mitt i natten vaknade hon av att hon frös och var kissnödig. Hon krånglade sig ur hans famn och klev iväg några steg och satte sig i en buske. På insidan av låren kunde hon känna att hans sperma torkat. Hon hittade sina kläder i mörkret, drog på sig trosorna och jeansen, knäppte koftan och kröp ihop vid hans sida, under jackan, igen. Mest för värmens skull.

Hon tittar på sitt armbandsur. Klockan är fem, solen har gått upp och Daniel har försvunnit. Det gör ingenting. Hon mår illa och vet inte vad hon skulle säga till honom om han hade varit där. Hon sätter sig på en grästuva med armarna runt knäna och drar ihop jackans blixtlås över alltihop. Hon både fryser och svettas.

Havet som ligger spegelblankt glänser i morgonsolen. Vid horisonten syns tre stora lastfartyg. En bit in mot centrum pågår fortfarande en efterfest. En brasa värmer några morgonruggiga gestalter. Kanske är det dit Daniel gått, men hon bryr sig faktiskt inte. Nu vill hon bara hem.

Hon letar fram en kam i handväskan och drar den genom håret som är sandigt och känns stelt och hårt. Hon försöker bestämma sig för vad hon egentligen känner. Lite skam, förstås. Tänk om någon kommit och sett dem mitt i alltihop. Ordet "slampa" fastnar och snurrar runt. Tänk om han just nu går runt och pratar om henne.

Skuld känner hon också, för att hon inte tvingade honom att skaffa fram en kondom. Hon får hoppas att han visste vad han gjorde, att han verkligen var försiktig, men hon känner sig inte säker. Hon har faktiskt ingen aning. Men risken att bli med barn kan inte vara särskilt stor. Det var något med ägglossning – men det har man väl bara en gång i månaden?

Agata har aldrig fått någon sexualundervisning och det mesta hon vet om fortplantning har hon hört av kamrater. Några porrfilmer har hon också sett, men de är ju mer praktiskt instruktiva. Hon har aldrig talat med sin mamma om sex. Naturligtvis aldrig med mamma. Inte med pappa heller, förstås.

Hon har haft sex förr, med Tomasz. Även om hon hade p-piller nästan hela tiden de var tillsammans, hände det att de var oskyddade och det gick ju bra. Nej, det är nog ingen fara.

Bara ingen såg dem. Hon vill inte få dåligt rykte.

Agata reser sig och borstar bort sanden från kläderna. Skorna är också sandiga och hon slår dem hårt mot varandra. Rosorna ser vissna ut. Hon låter dem ligga. Hon skuggar ögonen med handen för att skärma av solglittret och spanar mot gänget vid brasan. Hon kan inte se Daniel. Det gör inget.

Är hon kär i honom? Nej.

Han är snygg och rolig och hon blev ganska full och det var kanske dumt – men det var skönt. Bättre än med Tomasz. Småleende minns hon känslan när Daniel tog tag om hennes rumpa och lyfte upp henne mot sina stötar. Hon fingrar lite på sina frusna bröst innan hon knäpper koftan.

Kanske ska hon fortsätta träffa Daniel då och då, nattetid, på olika stränder. Hon småskrattar åt den förbjudna tanken.

För att slippa möta någon hon känner går hon upp från stranden, mot den stängda puben med pelargoniorna. Borden är avtorkade och ölglasen undanplockade. Det luktar skurmedel och öl. Det kan inte vara länge sedan personalen gick hem. Hon hoppas att ingen såg att hon låg och sov i buskarna på stranden. Eller vad som hände dessförinnan.

Med skorna i handen kommer hon ut på stigen bakom puben, den som leder mot centrum.

Agata stannar till, mitt i steget. Där sitter Jesus och stirrar på henne. Han blick är anklagande, men också ömsint. Liksom beklagande.

Agata har aldrig sett den staketomgärdade Jesusstatyn förr. Hon har varit på puben tidigare men alltid kommit och gått från strandsidan. Jesus sitter på en piedestal i vit sten. En orange blomma står i en kruka vid hans fötter och någon har tänt ett ljus som fortfarande brinner. Det måste ha kommit dit inatt.

Jesus lutar hakan i handen och tittar direkt på henne. Utan att reflektera gör hon korstecknet. Det brukar hon aldrig göra om inte mamma är med. Men mamma kanske är med. Hon skäms.

Med några snabba steg är hon inne i skogen bakom Jesus. Lutad mot ett träd kräks hon, gång på gång, tills magen är helt tom och munnen smakar galla. Hon torkar av munnen med baksidan av handen och hittar en vattentunna vid pubens stuprör där hon kan skölja av händer och ansikte. Mascaran kladdar av sig på fingrarna och hon skrubbar ansiktet med det unkna regnvattnet tills hon tror att all make up försvunnit. Hon försöker spegla sig i en fönsterruta. Håret ser förskräckligt ut, men ansiktet är nog rent. Pannan hettar. Hoppas hon inte blivit sjuk av att sova på stranden.

Innan hon lämnar Jesus gör hon korstecknet igen, niger lätt och mumlar några snabba Ave Maria. Det är inte likt henne, men det känns rätt. Kanske som betalning för förbjuden njutning.

Trots tröjan och koftan och Daniels jacka fryser hon och går snabbt tillbaka mot staden. Hon behöver få upp värmen i kroppen. Och hon är törstig, fruktansvärt törstig. Ett tag funderade hon på att smaka på vattnet i regntunnan, men det luktade illa och något grönt växte på insidan. Finns det någonstans där hon kan skaffa lite vatten?

Det stilla havet glänser som en spegel och luften är rentvättad. Men staden känns ödslig, nästan övergiven.

Agata tittar på sina kläder för att bedöma om hon kan kliva in i en hotellreception och se tillräckligt presentabel ut för att få ett glas vatten. Kanske, om hon sätter på sig skorna. Men sedan avskriver hon idén. Sopots hotellreceptionister är knappast förtjusta i studenter normalt, och denna tidiga morgon mindre än någonsin. Strandfesterna gynnar inte hotellnäringen. Dessutom har hon gräsfläckar på byxorna och en alldeles för stor jacka.

Plastmuggar och pop corn-strutar ligger i drivor på gatorna. En bil med släp backar runt på piren. Några karlar i 50-årsåldern monterar ner estraden där bandet spelade igår. Männen har rutiga skjortor och ser fräscha ut. Nyborstade tänder, tänker Agata avundsjukt. Hon skyndar vidare, förbi skinande vita hotell med havsutsikt och sovande bylten på parkbänkar.

Pendeltåget ska inte gå förrän om 20 minuter. Agata kommer ihåg en kiosk högre upp på gatan som var öppen mycket sent förra året. Om hon har tur har de öppet dygnet om, och säljer flaskor med vatten. Hon sätter på sig skorna, fast hon har fått skavsår. Snabbt skyndar hon ner i tunneln. Klottret skriker emot henne ”Knulla! Knulla! Knulla!”

Är det det hon har gjort? ”Knullat”? Det låter fult. Hon ryser till i den fuktiga luften.

Nu ligger en människa i den gamla sovsäcken vid väggen. När hon småspringer förbi ser hon två ögon som öppnar sig i ett oändligt smutsigt ansikte.

– Hej, tjejen, säger en raspig mansröst. Vad gör du här?

Agata snabbar på de sista stegen och kommer upp i morgonsolen. Kiosken har öppet och säljer vatten. Hon tömmer en flaska på några sekunder och köper genast en ny. Kallsvettig sitter hon några minuter på bänken utanför kiosken och samlar sig. Räknar sina återstående pengar. Jo, de räcker till biljetten hem. Men för att komma tillbaka till pendeltågsstationen måste hon gå igenom tunneln igen.

Nu har sovsäcken satt sig upp. När hon passerar byltet med så raska steg som skavsåren tillåter, sträcker han ut sin smutsiga hand och väser:

– Hej igen. Vill du knulla?

Agata rusar uppför trapporna och stannar inte förrän hon kommit fram till kyrktrappan. Där sitter hon tills det är dags för tåget att gå.

EKERÖ, SVERIGE
I SOMRAS

Ovanligt nog är det Nadja som kinkar på kvällen. Nisse somnar redan vid sjutiden, innan resten av familjen hunnit sätta sig till bords. Nadja vill inte äta, fast hon får makaroner, hon är trött men vill inte gå i säng, hon klänger på Björn, vill sitta i knäet fast ändå inte, tycker inte ens att det är roligt att bada i bubbelbadkaret.

Björn är också trött, och han har med sig några jobbrapporter som han måste läsa under kvällen. Ellen har tänkt ut hur hon ska berätta om det nya uppdraget, utan att till en början avslöja att hon tackat ja, men kommer inte åt. Det känns oroligt att Björn är på dåligt humör redan innan Ellen sagt något.

När Nadja äntligen somnat, och Ellen kokar kaffe som hon ska servera Björn, tillsammans med en liten slånbärslikör och nyheten, ringer telefonen. Det är Siv, Björns mamma.

Siv blev mycket glad när familjen flyttade hem från Hanoi. Hon är en älskad farmor till Nadja och Nisse, men hon har inte blivit riktigt återställd efter den hjärtinfarkt hon fick för några år sedan, när Ellen och Björn var i Vietnam. Hon kommer ibland på besök, men orkar inte vara barnvakt längre stunder.

Prata i telefon orkar hon däremot. Helst med Ellen. Siv var bibliotekarie innan hon motvilligt blev pensionär och hon läser flera böcker i veckan. Och går på teater. Ellen hinner inte med någotdera, men lyssnar gärna på Sivs sammanfattningar av sina senaste kulturella erövringar.

Björns förhållande till sin mamma har försämrats sedan han fick veta att mycket i hans barndom inte varit som han trott, så det mesta av kontakten upprätthålls av Ellen. I vanliga fall har Ellen inget emot de långa kvällstelefonsamtalen. Hon tycker om sin excentriska svärmor som bor tillsammans med sin bror och sin syster i en jättelägenhet i Uppsala.

Siv saknar dessutom fullständigt den romantiska syn på moderskapet som Ellens egen mamma retar upp sin dotter med. Siv vet att det kan vara jättetrist att umgås med en ettåring hela dagarna. Ibland ringer Ellen själv, bara för att få lite sympati och förståelse.

Men ikväll behöver hon få en stund ensam med Björn. Ellen försöker avsluta telefonsamtalet men Björn viftar avvärjande med handen och plockar åt sig sin kaffekopp.

– Prata du, mimar han. Jag måste ändå läsa.

Han går upp till sovrummet med sin portfölj och rapporterna.

När Ellen lyssnat färdigt på Sivs berättelse om den nya foajén på Uppsala Stadsteater, och hur besviken svärmodern blev på den senaste Joyce Carol Oates-romanen, och hur vansinnigt kyrkorådet betett sig i broder Görans församling, och när Ellen själv fått beklaga sig lite över det stillastående mammaledighetslivet, säger hon hej då och lägger på luren.

Hon hinner bara stänga toalettdörren om sig – tänk att det kan var en sådan njutning att få kissa ensam – när telefonen ringer igen. Kan inte Björn svara? Irriterad skyndar Ellen ut och lyfter luren. Det är Siv igen.

– Jag har fått ett presentkort som jag tänker ge dig, säger svärmodern. Det är på en ansiktsbehandling. Jag gillar inte när folk håller på och grejar med mig, det vet du ju, men du har ju sagt att du skulle vilja göra något sådant?

– Javisst, säger Ellen tacksamt. Men vad ska jag göra med Nisse?

– Kom hit med honom. Om han är matad och glad kan jag se efter honom en timme. Mer tar det inte. Salongen ligger i grannhuset.

Svärmodern hejdar sig och Ellen hör hur hon bläddrar i sin almanacka.

– Imorgon skulle jag ha tid. Kan du då?

– Jaa, säger Ellen och kan inte komma på något som skulle hindra henne från att få en ansiktsbehandling. Någonsin.

– Ska jag kolla om de har en tid till dig då? frågar Siv.

– Ja, det vore snällt.

– Jag ringer dig imorgon bitti.

– Tack.

Ellen ler när hon häller upp kaffet ur perkulatorn. Gulliga Siv! Hon är den raraste svärmor man kan tänka sig. Ellen tar en bricka med två kaffekoppar med sig uppför trappan för att erbjuda Björn en påtår, plussa hans omtänksamma mamma och leverera en nyhet.

Då vaknar Nisse. Han sover ofta oroligt. ”Det händer mycket i den åldern som får dem att drömma”, säger de andra mammorna på öppna förskolan bestämt.

– Tar du honom? ropar Björn bakom den stängda sovrumsdörren. Jag måste få läsa det här färdigt.

Suckande går Ellen fram till spjälsängen och lyfter upp sin tjutande son. Bajslukten är genomträngande. Hon nyper fast den lilla kroppen under armen, drar bort den kladdiga pyjamasen och håller pojken under duschen. Hon måste byta hans lakan innan hon kan lägga honom igen, och då har han vaknat ordentligt. Efter tre omläsningar av ”Max napp” slumrar hon till själv. När hon vaknar inser hon att hon har sovit en och en halv timme.

Ellen tassar ut i hallen och hör hur Björn snarkar i sovrummet. Han har krupit ner mellan lakanen, men lampan lyser och rapporterna ligger utspridda över sängen. Tyst klär hon av sig och tar på sig morgonrocken. Tvättmaskinen snurrar runt runt med bajsbrunt tvättvatten. Ellen går nerför trappan för att släcka för natten.

***

Gömslet ute i skogsbrynet är sedan länge tomt. Rävungen som nosar runt hittar en kvarglömd leverpastejsmörgås. Gott.

UPPSALA, SVERIGE
I SOMRAS

– Har du fött barn? frågar den välmejkade hudterapeuten medan hon smörjer in Ellens ansikte med en fet vit kräm.

– Ja?

– Jag kan se det, säger kvinnan och Ellen ångrar att hon inte tog den vida tunikan.

– Du har lite morrhår. Och en hormonmustasch.

– Vad?

Det finns många detaljer i Ellens utseende som bekymrar henne. Hon väger för mycket, fötterna är stora och knotiga och brösten har tappat formen efter graviditeten. Som tonåring tyckte hon alltid att hon var för lång, men sedan hon träffade Björn, som verkligen är lång, har det bekymret försvunnit. Att håret är spikrakt var också en anledning till oro då, när 80-talspermanent var det som gällde även för flickor, men det är ett passerat stadium. Björn älskar hennes långa, raka hår och har övertalat henne att behålla det långt. Och de långa naglarna är hennes stolthet.

Men nu – morrhår!? Och mustascher?

– Det kallas hyperpigmentering och beror på att melanincellerna klumpar ihop sig, föreläser hudterapeuten obekymrat. Det beror på hormonomställningen. De allra flesta som fött barn har mörkare partier i huden, ofta på överläppen.

– Och det har jag?

Ellen har svårt att prata med den kladdiga krämen i mungiporna.

– Ja, det har du. Det gör ingenting förstås, det är inte farligt eller så, men det är lätt att åtgärda.

– Hur då, hör Ellen sig själv fråga, fast hon borde tycka att alltihop är trams.

Solskyddskräm och någon sorts blekmedel, som hudterapeuten naturligtvis säljer för några simpla hundralappar.

Häpen står Ellen ute på gatan och tittar ner i påsen med krämer som hon köpt. Det måste betyda något, tänker hon. Att hon blivit så lättpåverkad att hon tror att hon måste bleka en knappt synlig pigmentförändring under näsan. Hon måste komma iväg, vad Björn än säger.

EKERÖ, SVERIGE
I SOMRAS

Genom det stora fönstret såg mannen med teleobjektivet hur kvinnan packade ner många blöjor och flera barnmatsburkar i den stora väskan. Hon tänker nog vara borta några timmar. Sedan fällde hon ihop vagnen och tryckte in den i bilens baklucka. För säkerhets skull tog han några bilder, även om han inte tror att han kommer att göra några papperskopior av dem. Bilar och barnvagnar intresserar honom inte. Sedan var hon borta.

Han känner sig nästan övergiven. Det näst intill dagliga umgänget via kameralinsen med kvinnan och barnet har kommit att betyda mycket. Under timmarna i gömslet dämpas den sugande känslan av sorg och saknad. Det stora svarta hålet.

Det kommer tillbaka på kvällarna och nätterna och hotar att förgöra honom. Att följa kvinnans vardagliga stökande genom teleobjektivet ger något slags tröst.

Han brukar börja sin dag i affären. Han är alltid där när de anställda droppar in, och han är med och tar emot de första kunderna. Framåt lunch skyller han på något ärende, inköp av nya tripoder eller visning av avancerade hemskrivare, och ger sig iväg.

Den bästa tiden i riskojan är tidig eftermiddag, när kvinnan och barnet är ensamma hemma och barnet vaknat efter middagsslummern. När den svarta flickan kommer hem brukar han tappa intresset, samla ihop sin utrustning och ge sig iväg. Mannen vill han helst inte se alls.

Några gånger har han stannat hela kvällen, med förhoppningen att kvinnan ska ta en dusch. Om hon är på övervåningen missar han alltihop, men när hon kommer från duschrummet på undervåningen har han perfekt insyn. Hon har ofta det långa håret i en handduk på huvudet och morgonrocken lite slarvigt knuten runt den fina runda magen, och om hon släpper ut håret för att torka det med hårtorken vid hallspegeln, då vaknar hans avsomnade kön till liv och han har svårt att ta nya bilder.

En badserie har han redan. En bra serie. Han har förstorat bilderna och de sitter uppnålade på sovrumsväggen i hans lilla lägenhet. De ger tröst när det svarta hålet växer.

Ett antal nya bilder kommer upp efter varje besök i skogsbrynet. Vid det här laget täcker de större delen av väggen och de är hans käraste ägodelar.

Men nu har en ny tanke väckts. När han börjat tänka den tanken blir den omöjlig att förtränga. Omöjlig att motstå. För hon kommer väl att vara borta länge den här gången?

Med darrande händer packar mannen ner sin utrustning och sin termos i ryggsäcken, fäller ihop pallen och trycker in alltihop under kamouflagenätet. I fickan ligger redan den lilla digitalkameran. Han spanar åt båda hållen längs promenadstigen, ingen där. Sedan smyger han snabbt över stigen, stannar i skydd bakom huset och känner efter i bröstfickan, jo, nyckeln är där.

Garaget står i vägen så därför kan ingen granne se ytterdörren. Dessutom verkar inga andra vara hemma på dagarna. Mannen har aldrig sett någon röra sig i grannhusen.

Plötsligt är han inte nervös alls. Med självklar rätt tar han upp nyckeln och sticker in den i låset, vrider om och är inne. För säkerhets skull låser han dörren från insidan. Nyckeln går till verandadörren också, om det skulle bli bråttom ut. Med skorna i handen tassar han in i sin dröm.

UPPSALA, SVERIGE
I SOMRAS

– Hej lilla gubben!

Ellen har bara varit borta en dryg timme, men förvånas ändå över det återseendets glädje hon känner när hon ser Nisse på svärmoderns köksgolv. Han skrattar mot henne, men bryr sig inte så mycket. Hos farmor får han dra ut alla lådor, och rulla ut alla plastpåsar, och dricka hur mycket saft som helst. Att han dessutom får i sig några hekto damm och lika mycket smutsiga brödsmulor har Ellen bestämt sig för att strunta i. Sivs bästa gren är inte städning och lite skit rensar tarmkanalen.

– Hur har det gått?

– Utmärkt, svarar svärmodern. Vi har haft så roligt.

Ellen lyfter upp sin son och försöker diskret damma av hans byxknän, men smutsen är redan ingrodd. Han luktar dessutom omisskännligt av bajs.

– Har du bytt på honom? frågar hon.

– Ja, det var bara för någon kvart sedan. Då hade han gjort på sig. Löst. Har han gjort det igen?

– Ja, säger Ellen och travar iväg med sonen mot badrummet och handduschen. Medan hon väntar på att vattnet ska bli lagom varmt kastar hon en blick i spegeln över handfatet. Hon ser faktiskt ett mörkare stråk på överläppen.

Hon spolar av Nisse och känner sig lite orolig. Visst kan små barn ha känsliga magar, och vissa perioder har hon försökt sätta sonen på tuff diet och fått lite ordning på avföringen, men nu börjar diarréattackerna bli väl frekventa. Hon har ringt och pratat med en manlig kurskamrat som blivit barnläkare, men som vanligt finns det inga som negligerar sjukdomar så effektivt som läkare. Om pojken verkar må bra är det säkert ingen fara, sa kollegan. För säkerhets skull kan du ge honom socker-salt-lösning. Inga fullkornsprodukter. Och var försiktig med vanlig komjölk. Bröstmjölk är perfekt.

Lätt för dig att säga, det är inte du som ska amma, tänkte Ellen surt, men ammade lite mer igen, och berättade inte för Björn om sin oro. Han hade säkert tvingat iväg henne med pojken till akuten och så hade Ellen fått sitta där en hel natt med en frisk son och vetskapen att de belastat akutsjukvården i onödan. Nej, det här ska hon ordna själv.

– Vill du ha en kopp te? ropar Siv genom serveringsgången.

Siv bor kvar i den gamla Uppsalalägenhet där både hon och Björn växt upp. Ursprungligen tillhörde lägenheten hennes föräldrar, ett bohemiskt professorspar med stort umgänge och högt i tak, både bokstavligt och bildligt.

Professorn dog när Siv och hennes syskon Bettan och Göran var tonåringar och av någon anledning blev alla kvar hemma, även som vuxna. För det fanns ju plats. Ibland påstod de att de behövde ta hand om sin mamma, men numera kan Siv erkänna att det var tvärtom. De tre vuxna barnen fick en utomordentlig service av sin originella mor, goda middagar och låg hyra.

Bettan blev docent i kvinnohistoria och hann liksom aldrig med något äktenskap. Det hände att en eller annan manlig docent sov över, men nu var det länge sedan. Göran blev präst och arbetade periodvis för svenska kyrkan i utlandet men hade alltid lägenheten på Auroragatan som bas. Storasyster Siv gifte sig med Björns pappa Allan när hon var gravid, men paret lyckades inte få någon egen lägenhet innan de skilde sig. Då var Björn nyfödd. Så Siv och Björn stannade kvar.

Allan var en ansvarstagande frånskild far under Björns uppväxt och tillbringade mycket tid på Auroragatan. På somrarna reste hela klanen, inklusive Allan, på gemensamma semestrar med den avgudade Björn i centrum.

Åtminstone var det så Björn trodde att det var, ända tills Siv häromåret fruktade att hon skulle dö i en hjärtinfarkt och avslöjade sanningen: Allan är inte Björns pappa, utan kom in i familjen i egenskap av broder Görans älskare. Äktenskapet föreföll vara ett bra arrangemang när Siv så slarvigt blivit gravid med en omöjlig karl. Göran och Allan kunde umgås utan problem och Björn fick en pappa. Lysande, helt enkelt.

Problemet var bara att de glömde, eller inte kom sig för, och med tiden blev allt mindre intresserade av, att berätta om arrangemanget för Björn. När han fick veta var han 38 år och blev både chockad och sårad. Att han inget fått veta. Att han levt med en lögn.

Han har fortfarande svårt att förlåta Siv och hennes medlögnare till syskon, och han har nästan inte velat träffa Allan efter avslöjandet. Hans envisa frågor om vem som är hans biologiska pappa har Siv bara viftat undan. Det spelar ingen roll, tycker hon. Han var ändå inget att ha.

Ellen kan förstå Siv. I hemlighet håller hon till och med med om att Allan-lösningen var lysande. Men det säger hon inte till Björn. Hon kan förstå hans besvikelse, men personligen är hon inte sårad. Hon gillar sin svärmor och hennes knasiga syskon. Och alla älskar Nadja och Nisse.

Tekopparna som Siv ställt fram är kantstötta och kommer

från två olika serviser. Till téet serverar hon mjuka pepparkakor med ett tjockt lager smör. Ellen skänker viktväktarkonsulenten en trotsig tanke när hon hugger in på fatet. Nisse gillar också pepparkakor och snart är hela hans ansikte brunstrimmigt. Pepparkakor är nog inte bra för hans mage …

– Hur har du det nu då? frågar Siv och Ellen berättar. Om erbjudandet och uppdraget. Om möjligheten att än en gång få göra något av bestående värde. Och att hon ännu inte pratat med Björn.

– Ja men, det var väl igår de ringde? Och det är över en månad innan du ska åka? Det brinner ju inte.

Siv har aldrig levt ihop med en man som hon haft rapporteringsplikt till, det är uppenbart.

– Jo, men jag borde ju faktiskt inte ha tackat ja innan jag har pratat med Björn. Vi har ju kommit överens om när han ska börja sin pappaledighet, och om jag ska åka måste han ju lämna jobbet tidigare. Det kanske inte går.

Ju mer Ellen tänker på saken, desto sämre mår hon. Hon borde ringa till den holländska kvinnan nu, omedelbart, och säga att det inte fungerar, att hon måste undersöka saken ordentligt. Att hon åtminstone måste tala med sin man först.

Hon undrar varför det sista känns så omöjligt. Att medge att någon annan, hennes man, skulle kunna hindra henne från att göra något som hon verkligen vill. Ellen Elg är inte van att anpassa sig. Men nu är hon tvåbarnsmor, säger hon till sig själv, strängt. Hon har inte bara sig själv att ha hänsyn till.

Så kommer hon ihåg de löjliga krämerna i hudterapeutens påse. En tvåbarnsmor som bekymrar sig för några knappt synliga pigmentfläckar har snöat in och tappat perspektiven. Så kan det inte fortsätta. Det är klart att hon ska åka. Hon måste få balans i livet igen.

Men saken kräver planering och taktik. Kanske är det inte

så bråttom att kasta sanningen i ansiktet på Björn. Kanske kan hon få honom att tycka att det är en bra idé, även för honom och barnen. Men hur?

Ellen lutar sig fram över tekopparna och lägger fram problemet för sin svärmor. Siv småler och brer två nya pepparkakor.

EKERÖ, SVERIGE
I SOMRAS

– Björn! Har du sett min vita amningsbehå, den som knäpps fram?

Ellen har rotat igenom tvättkorgen, tittat i torkskåpet och vänt upp och ner på underklädeslådan i byrån, men amningsbehån är borta. Hon tror sig minnas att hon slängt den i tvätten, hård av intorkad bröstmjölk, men nu hittar hon den ingenstans. Hon undrar om tankspriddheten beror på det stillastående livet. Nattlinnet har hon också förlagt någonstans.

– Har du det? upprepar hon när Björn inte svarar.

– Vad då?

– Sett min amningsbehå?

– Nej, svarar han och av tonfallet förstår hon att om det är något här i världen som han har dålig koll på så är det amningsbehåar. Han står böjd över Nisse vid skötbordet och gör prutt-ljud mot sonens mage. Nisse skrattar.

Ellen har fortfarande inget sagt om sitt erbjudande. Vid middagen frågade hon lite förstrött vilket datum han tänkt börja sin pappaledighet. Som om hon inte visste det. Irritationsnivån i svaret säger henne att han tycker detsamma. Frågorna om vad han måste göra innan ledigheten börjar besvarar han med större entusiasm. Ellen inser att Plan A, att få Björn att tidigarelägga hela sin föräldraledighet, knappast är realistisk. Hon får övergå till Plan B. Det är inte säkert att det blir så lätt.

Men nu gäller det att hitta amningsbehån. Var kan den vara?

När hon passerar badrumsspegeln lutar hon sig fram, lyfter upp glasögonen och skärskådar sin överläpp. Igen.

SÖDERTÄLJE, SVERIGE
I SOMRAS

Mannen nålar upp nya bilder på sovrumsväggen. Han har gjort stora kopior med proffsskrivaren. Färgerna är exakta och skärpan perfekt. Det måste han komma ihåg att berätta för sina anställda, att skrivaren är ett kap.

Telefonen ringer och irriterad skyndar han fram till sekretären i hallen. Det är säkert bara någon försäljare. Han måste komma ihåg att spärra sin telefon för telefonnasare.

– Hej, säger en röst som han absolut inte känner igen. Det är Margit.

– Margit?

– Känner du inte igen mig?

– ?

– Din kusin, från Motala.

– Jaså, hej. Sture får en otydlig minnesbild av en lång och mager tonårig flicka. Dotter till hans faster, tror han. Hon är äldre än han så hon är knappast någon flicka längre.

– Jag tänkte jag skulle höra av mig. Det var ju så länge sedan.

– Ja?

– Jag hörde att morbror Torvald gått bort.

– Ja?

Det var tre år sedan, herregud. Om hon skulle beklaga sorgen var det lite sent påkommet.

– Var han mycket sjuk?

– Ja. Det var cancer.

Sture förstår fortfarande inte varför människan ringer, men kanske är hon bara omtänksam. Han blir lite mjukare på rösten när han bestämmer sig för att berätta lite mer.

– Det började med prostatan och han stod emot i nästan sex år men till sist hade sjukan spridit sig i hela kroppen. Då gick det inte längre.

– Jobbigt … Bor du i hans gamla lägenhet nu då? På Götgatan?

– Nej.

– Var bor du då?

Det angår dig inte, tänker han, vresig igen, men svarar ändå.

– I Södertälje.

– Och du är gift …?

– Nej!

– Har du barn, då?

Inte längre, tänker han, men den glädjen tänker han inte ge henne, skvallerbyttan.

– Nej.

Hon lämnar en paus för att ge honom möjlighet att fråga om hon har några barn, men han säger inget.

– Men du har ju fått ett jättefint sommarställe i alla fall, fortsätter hon, med mer osäkert tonfall. Samtalet verkar inte ha utvecklats riktigt som hon tänkt.

– Det var rena rama rivningskåken, om det är Sjöblick du menar. Den har jag inte kvar.

– Vad? Har du sålt sommarstugan? Du som alltid ville vara i skogen och fotografera.

– Jag har sålt den, säger han kort och undrar om man bara

kan lägga på luren när släkten ringer eller om man måste säga ”hej då” först.

– Det var egentligen för lägenhetens skull jag ringde, fortsätter hon, nu mer beslutsam, som om det blivit dags att komma till saken. Det må bära eller brista.

– Ja?

– Om du inte bor där och tänker sälja, eller bara hyra ut, så har jag en son som bor här i Motala, han heter Stefan och han ska börja som ingenjör på Ericsson, och han behöver en lägenhet i Stockholm till sig och sin familj, han har en treårig pojke och en alldeles nyfödd, jättegullig, flicka, och då kom jag att tänka på den där fina våningen som morbror Torvald och moster Stina hade och jag tänkte att min käre kusin kanske …

Klick. Mannen lägger på luren och drar för säkerhets skull ur telefonjacket om människan skulle få för sig att ringa igen.

En lägenhet på Götgatan kan bli en fotoaffär och en rivningsfärdig sommarstuga kan bli ett vackert hus med utsikt över Mälaren – och alltihop kan bli alldeles meningslöst när det viktigaste försvinner. Omskakad hämtar han en lättöl i kylskåpet och sjunker ner i soffan.

Det tar en kvart innan han samlat ihop sig och kan gå in i sovrummet igen. De bilder han inte hunnit nåla upp ligger kvar på överkastet.

De föreställer en tom obäddad spjälsäng, en leksakslåda, fyra klänningar utlagda på en dubbelsäng intill lika många pojkskjortor och en ensam napp på hyllan i ett stort skåp. Barnet är en pojke, han visste väl det!

Han lyfter locket av asken med knappnålar och kompletterar sitt galleri.

Bilderna av det tomma duschrummet och bubbelbadkaret finns i datorn, om han skulle behöva dem.

På nattygsbordet, på ett silverfat som mannen ärvt av sin pappa, ligger några långa mörka hårstrån som han drog loss ur en hårborste.

Nattlinnet och de vita kuporna med de sedan länge saknade dofterna har han sparat under kudden i sängen.

EKERÖ, SVERIGE
I SOMRAS

– Hej, det är Ellen.

Det är konstigt att det känns så främmande att vara den som ringer upp.

Hon pratar med sin mamma Marianne minst en gång i veckan, men oftast är det modern som ringer. Med ett låtsat skämtsamt tonfall brukar hon börja med att klaga på att Ellen aldrig hör av sig och frågar sedan hur det är med barnen. Aldrig hur Ellen själv mår.

Marianne har ett gäng kroniska krämpor; artros, hösnuva och grå starr, vilka också tar några minuter att avhandla. Sedan lägger de på. Ellen med viss lättnad.

Sedan den konfliktfyllda veckan när Nisse var nyfödd har Ellen, Björn och barnen rest upp till Varmvattnet en gång och Marianne har kommit på besök två gånger, den sista gången för att hjälpa till med flytten till villan vid Mälaren. Efter några skarpa tillsägelser har Marianne backat undan och lägger sig numera i mindre, men hon har fortfarande svårt att hålla fingrarna borta från vården av barnbarnen, även i telefon.

Ellen vet att Marianne sörjer över den bristande kontakten, och Nadja skulle också gärna träffa sin mormor mer, och nu har Ellen fått en idé. En idé som kan göra två flugor på smällen, som hon skulle sagt till Björn om hon hade tänkt berätta för honom om idéns dubbelfunktion. Men det har hon inte tänkt.

– Ja, hej mamma. Hur har du det?

– Jodå, här är det också helt okej. Nadja är pigg och glad som vanligt och Nisse växer så det knakar. Han pratar faktiskt lite grann.

– Nej, han går inte än. Ellen suckar och bryr sig inte om att Marianne hör.

– Nej, det är *inte* sent.

– Det är helt normalt upp till ett och ett halvt år.

Ellens röst skärps inför Mariannes ifrågasättande.

– Jo, Björn jobbar rätt mycket, men det går bra.

– Jag tänkte fråga en sak, säger Ellen som om det var en alldeles normal och alldaglig fråga hon skulle ställa.

– Är du ledig i nästa vecka? Jag tänkte vi kanske kunde åka till Varmvattnet tillsammans? Björn jobbar ju, men Nadja och jag kan komma, tillsammans med Nisse förstås. Vi kan flyga till Umeå och åka med dig därifrån, om det passar dig.

– Då säger vi det. Jag ska kolla flygtider så återkommer jag. Hej då!

Nadja kastar sig över Björn när han kommer hem. Hon är stormförtjust över att få åka till mormor i Varmvattnet. Björn blir förvånad när Ellen berättar om resan, men visst. Det är väl bra om hon verkligen vill åka.

I hemlighet tycker han att det är skönt att slippa följa med.

Han har aldrig delat Ellens förtjusning över det gamla huset vid sjön. Opraktiskt och myggigt och fullt med gamla minnen som Ellen alltid återvänder till, fast Björn redan hört alla historier femtielva gånger. De legendomspunna farföräldrarna var säkert goda människor, men herregud, det var femton år sedan de dog och sondöttrarna ärvde huset. Något borde göras innan kåken faller ihop, om de över huvud taget ska behålla stället. Ellens syster Kristina har haft några ganska drastiska ombyggnadsförslag som Ellen har motsatt sig. Hon vill att allt ska stå kvar som det var när hon var liten. Den yngsta systern, Maria, har de knappast frågat.

Det är Marianne som tittar till huset sedan hennes man, född och uppvuxen i Varmvattnet, dog.

Om Ellen kan komma bättre överens med sin mamma och kanske komma åt att prata med henne ordentligt någon kväll så vore det utmärkt. Nej, Björn har inga invändningar. Det verkar vara en bra idé.

Dessutom, tänker han, kan han jobba över hur länge som helst utan dåligt samvete. Under de dagarna borde han hinna med massor som lagrat sig i högar på hans skrivbord.

***

Mannen i riskojan har monterat sin kamera på ett stativ. När han genom fönstret ser att kvinnan drar fram en resväska och börjar packa ner kläder blir han orolig. Dels tycker han inte om att hon är ute och reser, det kan hända hemska saker på resor, dels är han rädd att hon ska vara borta länge. Det vill han inte.

Kameran följer henne till ytterdörren. När han vridit stativet och får kontakt med henne igen är hon utomhus och har tömt brevlådan. Innan hon går tillbaka in i huset river hon upp ett kuvert. Det ser ut att vara något slags biljetter.

När kvinnan drar iväg med barnet i barnvagnen, antagligen för att hämta flickan i skolan, får han bråttom.

Biljetten sitter under en magnet på kylskåpet. En vuxen och två barn. Han ser att de tänker vara borta alldeles för länge för att han ska stå ut ensam. Han skriver upp avgångstider och hemkomst, låser dörren och skyndar ut i kojan för att packa ihop.

Bilen står parkerad tre kvarter bort, alltid på olika ställen så att ingen ska börja undra. Från bilen ringer han flygbolaget och beställer egna biljetter till samma avgångar som dem kvinnan bokat. Europcar i Umeå har en liten Polo till extrapris.

– Ska du köra långt? frågar biluthyraren.

– Det vet jag inte, svarar mannen sanningsenligt. Det har jag faktiskt ingen aning om.

SÖDERTÄLJE, SVERIGE
I SOMRAS

I butiken meddelar mannen att han bestämt sig för att åka på semester. Han har fått tag på en billig flygstol till Kreta. Bara några dagar. Det ska bli skönt att vila, för det har ju varit tungt den sista tiden. Hans anställda nickar förstående.

Mannen skyndar sig hem för att packa. Mellan skjortorna och byxorna i rullväskan lägger han ner sin dator, den nya fotoskrivaren och två kartonger med framkallade bilder. För säkerhets skull packar han också ner en ask knappnålar. Kanske hittar han någon vägg där han kan sätta upp åtminstone sina favoriter. Annars är det trevligt att bara bläddra i bunten. Sedan stoppar han ner sina käraste ägodelar i fotoväskan, mellan den stora systemkameran och teleobjektivet.

Planet går inte förrän imorgon förmiddag. Till dess ska han arbeta. Lugnare och gladare än på länge återvänder han till affären och lyckas sälja en överdimensionerad fotosafariutrustning till en nyrik skraplottsvinnare. Han argumenterar också stenhårt för en ny skrivare som är fantastisk, säger han, men den tycker inte kunden att han behöver.

– Man kan inte lyckas jämt, kommenterar han med ett leende när kunden betalat och gått.

– Bara tanken på Kretasemestern verkar ha gjort honom

gott, viskar ett av biträdena till den unge vikarien som tittar upp från den senaste broschyren för digitalkameror.

Vikarien är fotonörd, till skillnad från de fast anställda. Det har hänt att biträdena pratat om saken i personalrummet, att chefen när han öppnade butiken för tre år sedan måste ha bestämt sig för att anställa expediter utan egentlig expertkunskap.

Det är för att han vill ta allt svårt och viktigt själv, gissar de. Det ska finnas *en* fotoexpert i butiken, och det är chefen. Han älskar att visa upp de mest avancerade objektiven och de nya digitala systemen. De enstaka professionella fotografer som tittar in luktar han sig till redan innan klockan till butiksdörren slutat klinga.

Det var därför han upptäckte henne genast den där gången för flera år sedan. Den långa kvinnan med det mörka håret och den säckiga tröjan visste precis vad hon skulle ha, och hur mycket hon kunde pruta.

Chefen föll som en hel tallskog.

Och sedan gick det som det gick.

När mannen kommer hem till sin lägenhet tar han en folieform med pannbiff och potatis ur frysen och värmer den i mikron. Han dricker en extra lättöl, och tar en kopp pulverkaffe till Rapport. Unnar sig två sockerbitar. Under natten drömmer han om kvinnan i huset vid Mälaren.

I drömmen står han i sin butik och slår in priset på ett billigt fotoalbum i kassapparaten när dörren öppnas och Hon kommer in. Hennes långa mörka hår ligger i två flätor över brösten och munnen är stor och röd. Hennes drag är blandade som om två ansikten blivit dubbelkopierade. Hon går fram till vikarien och frågar efter ett Nikon objektiv AF 300/2,8.

Som i ultrarapid knuffar han undan fotoalbumet, och

albumkunden, och kassaapparaten, och den unge vikarien, och liksom flyger fram till Henne för att ge Henne all service en människa kan få.

När han omtumlad vaknar tänker han att så var det. Nästan precis så var det. Fast han kanske inte kunde flyga på riktigt.

BROMMA FLYGPLATS, SVERIGE
I SOMRAS

Strömmen av passagerare har tunnats ut och det är lugnt vid säkerhetskontrollen på Bromma flygplats. Staffan lutar sig fram mot Lina, aningen för nära. Lina är nyanställd och Staffan tycker att hon är ganska söt.

– Ser du den där killen med dubbla handbagage?

Staffan nickar mot ryggen på den man som precis passerar skjutdörrarna med en dragväska och en stor axelremsbag.

Lina backar undan Staffans varma andedräkt men nickar. Jo, hon ser honom.

– Du kollade hans väskor, konstaterar hon.

– Ja, vi såg några konstiga grejor på röntgen så jag kollade ordentligt.

– Vad då för konstiga grejor?

– Det visade sig att det var en ask med knappnålar, och det är ju egentligen inte förbjudet. Men då tittade jag ordentligt i båda väskorna och vet du vad?

– Nej.

Lina har backat ytterligare en bit men Staffan flyttar sig efter henne och markerar att det han säger är så märkvärdigt att han måste viska.

– Han visade sig vara ett riktigt pervo!

– Pervo?

– Ja. Gissa vad han hade i fotoväskan!

– Det kan jag inte, säger Lina, mot sin vilja intresserad. Om killen bara kunde sluta flåsa henne i ansiktet.

– Kameror kanske, försöker hon.

– En behå!

– Jaså?

– En stor jävla behå som var alldeles hård av nånting.

– Oj då. Lina kan gissa och förstår att Staffan tänker likadant. Hans blick har fått en ny glans.

– Och inte nog med det!

Staffan känner att han har hennes totala uppmärksamhet. Han njuter av det och ångrar att han inte sparade hela historien till någon trevlig pub, i en hörnsoffa långt in, vid fjärde ölen, eller så. Men detta kan vara en investering för framtiden.

– Nähej?

– Behån låg instoppad i något!

– I vad då? Lina börjar ledsna på flåsandet.

– I en babykudde!

– I en *kudde*?

– Ja, eller vad fan heter det, sådant som man stoppar in kuddar i.

– Örngott?

– Precis. Vad säger du om det! Gubben har runkat och sprutat på behån och stoppat in den i bäbisfodralet. Vad ger du mig för det?

– Ingenting, säger Lina kallt och vänder sig demonstrativt om och bläddrar i pärmen med listan över förbjudna föremål: ”Spetsiga och skarpa vapen: … yxor … isbroddar … skalpeller … macheter … hammare … kaststjärnor …” Ingenting om knappnålar.

– Jag undrar, säger hon med hög röst till kollegan vid röntgenapparaten. Hur ser reglerna ut? Får vi titta igenom väskor där röntgenapparaten inte lokaliserat något underligt?

– Inte om vi inte har anledning att misstänka något speciellt, svarar kollegan.

– Jag trodde väl det.

BROMMA–UMEÅ, SVERIGE
I SOMRAS

– Vad är det här?

Nadja håller upp en sida i räkneboken och Ellen kisar för att se. Hon har Nisse i knäet och alldeles nyss rev han av henne glasögonen med två beslutsamma, banankladdiga nävar. Ellen tittar strängt på sin son och säger ”Aj, aj Nisse!” och trycker på flygvärdinneknappen för att få hjälp med rengöringen. Hon har våtservetter med sig, men de ligger i skötväskan på bagagehyllan ovanför deras huvuden och att krångla sig förbi både Nadja och den snarkande Dagens Industri-läsaren för att komma åt dem verkar oöverstigligt. Bananskalet vill hon dessutom gärna bli av med.

Hon vrider irriterat på huvudet för att spana efter flygvärdinnan.

Hur kan Dagens Industri förresten sova med allt oväsen och sprattlande som hennes barn åstadkommer? Han kanske inte sover alls utan bara blundar för att slippa se eller höra eller – ve och fasa – hjälpa till med något.

– Mamma! upprepar Nadja och pekar uppfordrande i sin bok. Vad *är* det?

Ellen stoppar de kladdiga glasögonen i stolsfickan och lyfter övningshäftet närmare sina närsynta ögon.

– Jag tror att det ska vara en fyr.

– Vad är en fyr?

Ellen tänker en stund men tror att hon kommer ihåg vad det heter på engelska.

– Lighthouse?

Nadja ser lika förbryllad ut. Vad är ett lighthouse?

Kanske är det många svenska barn som inte heller känner igen en tecknad fyr om de ser den i en matematikbok, men Nadjas arbete med att lära sig svenska gör henne extremt uppmärksam på allt som hon inte förstår. Nadja har säkert aldrig sett en fyr på riktigt, men hur många svenska sexåringar har gjort det? Skulle hon, om hon varit född och uppvuxen i Sverige, ifrågasatt den underliga saken som verkar ha en lampa i huvudet? Skulle hon ha frågat så mycket, om allt, alltid?

Ellen växlar mellan att vara stolt och helt utmattad. Nadjas vetgirighet vet inga gränser. Hon pratar nästan hela sin vakna tid, och mer än hälften av allt hon säger är frågor: Varför det? Hur då? Hur vet du det? När då? Vem sa det? Vad gjorde hon då? Varför det? Vad hände sedan?

Och vanligast: Vad heter det på svenska?

– En fyr är ett sorts torn som står ute i havet, på en klippa eller en ö, försöker Ellen medan hon håller ett fast tag om Nisses bananhänder för att hindra honom från att kladda ner hennes vita blus. Gud så dumt att ta på sig en vit blus!

– Varför står tornet där?

Ellen trycker på flygvärdinneknappen en gång till. Bestämt och eftertryckligt.

– Det har starka lampor i toppen som blinkar, för att varna båtar som kommer på natten eller i dimma, så att de inte ska köra på ön.

– Så bra!

Nadja visar ofta förtjusning över sådant som hon tycker är

klokt. Lika upprörd blir hon när världen inte fungerar som den borde.

Att vissa människor, som hennes släktingar i Zambia, har så lite pengar medan andra, som Björn och Ellen, har så mycket. Och att folk, Björn och Ellen också, fortsätter köra bil fast alla vet att bilarna smutsar ner i luften. Och att Ellen kan bestämma att hon ska köpa en massa sådant som Nadja inte tycker om, som oliver och äckliga ostar och vin, medan hon inte köper sådant som Nadja tycker om, som godis och chips och läsk och korv.

– Kan jag hjälpa till, frågar den blonda flygvärdinnan och lutar sig över Dagens Industri.

– Jag skulle behöva något att tvätta av oss med, svarar Ellen och visar fram Nisses händer. När flygvärdinnan försvinner med bananskalet och för att hämta servetter hjälper Ellen Nadja att räkna ut vad 3 + 4 blir och fylla i det på den tecknade fyren. Nisse gnäller. Dagens Industri rör sig lite oroligt. Flygvärdinnan kommer tillbaka och Ellen kan släppa taget om Nisses händer för att ta itu med glasögonen.

Nisse klänger runt och ställer sig i Ellens knä för att titta på människorna på raden bakom. Ellen vrider på huvudet och ser tre likadana män, alla försjunkna i det gratisnummer av Veckans Affärer som flygbolaget delar ut. De verkar inte känna varandra men de har likadana frisyrer, samma gråblå färg på kostymerna och samma – jo, identiska, Ellen kan inte låta bli att småle – vinröda slipsar. Ingen av dem tar någon notis om en liten pojke som tittar fram över nackstödet och säger:

– Göbbe!

När planet landar har Nadja räknat alla talen på fyrteckningen och vänder blad i räkneboken.

– Vad är det här då?

– Pingviner.

– Ja visst ja. Det är de som kommer att dö om isarna smälter och alltihop bara blir vatten?

– Ja, medger Ellen, men nu ska vi klä på oss och gå av planet. Mormor väntar, vet du.

Nadja rafsar ihop sina skolböcker.

– Jag ska prata med mormor om pingvinerna. Tror du hon vet hur det är med dem och isarna och vattnet och så?

– Det tror jag nog. Prata med henne om det, du.

Dagens Industri har vaknat och reser sig innan säkerhetsbältesskylten släckts. I gången tränger en man med flera väskor sig före honom. Fnysande markerar Dagens Industri att han minsann också har bråttom. Ellen tittar inte upp utan har fullt sjå att samla ihop sina barn. När hon kliver nerför flygplanstrappan med Nadja vid handen och Nisse på armen är hon sist av alla. I fönstret till ankomsthallen vinkar någon frenetiskt.

– Mormor!

Nadja sliter sig loss från Ellens hand och rusar över plattan mot ingången. Ellen springer efter så fort hon kan med Nisse gungande på höften.

På andra sidan flygplatsbyggnaden löper en man över parkeringen bort mot hyrbilarna. Den tunga dragväskan skramlar på asfalten och fotoväskan slår mot revbenen. Han har bråttom. Han får inte tappa bort sin familj.

STOCKHOLM, SVERIGE
FÖR 40 ÅR SEDAN

Stockholm den 25 juli 1968
Lena!

Vad ska jag göra!

Jag är med barn!

Var är du?

I Tyskland!?

Du svarar inte i telefon!

När kommer du hem?

Ring omedelbart! Jag är i skolan på dagarna!

Misse!

Stockholm den 1 augusti 1968
Lena, min enda vän och förtrogna!

Är du fortfarande i Tyskland?

Du svarar inte i telefon hemma å jag vågar inte ringa din mamma å fråga. Jag är rädd att bryta ihop om hon säjer nåt snällt eller bara frågar hur jag mår.

Jag mår HEMSKT.

Inte fysiskt. Om jag inte hade gjort det där apotekstestet tror jag inte att jag hade märkt nåt alls. Kanske är brösten lite svullna (Jayne Mansfield har vi ju alltid velat likna, fast nu känns åxå det rätt skitnödigt). Men psykiskt!

Det är inget snack om vem som är far till den lilla grodden som dom påstår växer i mej. Jag måste, jag har räknat å räknat å räknat dagar, ha blivit med barn innan Stickan kom så det går inte att hoppas på "rätt" farsa.

BEFRUKTAD heter det, tänk att ett så snällt ord kan bli så farligt. Passa dej för avbrutna samlag, min kära, eller så kallade "säkra perioder"!

Chansa kan jag ju inte. Det fattar du ju. En brun småkrullig bäbis på BB hemma. Med Stickan som far! Tänk dej!

Paus.

Nu är jag hemma. Vi har suttit på sängen i Miltons lilla rum hela kvällen, hållit varann i handen, kramats å gråtit. Vi fattar att vi inte har någon framtid tillsammans. Han är förresten tillsammans med Britt-Marie igen men det spelar lixom ingen roll längre. Även om han skulle vilja att jag skulle skilja mig från Stickan och gifta mej med honom skulle jag inte vilja. Vi har för lite gemensamt.

Det är inte ens säkert att han får stanna i landet. Fast det hade han nog fått om vi gift oss. Några dar var jag orolig för att han hade en sån plan. Men nej. Han vill helt enkelt inte vara med mej mer. Å han vill absolut inte ha något barn.

Han vill att jag ska ta bort bebisen. Det går lätt här i Sverige, för en amerikanska som hette nåt konstigt – Finkenstein? nej, det låter ju inte klokt, som Frankenstein – fick det för några år sen. Minns du det? Milton säjer att abort är tillåtet i Sverige. Om det kostar nåt ska han betala, säjer han. Det var det sista vi sa innan jag gick. Jag vet inte. Jag måste få tänka.

När jag klev ut i sommarkvällen blev jag plötsligt urförbannad och när kyrkklockan slog elva en sekund senare kändes det ödesdigert till max. Nu är en epok slut, hädanefter blir det annorlunda, ungefär. Åsså traskade jag hem å kände mej ångestfylld, arg, förtvivlad å enormt lessen.

Hette det inte ”fosterfördrivning” förut? Det låter så hemskt.

Jag vet inte vad jag ska göra. Har Milton rätt? Kan man få en abort i Sverige? Om man är vuxen å gift? Vet du? Jag orkar inte ens börja ta reda på saker å jag har ingen, INGEN, att prata med utom dej. När kommer du hem!!!!!!!!?

Din!

Misse

VÄSTERBOTTEN, SVERIGE
I SOMRAS

– Myggfönstret i kammaren är trasigt, meddelar Ellen när hon kliver över den höga tröskeln in i köket. Vet du om det finns någon stadig tejp så att jag kan tejpa igen det? Jag hör hur myggorna mobiliserar där ute.

Marianne drar ut den tröga allt-för-alla-lådan i matbordet och petar runt bland en massa gammalt jox.

– Miljoner nycklar som vi inte vet var de passar, och tre paket piprensare, muttrar hon. Utan att någon någonsin rökt pipa i det här huset.

Hon vänder sig mot dottern.

– Dem kan vi väl ändå slänga bort?

– Neeej.

Ellen glider på svaret. Egentligen förstår hon att man borde rensa upp bland all gammal bråte som farfar och farmor samlat på sig, men hon har svårt med separationen. Nycklarna måste ju provas i alla lås och hon tycker sig minnas att farfar brukade använda piprensare när han satt i köket och lagade fisknät. Hon minns inte hur han gjorde, men kanske kan piprensarna komma till nytta någon gång. Om hon bara visste var näten var …

– Här, säger Marianne och räcker Ellen en rulle el-tejp.

Den är torr och seg, men kan nog täppa till det stora hålet vid myggfönsterramen. Nisse har varit uppskruvad och haft svårt att somna, men nu sussar han med Ellens gamla nalle intill sig i resesängen i kammaren innanför köket. Nallen är smutsgul och tufsig och luktar knappast gott, men den är impregnerad med kärlek. Ellen fick den av sin farmor en gång för länge sedan.

– Hej! ropar Nadja som kommer rusande genom ytterdörren. Vet du vad …?

– Stäng dörren! ropar både mamma och mormor. Du släpper in myggen!

Nadja är stormförtjust över att vara i Varmvattnet. Hon bryr sig inte om myggen.

Uthusen och den gamla ladugården är kanske rivningsfärdiga, men för henne är de underbara lekplatser. Allt är i ett uselt skick, det inser till och med Ellen, och borde antingen rustas eller rivas. Men i väntan på det ska husen naturligtvis utnyttjas, av Nadja och hennes nostalgiska mamma.

Ellen har fått gå runt och berätta om var det fanns höns och grisar när hon var liten, och hur det var ännu tidigare, när kor och hästar stod i de olika båsen, när Nadjas morfar var liten. Hur hela familjen under pojkens barndom flyttade ut i bagarstugan på sommaren. Hur de gamla tallarna har fått stå kvar, fast de suger näring från gräsmattan och skymmer solen. Ellens farfar sa alltid att hans familj flyttat in hos tallarna. Träden var ju där först.

Lekstugan vid backen ner mot sjön har möbler som Ellens farfarsfar snickrat. Hon får böja sig som en fällkniv för att ta sig in genom dörren som till och med är för låg för Nadja. Gardinerna i vit spets krasar och spricker när Ellen försiktigt tar i dem. Hon hade en idé om att tvätta dem men förstår att det nog inte går. Längs ena långväggen står en liten soffa med hemvävt överdrag. På golvet gråbrun-smutsiga trasmattor. De borde i alla fall kunna tvättas. Ellen lyfter den ena försiktigt i fransen och petar med pekfingret i den trasiga korkmattan under.

En morgon för några år sedan, när Ellen och Björn var på väg ner till bryggan för att ta ett morgondopp, pekade han på lekstugan och frågade: ”Är det inte lika bra att riva pisskuren?”

Det tog Ellen en halv dag att förlåta honom.

Med Nadja har lekstugan kommit till nytta, och snart kommer Nisse att upptäcka den. Det är härligt.

Ellen njuter av att gå runt i de gamla byggnaderna lika mycket som sin dotter och Marianne uppskattar att få vara ensam med Nisse.

Men nu är middagen avklarad och Nisse ammad och nattad.

Nadja smäller igen ytterdörren och börjar berätta om alla gamla tidningar hon hittat på dasset.

– Klockan är jättemycket. Nu måste du gå och lägga dig, säger Ellen strängt och Nadja protesterar, förstås. Men Ellen ser hur trött dottern är och när de busat i den smala kökstrappan ett tag, och Nadja fått gömma sig i skrubben bland de urtvättade förklädena, är hon beredd att klä av sig och krypa i säng.

Nadja ligger i den minimala kammaren ovanför kökstrappan, bredvid mormor Mariannes rum. Där brukade Ellen också sova när hon var på besök i Varmvattnet, och det var dit hennes farfar kom varje kväll för att sätta sig på hennes sängkant och fråga: ”Har du gjort något av bestående värde idag?”

När Ellen läst tre sagor för Nadja och tassar nerför den trånga trappan har Marianne gjort upp eld i vedspisen.

– Jag tyckte det blev lite kyligt, säger hon och gäspar stort. Det där var nog ”kaffegäspen”. Vill du ha en kopp?

– Nej, men ett glas vin, säger Ellen. Jag köpte några goda ostar i Konsum också.

Ellen har lagt upp ett litet förråd av vin i matkällaren. Marianne kan dricka ett glas vin ibland, men gillar inte att gå på Systemet. När Ellen och Björn kommer på besök har Marianne alltid bunkrat ordentligt med mat och godsaker, men "glömt" att köpa vin eller öl. Ibland tänker Ellen att modern skäms, att hennes alkoholistpappa har gett henne ett för evigt komplicerat förhållande till alkohol.

– Är det verkligen bra att du dricker vin när du ammar, frågar Marianne, men utan eftertryck och utan att titta på sin dotter. Mamma har lärt sig, tänker Ellen. Hon klampar inte på med lika grova skor längre.

– Jag ammar ju jättelite, och dessutom måste jag hälla i mig intill medvetslöshetens gräns för att något av alkoholen ska ta sig ut i modersmjölken, säger Ellen med läkarauktoritet. Och det, fortsätter hon med ett leende, kan du väl försöka hindra mig från? Medvetslöshet, menar jag.

Marianne skrattar lite och lovar.

– Vill du också ha ett glas?

– Det skulle vara ett litet ett, i så fall, svarar Marianne och petar in vedträna med spiskroken.

Ellen går nerför den knarriga trappan till källaren.

En kran i tvättstugan står och droppar. Packningen borde bytas. En smutsig trasmatta ligger nertryckt i den gamla tvättgrytan. Farmors tvättmaskin som står i hörnet har varit trasig i åratal. Att köpa en ny är den enda modernisering som Ellen motvilligt har gått med på, men själva inköpet har inte blivit av. Syster Kristina tycker att det är roligare att tapetsera om och Ellen bryr sig inte. Det lilla hon måste tvätta här kan hon tvätta för hand.

Källarlukten är unken och temperaturen i matkällaren antagligen perfekt för vinlagring.

Hon ser att dörren ut mot trädgården står lite på glänt. Kanske är det Marianne som öppnat för att vädra. Ellen drar igen dörren och försöker låsa den. Det går inte, den verkar ha svällt. Äsch, tänker Ellen, det gör inget. Här finns inga tjuvar.

När Ellen och Marianne slagit sig ner på köksstolarna framför den knastrande vedspisen, och hällt upp var sitt glas vin, hör de ett pip från övervåningen:

– Mamma!

– Ja, ropar Ellen, lite irriterad. Du ska sova nu.

– Men jag glömde berätta en sak.

De hör hur det knarrar i golvet när Nadja kliver ur sängen och Ellen skyndar sig upp för att få henne att lägga sig igen. Dottern hade ju nästan somnat.

– Vad är det? frågar hon när hon om igen sitter på sängkanten.

– Det var en gubbe där ute, säger Nadja.

– Var då?

Ellen kan inte tänka sig att några gubbar som inte borde vara där stryker omkring runt huset. Inte i Varmvattnet.

– I skogen bakom det där huset där de hade korna, du vet. Vad heter det på svenska?

– Ladugården?

– Ja.

– Där stod en gubbe med en stor kikare, liksom, eller kanske var det en kamera.

– När då?

– Innan jag kom in. När jag hade varit på den där toan, du vet, vad heter det?

– Dasset.

– Ja. När jag kom ut därifrån såg jag gubben.

– Sa han hej?

– Nej, han bara gick bort.

– Vart gick han?

– Mot skogen, bakom huset.

– Var han gammal?

– Gamlare än du men inte så gammal som mormor.

– Det var nog bara Elias, grannen. Det är hur som helst inte farligt.

– Nej, jag blev inte rädd heller. Det är inga farliga här i Varmvattnet.

– Nej, precis. Folk är sällan farliga över huvud taget, faktiskt.

– Jag vet.

– God natt igen, då.

– God natt.

Ellen kysser sin dotter på pannan och går eftertänksamt nerför trappan igen.

– Vet du om Elias börjat med naturfotografering eller något sådant, frågar hon när hon placerat sig vid vedspisen igen.

– Hur så?

– Nadja hade sett någon, bakom ladugården, med en kamera.

– Nej, det har jag inget hört om, säger Marianne. Men han har ju alltid sprungit mycket i skogen så det är väl inte omöjligt.

Ellen skjuter undan tankarna på gubbar i skogen och koncentrerar sig på uppgiften istället. Hon går ut försiktigt:

– Du, mamma …

– Ja?

GDANSK, POLEN
I SOMRAS

– Det går rykten, säger mannen med prästkappan. Obehagliga rykten.

Broder Black ställer ner kaffekoppen.

– Om vad?

– Du minns hedningarna från Holland, de med båten.

– Hororna som åkte till Irland?

– Jag skulle inte uttrycka mig så ...

Broder Black backar. Han borde ha lärt sig språkbruket. Här, i Guds hus tillsammans med predikanterna, gäller en annan vokabulär än på andra ställen där han brukar vistas. Amerikanen sätter en ära i att uppföra sig korrekt och aldrig sticka ut. Det brukar löna sig.

– Nej, förlåt, det var slarvigt av mig. Jag menar att jag minns mördarfartyget som åkte till Irland. Naturligtvis minns jag det. Vi talade mycket om saken.

– Det påstås att de är på väg hit, till Polen.

– När då?

– Det är lite oklart. Vår underrättelsetjänst har snappat upp signaler i form av halvkvädna visor från några av de ogudaktiga sajterna på nätet, men de verkar vara försiktiga den här gången. Förra gången visste vi ju flera månader i förväg.

– Hur tänker de undvika att bryta mot lagen?

– De brukar ju åka ut på internationellt vatten, men även om mord sker på internationellt vatten är det fortfarande mord.

– De skulle ju kunna åka till Sverige! fnyser amerikanen. Svenskarna har väl aldrig ställt till med annat än problem här?

Prästmannen nickar och tittar lite förvånat på sin vän. Broder Black upphör aldrig att imponera med sina kunskaper om polsk historia.

– Du menar när Karl x och hans blodiga här plågade vårt lidande folk?

– Ja. Men jag minns också undret vid Jasna Gora. När några få av kyrkans män kunde stå emot svenskarnas belägring i fyrtio dagar. Tacka Gud! Ni har gjort det förr och ni kan göra det igen!

När amerikanen lämnar kyrkan genom bakdörren berömmer han sin studieflit. I Polen finns alltid en historisk parallell som kan hjälpa saken ytterligare ett steg framåt.

I det här fallet kom hjälpen i form av ett nyöppnat bankkonto, utan redovisningsplikt, som kommer att ge broder Black stora möjligheter att handla praktiskt. Mycket praktiskt.

VÄSTERBOTTEN, SVERIGE
I SOMRAS

Visst är Marianne stolt över sin dotter och hennes yrkesval, men sådant som Ellen engagerat pratar om brukar väcka samma upprördhet hos modern som hos alla andra. Lagom. Fasa över de värsta detaljerna, men lätt bortglömt när något annat dyker upp.

Om Ellen vill fortsätta prata om mödradödlighet och livsfarliga aborter och alltför unga mödrar får hon bita sig fast. Zambia och Vietnam och Långbortistan skapar utmattning hos åhörarna. Kanske en känsla av hopplöshet.

Vad kan man göra?

Alla kan ju inte flänga omkring som Ellen.

Den här gången är det annorlunda. I den här berättelsen deltar Marianne. Hennes kinder glöder framför vedspisen, hon frågar, nickar och fyller i med sådant hon läst och hört. Det är mycket mer än Ellen kunde föreställa sig. Att mamma är så påläst!

Det västerbottniska försommarljuset gör att de inte behöver tända lampan för att se varandra, men när Ellen kommit en bit i sitt upplägg reser sig Marianne för att leta rätt på ett stearinljus, tänder det och ställer det på kakelkanten intill vedspisen. Som en markering av samtalets betydelse och vikt.

Efter ytterligare några minuter har hon druckit upp vinet i sitt glas, till och med innan Ellen fått i sig sitt, och hämtar utan att bli uppmanad flaskan för påfyllnad. Osten har de glömt bort.

Till sist närmar de sig till och med ett minerat område; den abort Ellen gjorde på sommaren efter sin studentexamen och som de aldrig talat om efteråt.

– Det var ett alldeles riktigt beslut, säger modern nu, och även om Ellen också tycker det blir hon förvånad över självklarheten i moderns ord.

– Ett alldeles riktigt beslut, understryker Marianne. Även om jag länge var orolig för att aborten skulle ha gjort att du inte kunde få några barn.

– Det var jag också, erkänner Ellen, fast jag ju vet att professionellt utförda aborter nästan aldrig innebär några risker. Att det tog tid kan bero på Björn, eller också är jag bara svårbefruktad. Sådant kan vara ärftligt. Det tog ju tid för dig också.

Marianne nickar, men svarar inte.

Ellen ger sin mamma en snabb kram och bestämmer sig för att gå vidare.

– Då förstår du varför jag vill göra det här?

– Ja.

– Då undrar jag om du kan hjälpa mig med en sak, eller egentligen med två saker?

– Berätta, så får vi se.

Medan kvinnorna lägger upp sin plan förbannar mannen vid häcken den ljusa sommarnatten.

Han kan inte se vad som sker bakom bomullsgardinerna i köket, trots teleobjektivet, och själv blir han alldeles för synlig om han går för nära. Han rundar huset i en vid cirkel och smyger fram till det nödtorftigt lagade myggfönstret. Han lyfter kameran för att ta en bild på pojken i sängen, men det täta myggnätet är i vägen. Han skulle kunna peta undan tejpen, och sticka in objektivet, men vill inte att sonen ska bli uppäten av myggorna som surrar runt fotografens huvud.

Han smyger runt nästa hörn och inspekterar lekstugan. Jodå, den får duga. I bilen borta på skogsvägen hämtar han sovsäcken och liggunderlaget som han köpt på bensinmacken. De luktar syntetiskt nytt. Myggsprayen får han inte glömma. Om han låter en springa i lekstugedörren vara öppen kan han hålla koll om någon kommer ut. Han betvivlar inte en sekund att han skulle vakna om det skulle hända. Han ställer in kameran på hög ljuskänslighet innan han kryper ner i sovsäcken.

SOPOT, POLEN
I SOMRAS

Den kvällskalla sanden kryper in i Agatas sandaler där hon traskar längs stranden. I axelremsväskan bär hon en rentvättad och struken – mamma är hopplös – munkjacka. Hon har knölat ner den i väskan så att det nystrukna ska försvinna.

Agata har stämt träff med Daniel vid pelargonie-puben men väljer att gå längs stranden istället för på den bekvämare stigen. Hon vill inte möta Jesus-statyn igen. Fast det är över en månad sedan sist är hon säker på att hon kan känna lukten av sina egna spyor från trädet bakom Jesus. Och är det något hon inte står ut med så är det lukter.

Just nu har hon dessutom fått nog av Jesus. Hon kom redan på eftermiddagen till Sopot, för att stanna till i kyrkan. Om det var möjligt tänkte hon bikta sig. Hon har aldrig varit inne i den kyrkan förr, och kommer antagligen aldrig att gå dit igen.

Prästen hade tid och hon satte sig i biktbåset, fast besluten att – åtminstone nästan – tala sanning. Att berätta om lust och kättja och farligheter.

Men när prästens torra röst frågade svek modet henne och hon berättade om hur hon stulit tio zloty ur sin mammas plånbok. Det var tio år sedan, och pengarna har mamman fått tillbaka, men något måste hon ju säga. Prästen verkade inte heller särskilt engagerad, men han uppmanade henne att erkänna för mamman, och säga tjugo Ave Maria, så skulle nog allt ordna sig.

Du har ingen aning, tänker Agata när hon kommer ut i kvällsljuset. Ingenting kommer att ordna sig.

När hon passerar strandrågen nedanför puben spanar hon efter rosorna hon fått av Daniel. Mycket riktigt, två av dem ligger kvar, torra och vissna. Det känns som om det var evigheter sedan sist. Det *var* evigheter sedan sist. Agata har inte sett Daniel sedan den natten.

Restaurangbesökarnas kvällsvanor är sena och verandan är nästan tom. Daniel har redan kommit och beställt en öl. Han reser sig, ger Agata en blyg kram och frågar om hon också vill ha en öl. Agata skakar på huvudet. En Cola blir bra.

Daniel försöker lägga armen om hennes axlar men hon ruskar på sig så att han förstår att han inte är välkommen. Ur väskan drar hon fram jackan och knölar till den lite extra vid överlämnandet.

– Tack för lånet.

– Varsågod.

– Hur mår du?

– Jo tack, bra, svarar han, lite förvånad över den formella samtalstonen. Och du?

– Inget vidare.

– Nähej?

Agata har i över en vecka funderat på hur hon ska framföra det hon måste säga. Om hon ska vara stark och rakryggad. Eller förbannad och anklagande. Eller om hon bara ska sätta sig ner och stortjuta.

Monika är i London för att sommarjobba och Izabela har åkt till sin sjuka pappa och blir antagligen borta i flera veckor. Det finns ingen att tala med, ingen att berätta för. Förutom för Daniel.

Om hon sluppit hade hon inte pratat med honom heller. Hon kan inte se att han har något med saken att göra. Men hon inser att han på något formellt, eller kanske moraliskt, sätt har rätt att veta. Kanske kan han ha någon idé. Eller pengar. Men det tror hon inte. Problemet är hennes, bara hennes. Hon känner sig oändligt ensam.

– Jag är med barn, säger hon tyst.

– Vad?

Hör han dåligt eller är han bara knäpp i huvudet?

– Jag är med barn, nästan skriker hon och han tittar sig förskräckt om, orolig att någon ska ha hört, men det enda par som sitter på verandan är engagerade i ett intensivt meningsutbyte och märker ingenting.

– Är du säker? är det enda han får fram.

– Ja, suckar hon tungt. Jag har gjort tre graviditetstest.

– Och det är jag som är pappan?

– Vad?

Agata häpnar, och lutar sig bakåt så att hennes hår trasslar in sig i pelargoniorna. Skapar distans.

– Ja, det kan ju vara någon annan, menar jag. Det behöver ju inte vara jag, bara för att …

Mycket hade hon förberett sig på. Att han skulle bli upprörd och arg. Kanske förtvivlad. Att han skulle kräva att hon inte berättade att han var pappan. Att han skulle argumentera för abort. Kanske, till och med, att han skulle axla ansvaret och erbjuda sig att gifta sig med henne. Men att han skulle ifrågasätta faderskapet, antyda att hon nog haft sex med både den ena och den andra och inte säkert kunde veta – det hade hon inte trott.

Agata sliter åt sig väskan och reser sig med ett ryck. Bordet skakar till och Daniels ölglas välter och börjar rulla. Vätskan rinner ut över bordet. Innan han fått tag i glaset och rest det upp har hon kommit halvvägs över verandan, bort mot stigen. Nu struntar hon i om Jesus ser, nu är det viktigare att komma iväg snabbt.

– Vänta! ropar han efter henne.

Hon har hunnit ganska långt när han betalat drinkarna och sprungit ifatt henne. Hasande i de glappande sandalerna rotar hon runt i väskan för att hitta en näsduk, utan resultat. Tårar och snor kladdar ner hennes ansikte och till sist måste hon stanna för att fräsa ut lite snuva, torka av kinderna och rengöra händerna på några stora löv. Hon är arg, ja, rasande och vänder sig om mot Daniel som kommer springande längs stigen.

– Du behöver inte komma! Strunta i alltihop, du. Det är säkert inte du som är pappan. Som jag knullar runt hela tiden!

Hon talar högre än hon tänkt sig, nästan skriker, och en kvinna som rastar sin hund stannar upp och tittar förundrat. Agata lugnar sig. Daniel bryr hon sig inte om, men sitt eget rykte är hon fortfarande rädd om, hur skamfilat det än håller på att bli.

– Förlåt, säger han andfått när han stannar till framför henne. Förlåt mig. Det var dumt, det där jag sa. Men jag blev så överraskad.

– Överraskad över vadå, spottar hon fram, men lite tystare nu. Att det kan bli barn när man knullar? Hur är det med kunskapen om blommor och bin?

– Nej men, börjar han och har fortsatt svårt att få ordning på andningen efter språngmarschen. Jag trodde inte … Trodde väl att du hade p-piller …

Hans armar som vädjande lyfts mot henne sjunker ner och hänger tungt längs sidorna.

– Sa jag det? spottar hon fram. Sa jag att jag åt p-piller? Vem var det som påstod sig ha kondomer?

– Vi sätter oss någonstans, föreslår han och tar henne om

armbågen, stadigt men opersonligt, som en polis som leder ett chockskadat vittne till förhörsrummet. Där borta finns bänkar.

Agata följer med, utpumpad av sorg och ilska.

En halvtimme senare skiljs de åt, för att aldrig mer tala om saken. Ståndpunkterna är kristallklara:

Daniel har förstått att Agata har undersökt saken ordentligt och att hon vet att hon är gravid. Det är inte bara en utebliven mens och illamående. Där finns också formella bevis i form av graviditetstest. Han har accepterat att det är han som är pappan. Det var ölens fel, säger han. Han har beklagat och ångrat sig och förbannat den där kvällen, men accepterat. Vad det kan betyda vet han inte, men han är beredd att ta ansvaret, på något sätt.

Agata har meddelat att hon inte vill ha något barn. Hon ska ta sin efterlängtade universitetsexamen nästa år och det tänker hon genomföra. Det innebär att tanken att föda och adoptera bort barnet också är utesluten.

Hon är inte intresserad av Daniel, i något som helst avseende. Absolut inte som äkta man och barnafader.

Faktum är att hon nu ser att ögonen i hans solbruna ansikte är små och sitter långt ifrån varandra, och att hans näsa är onödigt stor. Dessutom biter han på naglarna. Hon förstår inte hur hon någonsin kunnat tycka att han är snygg. Passionen på stranden är helt utsuddad ur hennes minne.

Hon vill inte ha med honom att göra igen, över huvud taget.

Agata vill göra abort, men abort är förbjudet. Hon vet att vissa läkare i hemlighet genomför ingreppet. Till och med läkare som med hög svansföring och av moraliska skäl vägrar att göra aborter på sjukhus kan tänka sig att ställa upp hemma, i utbyte mot anonyma kuvert fyllda med kontanter.

Men Agata har inga pengar och det vet hon att Daniel inte heller har. De bor hemma båda två och de småslantar de får ihop på korta extrajobb räcker knappt till skolböcker.

De känner inte heller någon som de skulle kunna låna av, utan att avslöja syftet.

Agata har tänkt på Izabela, men det känns svårt. Hon är bortrest och Agata vet inte hur hon skulle få kontakt med henne utan att fråga pappa, och prata med honom vill hon inte. Hon vill helst inte ens berätta för Izabela. Hon skäms. Tanken på farfar har också glidit förbi, för han är ju faktiskt läkare, men han är gammal och moralisk och hon träffar honom så sällan. Hon tror att han skulle dö av chock om hon kom och berättade.

Daniel berättar om en tjej som ringde ett skumt nummer och träffade en otäck karl med rostiga verktyg på ett billigt hotellrum – mer än så vill inte Agata höra. Även det kostade en rejäl slant, förresten.

Det enda som känns möjligt är en kur som Agata läst om i tidningen. Magsårsmedicin. Om man tar tillräckligt mycket kan det sätta igång en blödning som stöter bort fostret. Agatas morfar äter magsårsmedicin. Agata tror att hon skulle kunna stjäla några kartor ur morfaderns medicinlåda. "Stjäla" låter hemskt, men varför bekymra sig om små synder om man är beredd att begå stora?

Det ofrivilligt gravida paret skiljs åt vid den upplysta piren. De vill inte ens åka pendeltåg tillsammans. Redan nu känner de att de aldrig kommer att tala om det som hänt. Nu när Agata berättat kommer hon aldrig att ställa några krav.

Lusten hade de gemensamt. Ansvaret är hon ensam om att bära.

VÄSTERBOTTEN, SVERIGE
I SOMRAS

Den kalla daggen omsluter Ellens tår när hon trippar ut i det höga gräset. Hon håller upp nattskjortan för att inte blöta ner fållen och tassar fram till sin favoritplats, vid slänten ner mot sjön, en bit från lekstugan. Där är utsikten över sjön, Varmvattnet, som bäst. Sommarnattsljuset blänker i den stilla vattenytan.

Med en nöjd suck drar hon upp nattskjortan och sätter sig ner för att låta den varma vätskan spruta fram mellan fötterna. Försiktigt flyttar hon den vänstra foten för att den inte ska bli nedkissad, lite för sent. Urinen bildar en liten flod nerför slänten innan den sugs upp av sand och gräs. Ellen sitter kvar länge, med nattskjortan uppdragen kring midjan. När hon reser sig stryker hon av vänsterfoten mot det våta gräset.

Det snabba slutarsmattret från digitalkamerans åtta exponeringar noterar hon inte alls.

Hennes fötter lämnar spår på stentrappan och inne i huset.

Hon låser dörren. Det brukar hon inte göra i Varmvattnet, men tanken på gubben i skogen ligger kvar och oroar.

– Hej, Björn. Det är Marianne.

Ellens skärper hörseln. Hon önskar att hon kunde lyssna

på samtalet i en egen telefonlur, men i Varmvattnet finns bara en enda telefon, fast sladdförankrad i kammarväggen. Hon hör inte ens Marianne perfekt. Modern har krävt att få vara ensam när hon ringer och hon har stängt dörren. Ellen sitter vid köksbordet och för säkerhets skull har hon lagt Nisse vid bröstet. Då brukar han vara tyst.

– Jo tack. Vi har det bra. Lite myggigt kanske, och svalt på kvällarna, men annars fint. Nej, hon är inte här. Hon har åkt och handlat med barnen.

Hoppas bara att Nadja inte kommer inrusande och ropar något, tänker Ellen.

– Det var därför jag bestämde mig för att ringa, säger Marianne.

Den tystnad som uppstår är en ren konstpaus, det är Ellen övertygad om. Björn vet säkert inte vad han ska säga. Förr, innan barnen kom, hade han ett utmärkt om än distanserat förhållande till sin svärmor. Numera är det komplicerat. Vad kan människan vilja som inte Ellen bör höra, undrar Björn säkert.

– Jag ringer för att be om ursäkt, säger Marianne och hennes röst darrar lite. Jag har betett mig jättedumt.

Det här är inte lätt för henne, tänker Ellen där hon tjuvlyssnar i köket.

– Jo, jag menar förstås att jag lagt mig i och försökt styra och ställa med sådant som är Ellens ansvar.

Ellen förstår att Björn opponerar sig.

– Ja, det är ditt ansvar också förstås. Det är klart att barnen är dina också. Men en mor är ju nu alltid en mor. Det är en gång för alla något speciellt.

Liten paus igen. Men en kort. Björn suckar nog bara, han orkar inte dividera med sin hopplöst ålderdomliga svärmor.

– Det är alltså för att be om ursäkt som jag ringer. Det är

era barn och ni ska bestämma hur de ska uppfostras och så. Jag har tänkt efter och jag är ledsen att jag lagt mig i.

Ellen gissar att Björn tackar, eller något liknande. Kanske försöker han hindra Marianne att kräla i stoftet mer.

– Men sedan var det en sak till, fortsätter Marianne. Och det är en sak jag måste varna dig för. Det är därför jag ringer nu när hon är ute.

Nu måste Björn spetsa öronen, det är Ellen övertygad om.

– Ellen har fått ett erbjudande, ser du, något som hon inte berättat för dig ännu. Det handlar om att hon ska åka bort och jobba två veckor i augusti. Hon har inte bestämt sig, det är därför hon inte har pratat om det, men hon funderar på saken. Det är det som gör mig så upprörd. Jag hoppas ju att hon ska avskriva tanken helt och hållet, men om inte, vill jag att du ska vara uppmärksam. Om hon inget säger behöver du inte låtsas om att jag har ringt.

Ellen måste beundra sin mors skådespelartalanger.

– I början av augusti är Nisse fortfarande inte ens ett och ett halvt år, fortsätter Marianne, och han behöver sin mamma. Och Nadja ... Ett adopterat barn behöver sin mor under anpassningstiden till allt det nya. Jag har läst att adoptivbarn behöver knyta an till sin mamma i många år efter ankomsten. Behovet är ännu större än för biologiska barn.

Paus. Ellen förstår att Björn frågar något.

– Ja, inte vet jag varför det ska vara så nödvändigt att åka just i augusti, men det är visst då uppdraget ska utföras. Jag bryr mig inte egentligen. Det jag bryr mig om är era små barn, och deras välbefinnande. Deras lycka. Det är det enda jag bryr mig om.

Fråga i andra änden av luren.

– Ja, jag vet att ni har sagt att du ska vara pappaledig i september men det gick visst inte att åka då.

Hon uttalar ordet ”pappaledig” med en liten fnysning.

– Fast ärligt talat hade jag hoppats att ni skulle avskriva de där nymodigheterna. En mor är ju ändå alltid en mor.

Någon gång, tänker Ellen med ett leende, någon gång, så fort som det är möjligt, ska hon berätta för Björn om Mariannes insats denna sommarförmiddag. Då ska de kunna skratta åt den, tillsammans, och Björn ska förstå vilken fantastisk svärmor han har. Men just nu är han bara irriterad, det kan hon höra på Mariannes röst som blir allt mer försvarsinriktad.

– Det är klart att jag vet att du bryr dig om dina barn, det är inte det, säger hon. Men kvinnor och män är ju nu skapade på olika sätt. Kvinnor för att vårda, män för att jaga.

Ellen kan inte låta bli att fnissa. Nu förstår hon varför Marianne inte ville ha henne inne i kammaren under samtalet. Här hade Ellen aldrig kunnat hålla sig för skratt. Visserligen är Marianne gammaldags, och det är sant att hon knappast applåderat den delade föräldraledigheten, men att komma med rena stenåldersargument!

– Ja, jag vet att du kan ta hand om barn också. Det har jag aldrig sagt. Jag har bara en uppfattning om vem som är mest lämpad för vilka uppgifter …

Orden ”uppfattning” och ”mest lämpad” uttalar hon sårat, som att hon kommit med en gåva som blivit avvisad.

– Okej. Vi hörs senare då. Och du, du behöver väl inte berätta för Ellen att jag har ringt?

Nadja klampar in i farstun och Marianne avslutar snabbt telefonsamtalet.

– Nu tror jag att de kommer hem. Du vet att jag alltid ställer upp om ni behöver någon hjälp! Kom ihåg det. Och jag lovar att inte lägga mig i så mycket. Inget mer schwammel.

Marianne skrattar lite torrt i luren.

– Hej då!

Marianne lägger på luren och kommer ut i köket. Hon torkar några osynliga droppar svett ur pannan.

– Det var en pärs, säger hon och Ellen klappar henne uppmuntrande på tröjärmen.

– Du gjorde det jättebra. Nu väntar vi bara på nästa drag.

– Vad har mormor gjort? frågar Nadja nyfiket, men accepterar ovanligt nog ett undanglidande svar. Hon rycker Ellen i armen.

– Kom ut, mamma. Jag måste visa dig en sak.

Motvilligt lämnar Ellen den sovande Nisse till Marianne som bär in honom till sängen medan Nadja drar Ellen med sig ut mot lekstugan.

– Du säger ju att det inte finns några spöken, säger Nadja triumferande.

– Ja.

– Men här, i lekstugan, bor det ett!

– Jaså?

– Han har sovit här inatt.

Nadjas småbarnsår i Afrika har gjort henne övertygad om att andar finns, och att de har stor makt. Det finns både snälla och dumma spöken, och sannolikheten att människor blir botade av en häxdoktor är minst lika stor som att de vitas medicin hjälper. I Sverige har hon aldrig träffat på några häxdoktorer, men att det finns spöken även här, det är hon helt övertygad om. De flesta är nog ganska snälla, dessutom.

Med en smäll öppnar Nadja lekstugedörren och pekar in i det lilla rummet. Stolar och bord är flyttade och staplade på varandra så att golvet blivit fritt. Den hemvävda filten som låg på soffan ligger utbredd ovanpå trasmattorna, som ett ligg-underlag.

– Det är du som har flyttat på sakerna, skrattar Ellen. För att lura mig.

– Nej!

Nadja blir upprörd.

– Det har jag inte alls! Och känner du inte att det luktar spöke?

Ellen vädrar i luften. Kanske. Det är en speciell doft som inte var där igår och som hon känner igen. Något kemiskt. Så ser hon myggsprayflaskan som rullat in under det lilla bordet. Hon böjer sig ner för att ta upp den när telefonen ringer i hennes ficka. På displayen läser hon ”Björn”.

– Hej Björn. Jo, vi kom just hem.

Nadja tittar förvånat på sin mamma. ”Hem” från var då? Alla har ju varit hemma hela förmiddagen. Ellen ser hennes frågande blick och går sakta ner mot sjön, utom hörhåll. Hon vill inte lära sin dotter att ljuga, men framför allt vill hon inte bli avslöjad.

Nadja stannar i lekstugan och börjar ställa tillbaka möblerna på sina platser. Till kvällen ska hon göra i ordning spökets sovplats igen, det har hon bestämt. Sedan får mamma säga vad hon vill.

– Vi har handlat lite, men inte så mycket, för jag tror att jag ska åka härifrån snart.

– Jag tror vi åker till Kristina i stan och bor hos henne den sista natten.

– Ja, det har blivit lite jobbigt …

– Nej, det är mamma som är lite jobbig. Men hon *har* blivit bättre. Hon tjafsar nästan ingenting om barnens uppfostran, och hon kallar honom faktiskt ”Nisse” och inte ”Nils”. Men det är en massa surr om det heliga moderskapet och så, du vet.

– Vad säger du? Har hon ringt till dig!?

Ellen hoppas att hon låter uppriktigt förvånad, nästan lite förskräckt.

– Vad sa hon då?

– Jaa … Det är sant att de ringde häromdagen. Det är en grej i Polen. Rätt spännande, faktiskt. Yrkesmässigt intressant, du vet. Medicinska aborter. Men vi har ju kommit överens om när din föräldraledighet ska börja, och så … Det är ju jag som ska vara hemma nu, det har vi ju sagt. Det får väl bli så.

Ellen har satt sig på bryggan och anstränger sig för att ligga oerhört lågt. Hon funderar på om det skulle hjälpa om hon lade sig ner på rygg. Hon får inte släppa ut den världsförbättrarentusiasm som hon vet kommer att dra igång varningsklockorna på högsta volym hos hennes man.

– Det är den första och andra veckan i augusti, så det blir väl tokigt för dig? Om vi inte skulle kunna ordna en barnvakt just de dagarna …? Det skulle räcka med att någon kom tre dagar, bara på dagtid.

– Nähej, fyra. Ja, men ändå. Fyra dagar …

– Fast det är klart, du har väl redan planerat in din pappaledighet …

– Jag kan ju fylla upp med några veckor när jag kommer hem från Polen. Om inte annat har jag gammal semester att ta ut. Men det blir väl krångligt för dig?

Ellen är imponerad över hur nedtonad och velig hon kan låta. Det hjälpte att lägga sig ner på rygg.

Och det fungerar. Allt hon säger är emot hennes natur, den beslutsamma, planerande, här-är-det-jag-som-bestämmer. Björn känner säkert inte heller igen henne, men kanske tycker han att det är skönt.

– Tror du att det skulle gå att ordna? Menar du det? Kollar du idag, då?

Den sista frågan kommer alltför snabbt när Ellen med ett ryck sätter sig upp på bryggan. Skärpning! Håll den låga profilen. Det lönar sig mycket bättre.

– Om du verkligen tror att det kan fungera, alltså. Annars kan jag förstås tacka nej.

Efter en paus säger hon:

– Då skulle i alla fall mamma bli nöjd.

Ellen hör hur spiken sätts i kistan när det slutgiltiga argumentet fäller avgörandet. Svärmor ska i alla fall inte få bestämma.

– Gullgubbe. Vi kommer hem i övermorgon. Jättesnällt om du kan hämta oss på flygplatsen.

Ellen småskrattar när hon går uppför slänten mot lekstugan, där Nadja bestämt sig för att en storstädning behövs.

– Jo, det är bra med barnen. Nisse hade sju myggbett i pannan när han vaknade men var glad ändå. Jag försökte tejpa ihop myggfönstret men vi måste kanske göra nya. Tror du att du kan spika myggfönster? (Det vädjande tonfallet igen.) Och Nadja tror att ett spöke bor i lekstugan. Men det är ett snällt spöke, säger hon.

Nadja har dragit ut alla möbler på gräsmattan. Marianne står på stentrappan med Nisse i famnen. Med tummen i luften markerar Ellen för sin mor att planen fungerat.

När hon tänker avsluta samtalet ställer Björn en sista fråga.

– Vad det är för uppdrag? Det är på en båt, faktiskt. Lite udda, men helt okej. Jag berättar mer när vi kommer hem.

STOCKHOLM, SVERIGE
FÖR 40 ÅR SEDAN

Stockholm den 5 augusti 1968

Kamrat i nöden!

Tack för att du ringde å för dina diskreta efterforskningar, med risk för ditt småstadsanseende. Jag har kompletterat så gott jag har kunnat. Du har rätt. Abort är inte tillåtet i Sverige – fast den där amerikanskan fick göra det här å det var ett himla väsen om det. Men hennes bebis var handikappad, tror jag. Det ska vi väl föralla-hjortron-på-Flakamyren inte tro att den här är.

Då gäller svensk lagstiftning som inte tillåter abort. Som du sa kan man ansöka men det tar tid å man måste träffa en massa kuratorer å doktorer å kanske måste jag göra det hemma å där vet du ju hur snabbt alla vet allt som har hänt på lassa – det där huset läcker ju som ett såll!

Å dom flesta får föräxten avslag på ansökan.

Jag kan inte se NÅN utväg. Att flytta hem är uteslutet eftersom jag ju blir tvungen att skilja mej från Stickan å inte kan tänka mej att möta honom å hans fantastiska mamma å pappa å alla andra jag känner med en brun ”oäkting”.

Det låter åxå så hemskt, tycker du inte. Kan ett barn vara ”oäkta”? Hur ”äkta” är i så fall jag som säkert inte var önskad alls. Det har hänt mer än en gång att mamma antytt att jag blev till utan att hon ville, att hon helt enkelt blev våldtagen av farsan på fyllan.

Å hur ska jag kunna försörja mej om jag till exempel skulle stanna här i Stockholm? Det finns väl bokhandlare här åxå, men vad kan jag …? Jo, snart kan jag bokbinderi men det känns mindre meningsfullt än nånsin. Ensam med en brun bebis i den här eländiga stan.

Du, jag skulle väldigt gärna vilja höra vad du tycker om livet. Varför lever man? Finns det nån mening med livet? OM det är nån mening för dej, tror du då att det finns nån ”mening” som är generell för alla?

Jag prata några minuter med Stickan ikväll, från en telefonajtomat, men skyllde på att jag inte hade fler 25-öringar å la på när han fråga hur jag hade det. Fast jag hade en hel börs full med småpengar.

Jag stod ett tag på Västerbron å tittade ner på det svarta vattnet. Jag känner mig så UUUUSEL men är samtidigt så FEG. Vågar inte göra det som kanske vore det enda rimliga.

Far Väl

Misse

Stockholm 8 augusti 1968

Käraste!

Nej, jag ska inte ta livet av mej! Jag sa ju det, att jag inte vågar. Du behöver inte komma hit å bevaka mej. Jag lovar.

För kanske finns ett ljus i beckmörkret! Milton har haft kontakt med nån som känner nån som känner nån som säjer att man kan åka till Polen å få det ordnat. Jag har ansökt om turistvisum till Polen å om ledigt från skolan i tre dar (har sagt att min pappa är dålig å det ska gudarna veta att det inte är ljug). Milton betalar å grejar med biljetter å kontakter å ikväll ska jag ringa till en ”Ingrid” å prata med henne. Hon har varit i Polen men jag får inte veta vad hon heter på riktigt för det är olagligt att åka till Polen å få abort. Det betyder att det jag funderar på att göra åxå är olagligt. Jag som knappt skjutsat på cykel eller snott en kola i hela mitt liv!

Men det är en utväg.

Min enda.

Misse

VÄSTERBOTTEN, SVERIGE
I SOMRAS

– Vad är det egentligen du ska göra på den där båten? frågar Marianne medan hon sköljer och skalar mandelpotatisen i det gamla emaljfatet. De köper potatis av Elias på hösten och trots perfekt Varmvattnisk källarlagring har groddarna börjat komma.

Ellen spolar handen under vattenkranen. Den förbaskade ryggfenan har stuckit henne i fingret som blöder lite.

Nadja och Ellen har rott ut på sjön och lyckats få elva abborrar på metspö. Nadja är stormförtjust och ÄLSKAR fisk. Den kärleken kom lite plötsligt, tänker Ellen, som tappert kämpar med att flå och bena fiskrackarna.

– Rådgivning, några undersökningar och sedan att ge några få abortsökande medicin, säger hon och svär över den slöa kniven. Men det viktigaste är väl opinionsbildning. Att det blir lite väsen kring vår ankomst. Men det här blir ju *ingenting*, suckar hon sedan och lyfter på en liten ynka fiskfilé. Abborrar är världens mest ineffektiva mat. Bara skinn och ben. Det räcker inte till oss ens, och nu har vi bjudit folk, dessutom.

– Folk och folk, invänder Marianne. Det är ju bara Lena.

– Men hon har väl också rätt att få mat?

– Vi ringer och ber henne köpa med sig något, föreslår

Marianne. Det finns nog inte färsk fisk på Konsum, men ibland har de frusen röding. ”Fjällröding” brukar det kallas, men det tror jag så mycket jag vill på. Det är gott i alla fall. Det gäller att passa på nu när Nadja ”älskar” fisk.

Marianne går in i kammaren för att ringa Konsum och kolla utbudet. När hon kommer tillbaka har Lena lovat att komplettera fiskmiddagen på väg ut till Varmvattnet.

– Hur länge har ni känt varandra egentligen?

– Jämt, säger Marianne när hon lägger äggen i det kokande vattnet, men sedan ändrar hon sig. Nej, förresten, vi började i samma klass i realskolan. Hon kom från en liten by som heter Kåtaträsk.

Marianne kväver ett leende.

– Det tyckte vi andra var jättekul. Lena såg inte det roliga. Hon bodde inackorderad och var nog ganska ensam. Det var ju jag också, åtminstone tills jag träffade din pappa. Lena var min bästis och tärna på vårt bröllop. Vi pratade i telefon varenda dag när vi var hemma. Jag tror pappa var lite svartsjuk, faktiskt. När vi var på olika håll skrev vi massor av brev till varandra. På den tiden skrev man ju vanliga brev och klistrade på vanliga frimärken. Det var roligt. Jag letade efter breven på vinden för ett tag sedan men hittade dem inte. Jag antar att de har försvunnit i någon storstädning.

Nadja kommer in och meddelar att Nisse vaknat i sin vagn.

– Tar du honom? frågar Ellen som vill flå den sista abborren färdigt.

Marianne och Nadja trängs i dörröppningen för att hinna ut till gullpojken först. Marianne släpper Nadja före sig men följer efter för att kontrollera säkerheten. Hon litar inte riktigt på att Nadja fixar det mesta.

– Att byta blöja är lätt som en plätt, försäkrar Nadja med sin vanliga förtjusning över roliga ord. Lätt som en plätt, lätt som en plätt, lätt som en plätt, rabblar hon och Nisse skrattar.

Marianne studerar leende dotterdotterns handlag vid skötbordet.

Ellen går ner till bryggan för att kasta tillbaka fiskrenset i sjön. Det är en vana som hon ärvt av sin farfar och som hon inte ens funderar över. På vägen uppför slänten passerar hon lekstugan och tittar in. Nadja har sopat och städat och satt in en bukett rallarrosor i en vas på bordet. De slokar redan. Rallarrosor går inte att ta in, de lever bara i frihet.

Det händer att Ellen funderar över sin egen frihet, nu när hennes förtöjning i familjehamnen blivit så fast. Det är svårt att kombinera två små barn med stor personlig frihet, tänker hon. Men – å andra sidan – ”freedom's just another word for nothing left to lose” som redan Janis Joplin visste. Rallarrosor har väl inget mer att förlora.

Ellen tittar efter myggsprayen men hittar den inte. Nadja har kanske tagit in den, tänker hon. Undrar var den kom ifrån. Kanske har Marianne eller Kristina köpt spray. Själv använder hon bara myggmedel i roll on.

Mannen som kastar in myggsprayflaskan i hyrbilens baksäte förbannar sitt slarv. Det duger inte, att glömma att ställa i ordning och lämna grejor efter sig. Nu blev det riktigt riskabelt och han blev tvungen att smyga sig fram till lekstugan och passa på när den svarta tjejen gick in i huset. Annars kutar hon runt benen på honom hela tiden, tycker han. Hon har till och med *sett* honom en gång. Det var jävligt onödigt. Den ungen är han inte ett dugg intresserad av. Hon är bara i vägen.

Han önskar att hon försvann. Den äldre kvinnan också.

Det är bara sin kvinna och sin son han är intresserad av.

Mobiltelefonen vibrerar i fickan. Det är jobbet som ringer

igen. Han trycker bort samtalet och överväger att stänga av telefonen, men vill egentligen inte riktigt. Det är skönt att vara efterfrågad, också. Snart måste han ringa och fråga vad de vill.

På eftermiddagen ska han åka in till staden för att köpa lite mat. Då kan han ringa till affären. Men nu har han hittat en bra utsiktspunkt, i en dunge intill uthuset. Där ser han allt som händer på framsidan av huset utan att riskera upptäckt.

I morse, när han väckts av den fuktiga kylan och genom myggfönstret kunnat konstatera att kvinnan och sonen fortfarande sov gott, gjorde han en intressant upptäckt. Källardörren är inte låst. Om familjen åker iväg för att handla eller så, skulle han kunna gå in. Han blev så upphetsad att han glömde ställa allt på plats i lekstugan. Och så lämnade han myggsprayen kvar. Klantigt!

Men den öppna källardörren är en gåva. Kanske kan han hitta något intressant i en tvättkorg. Tanken värmer hela kroppen och hans hjärta klappar snabbare.

GDANSK, POLEN
FÖR TRE VECKOR SEDAN

Agata ligger alldeles stilla på sin säng. Hon har ont i magen, vansinnigt ont i magen, och det är bra. Men för övrigt har inget hänt av det hon hoppades skulle hända. Hon har mått illa och kräkts, men det gör hon ofta så det behöver inte betyda något.

I morse väntade hon tills mamma gått hemifrån. Morfar mår inte bra och har svårt att klä på sig själv. Hon fick hjälpa honom men när han väl var påklädd ville han bara gå och lägga sig igen. Han somnade genast och det passade Agata bra.

Hon svalde fyra Losec-tabletter ur morfaderns burk och lade sig ner för att vänta. Nu är det eftermiddag och ingen blödning har kommit igång. Det var det som skulle hända om man tog magsårsmedicin, det har Agata läst i tidningen.

Fram till igår kväll trodde hon att saken skulle kunna ordnas på ett bättre sätt. En av hennes väninnor som också är gravid berättade att hon skulle få hjälp av en kompis som läser medicin. Han hade lovat ställa upp och göra en skrapning, sent på kvällen, på den gynklinik där han gör sin praktik. Om det gick bra tänkte Agata be om samma sak.

Det gick inte bra.

Väninnan ringde igår kväll från sjukhuset. Kompisen kunde

tydligen inte sin sak för han hade perforerat livmodern. Väninnan fick åka akut in till sjukhuset med bukhinneinflammation och har under hela dagen förhörts om hur skadan uppkommit. Visserligen är väninnan inte gravid längre, och förhoppningsvis kommer hon att repa sig, men den medicinstuderande känns inte längre som ett alternativ.

Agata gråter, men mycket tyst, så att morfar inte ska höra.

VÄSTERBOTTEN, SVERIGE
I SOMRAS

– Då gör jag en fisktårta, erbjuder sig mormor när Nadja bestämt sig för att hon inte älskar fisk, trots allt. Åtminstone inte fisk som har ben.

Marianne mosar den benade fisken med potatis och smör. Med kniven plattar hon till en tårta som hon sedan skär i små fyrkanter. 25 stycken, räknar hon till och Nadja som tycker det är roligt att räkna, både på svenska och engelska, stoppar i sig nummer ett, och nummer två och så vidare.

Lena som tackat ja till erbjudandet att övernatta i bagarstugan häller upp mer vin i sitt glas, men Marianne lägger handen över sitt. Hon hade ont i huvudet i morse. Idag blir det vatten till maten.

– Vad är det för bil som står uppe på skogsvägen? frågar Lena.

– Jag vet inte, säger Marianne. Vad då för bil?

– En grå liten sak. En hyrbil, tänkte jag. Jag trodde det var du som hyrt bil, Ellen, men jag undrade varför du hade parkerat så långt från huset, och inne i buskarna.

– Nej, vi åkte med mamma. Det kanske är Elias som har gäster.

– Har du förresten hört något om att Elias börjat fotografera? frågar Marianne.

– Nej, säger Lena. Men jag känner inte honom så väl. Hur så?

– Nadja såg honom, eller en karl i alla fall, med en kamera bakom ladugården.

– Då är det nog han, för vem skulle annars knata omkring här?

Om Marianne precis då hade lyft blicken och tittat ut i sommarkvällen skulle hon inte ha varit så säker. Bara några meter från huset, delvis dold av häcken, rör sig en snabb skugga. Han har inte Elias rutiga jacka utan något mer diskret, nästan kamouflagemönstrat, på sig. Han skrämmer upp två skator i färd med att mata sina ungar.

Det norrländska sommarljuset som i vanliga fall skulle ha glatt naturfotografen är nu ett jätteproblem, när det som tilldrar sig hans intresse finns inomhus.

När Nadja till sist kommit i säng sitter kvinnorna kvar i köket framför vedspisen. Marianne och Ellen berättar om den kvinnliga list som fått Björn att – nästan – applådera Ellens nya uppdrag. Lena visar sig också vara mer intresserad av Polen än Ellen kunnat tro.

– Det är väl dags för oss att betala tillbaka nu, säger hon.

Ellen är inte säker på att hon förstår vad mammas väninna menar. Kanske någon gammal politik från 60-talet.

När Lena samlar ihop sina saker för att gå ut i bagarstugan och krypa i säng märker hon att hon glömt ta med sig en tandborste. Hon går några steg i den smala trappan som leder upp till Mariannes sovrum. Lågmält visk-ropar hon, för att inte väcka Nadja:

– Misse!

Mitt i natten vaknar Lena av att hon är törstig. Törstig och kissnödig. För mycket vin, förstås. Hon kissar i pottan, häller upp ett glas vatten och ställer sig vid fönstret. Morgondimman har sänkt sig över gårdsplanen. Ladugården syns knappt i det skira ljuset. Det är alldeles tyst. Eller kanske inte. Något knarrar vid det stora huset. Det låter som en dörr som står och slår. Ljudet kommer från källarnedgången.

Nu släpper de in myggen, tänker hon sömnigt innan hon kryper ner mellan de svala lakanen.

STOCKHOLM, SVERIGE
FÖR 40 ÅR SEDAN

Stockholm den 21 augusti 1968
Hmin ljufvliga Hvän!

Jag har befunnit mig på ett par resande fötter ett tag bakåt. Förresten, Eder oförskämda slyna, hafven I icke erhållit ett levnadskort, nej levnadstecken från utlandet? Då så!

Ja, nu är jag alltså tillbaka i mitt rum och ALLT HAR GÅTT BRA.

Jag bytte först tåg i Hamburg å sen vidare genom Östtyskland till Gdansk (Danzig tror jag det stod i våra geografiböcker). Tåget skakade ännu mer i Polen än i Tyskland å i Nordanlanden å det fanns inga lysen nånstans.

En kille i 15-årsåldern som hette Jacek mötte mej vid en spårvagnshållplats å bar min väska på mörka å knöggliga gator med stora kåkar med rosenrabatter. Allt annat är grått men roserna dofta som parfymavdelningen på Tempo. Det kändes först jätteläskigt – vad hade jag gett mej in på ?????? – men killen va jättegullig och kunde lite engelska å hygglig tyska. Min tyska är väl inte heller nåt vidare men han hjälpte mej att förstå pappan, som var doktorn.

Pappan jobbade på nåt sjukhus men han hade nattskift den natten när jag kom å var ledig på dan. Jag fick bo i deras gästrum å alla var jättebussiga.

Dom hade en massa gamla fina tunga möbler å röa sammetssoffer som jag tror var jättejättegamla. Jag trodde inte man hade så fina gamla grejer hos kommunister. För kommunister är dom. Min kompis Jacek, sonen som översätter, sa att pappan är ”Parteimittglit” (stavas säkert inte så!!! Berätta inte för Tysk-häxan) i kommunistpartajet. Men att jag skulle kalla honom Herr Doktor Domanski. Jag buga å tacka å lydde.

Jacek sa att dom flesta möblerna är tyska, såna som tyskarna fick lämna när dom hade förlorat kriget. Bodde tyskarna i själva det här huset då? fråga jag, och det gjorde dom visst, fast han ville inte prata mer om det verkade det som. Å jag tjatade inte. För jag var taxam! Jätte-taxam!

Dagen efter fick jag bedövning å sen gick allt i ett huj. Det gjorde inte ont alls. Jag var på bena å drack vodka (hällde det mesta i blomkrukan, du vet) med familjen på kvällen. På natten blödde jag lite å fick ganska ont men då kom doktorns fru å gav mej magnecyl å penicillin å när jag sovit ut dan därpå fick jag åka hem.

Det är ett helt annorlunda land, det här. Tanter sopar gatorna med sopkvastar å det luktar konstigt å allt är lixom gråare å lite sorgsnare. Men jag klagar inte. Jag är taxam!

500 kronor kostade kalaset, förutom tågbiljetten, förstås, men alltihop betalade Milton. Eller om det var hans mamma i Amerika. Tänka dej att ha en sån mamma som man kan ringa till å säja ”du, jag är lessen

men jag har gjort en tjej på smällen så kan du hjälpa mej med en tusing eller så ...”

Jag är jättenöjd med mitt beslut, fast det är klart att jag har dåligt samvete för att jag ljugit för (och ja, jag vet, du behöver inte säga det igen, VARIT OTROGEN MOT) Stickan. Han ska komma hit i nästa vecka, på en facklig kurs, å då ska jag vara så snäll å lyssna massor på hur han tänker lägga upp förhandlingarna i fackklubben eller hur dom unga ska kunna sparka Tönt-Georg från fullmäktigegruppen å allt annat som jag har tyckt varit så trååååkigt. Det ska jag sluta med. Det kanske är roligt, om man anstränger sej. Vad tror du?

Å snart ska jag åka hem. Å vara trogen hustru. De du!

Några andra spridda tankar från mitt ensliga rum på Söders nedslitna höjder:

Jag har lyxat till det å köpt Damernas Värld idag. Vickan nedra skittidning! Jag hade för mej att det var lite stil på den, men tok tusan! Dom skrev om skidkläder fast dom aldrig verkar ha sett snö.

Ibland önskar jag att jag levde i Mumindalen å var bästis med Lilla My å Mumintrollet å Snusmumriken å Tooticki å alla skrymt å skrott å förfadern i kakelugnen. Ska vi göra en Mumindal i höst? Då måste vi läsa alla Muminböckerna först, men det är ju rena nöjet. Då gäller det att fundera ut vilken SORT man är mest lik. En mymla eller en homsa eller en filifjonka eller så. Förstår du?

Har du hört ”Oh Happy Day” med Edwin Hawkins Singers? Den är jordens bra, om än lite tjatig.

Jag hoppas att du är lycklig ibland för det bästa jag vet är att vara lycklig, å då vill jag att du ska vara det åxå.

Låt tusen pennor blomma! Giv träd å buskar plats i hjärtat! Må själen bli som äppelblom, doftande å fruktgivande. När jag kommer hem – då ska du få se på råttsvans!

Misse

UMEÅ FLYGPLATS I SOMRAS

– Stanna här nu! Du måste passa Nisse.

Med ett fast grepp hindrar Ellen Nadja från att springa iväg mot kiosken i avgångshallen. Hon sätter Nisse på golvet och börjar krångla med spärren till barnvagnen. Marianne har åkt för att parkera bilen. Vagnen och resesängen ska lämnas in på Specialbagage. Nisse gnäller. Han vill gå eller bli buren.

Nadja sätter sig ner och försöker roa sin lillebror: ”Det kommer en katt, han kliver han går, han tar vad han får – och så PIPER HAN DEJ!”

Inte ens det beprövade tricket fungerar. Nisse är förbannad.

– Nappen! beordrar Nadja fram.

Ellen vet säkert att hon hade minst två nappar med sig till Varmvattnet, men i morse kunde hon bara hitta en. Nisses bomullsfilt och nappflaskan var också försvunna. Ellen misstänker att Nadja lånat alltihop för att använda i sin lek med Ellens gamla dockor, men Nadja förnekar indignerat att hon haft något med saken att göra.

Marianne letade bakom skåp och under soffor men fick ge sig.

Den enda kvarvarande nappen ligger i Ellens ficka och hon

suger av fickluddet innan hon trycker in tröstaren i Nisses missnöjda mun. Nu har Marianne kommit från parkeringen och tar över barnvaktandet. Ellen baxar iväg packningen mot bagageinlämningen.

Nadja tittar upp mot sin mormor och säger:

– Där är han.

– Vem?

– Gubben som var i skogen.

– Var då?

– I skogen bakom ladugården, minns du väl?

– Nej, jag menar – var är han nu, här?

Nadja pekar mot biluthyrarnas disk. Marianne kisar för att se bättre. Mannen håller tydligen på att lämna tillbaka en hyrbil. När han böjer sig ner för att ta upp sina väskor vänder han profilen åt Mariannes håll. Hon har aldrig sett honom förr. Det är absolut inte grannen Elias.

Den ena väskan är något slags kameraväska, det kan hon se, så han är kanske fotograf. Naturfotograf med specialintresse för fågellivet i Varmvattnet, tydligen. Marianne vet inte var gränsen för allemansrätten går, hur nära husen man får fotografera fåglar, om det finns några regler för sådant. När Ellen kommer tillbaka och Marianne vill peka ut mannen för henne har han försvunnit. Ellen går mot skötrummet. Nisse behöver en ny blöja och Nadja drar mormor i handen, på väg mot kiosken.

Mannen har låst in sig i ett bås på herrtoaletten. Han måste packa om i väskorna. Den ljusblå filten med Musse Pigg-figurerna tar mycket plats och doften är underbar.

Om han kunde skulle han knyta den runt halsen och snusa hela tiden, men det skulle ju inte se klokt ut. Det förstår han.

Med en suck klämmer han igen väskan. Nappen har han stoppat i fickan. Längtande fingrar smeker det mjuka gummit.

PÅ ÖSTERSJÖN I FÖRRA VECKAN

Ellens hytt ligger närmast hallen med de enarmade banditerna. I hytten på andra sidan, vägg i vägg med Ellens, måste en hel familj bo. En smutsig familj. Det är tredje gången någon duschar på mindre än en timme.

Fartygssängen är smal och obekväm och det är kallt. Ellen begriper sig inte på luftkonditioneringsaggregatet. Hon har satt på sig jackan men fryser ändå lite. Om hon kryper ner i sängen blir det säkert varmt, men det känns onödigt tidigt. Dessutom är hon hungrig, trots att hon åt en rejäl lunch med familjen innan de vinkade adjö vid färjeläget.

Björn klarar barnen själv över helgen och sedan kommer Marianne som bakjour. Björn var tveksam men sedan han med posten fått ett undertecknat anti-schwammel-kontrakt, kunde han inte låta bli att skratta. Det var dessutom bevittnat ("Vidimeras: Lena, Norrlandicus Publicus").

– Hon får väl komma då.

Nadja, som aldrig förstått vad pappa haft emot mormor, applåderade.

Ellen går genom korridoren fram till restaurangerna. Det är kö till smörgåsbordet och ett berusat valpgäng skrämmer bort de medelålders semesterfirarna. Alla resenärer har jeans och tröja, förutom de som har träningsoverall. Svenskar på semester är verkligen inga modelejon, tänker Ellen och inser att också hon har klätt sig så bekvämt som möjligt. Långskjorta och svarta byxor i ett töjbart material. Inget som klämmer eller trycker. Men hon ska ju inte på semester. Hon ska jobba.

Varje gång hon tänker på uppdraget blir hon glad. Att om igen vara på egen hand, få hantera andra typer av svårigheter och att yrkesmässigt få göra något av bestående värde – det känns som det var evigheter sedan. Det kan vara värt att fira. Kanske med en Dry Martini?

I baren sjunger två blonderade flickor karaoke på polska. Ellen funderar på att sätta sig vid ett bord i hörnet längst bort, men hela baren känns inrökt och lite dammig, som insidan på en stor låda klädd med smutsig lila heltäckningsmatta.

I diskoteket valsar några kramgoa par runt till kramgoa diskolåtar. Ett livs levande band ska komma senare, men vill man dansa går det dygnet om. Ellen vill absolut inte dansa. Några ensamma herrar med ensamma ölglas känns som möjliga hot.

A la carte-matsalen kanske kan vara ett alternativ? Ellen har en pocketbok som sällskap, och en tusenlapp i plånboken. De kommande veckorna kommer inte att erbjuda något lyxliv, det vet hon. Kanske kan hon kosta på sig att äta lite bättre just nu. Med betoning på *lite*.

Dry Martinin blir den första besvikelsen. Ljummen Martini utan gin, eller åtminstone så lite att det knappast känns. Vad är det Björn brukar säga? Att en Dry Martini ska vara ett glas gin som man viftat med en Martinikork över? Här är det tvärtom. Kyparen ser ut som ett frågetecken när hon klagar, men tar med glaset till baren för korrigering. När han kommer tillbaka är det lite bättre, men fortfarande inte bra. Hon orkar inte klaga mer.

Avokadosalladen är dränkt i Thousand Island-sås och tandoorikycklingen torr som en skosula. Vinet jolmigt. När Ellen betalar sina 300 kronor kan hon i alla fall känna sig nöjd med en sak: hon åt inte upp alltihop.

På damtoaletten sitter två anslag. Den ena meddelar ett förbud mot att kasta tidningar, flaskor och burkar i toalettstolen. Ellen småler medan hon torkar händerna. Hur bär man sig åt för att få ner en flaska i en toalettstol?

Det andra anslaget är intressantare. Det är ett stort vitt utropstecken mot en svart bakgrund med texten ”Rapportera trafficking till polisen” och telefonnummer till polisen i Sverige och Polen. Bra, tänker Ellen, men typiskt att det sitter på damtoaletten. Är det för att de kvinnliga traffickingoffren själva ska anmäla? Undrar om samma skylt finns på herrtoan? Kanske anses problemet vara ett kvinnoproblem. Ellen undrar.

Hon ställer sig utanför dörren till herrtoaletten och väntar tills alla män som gått in också har gått ut. Snabbt slinker hon in och studerar pissoaren, den skrapade spegeln och båsen. Inget anslag om trafficking. Den äldre man som hon möter i dörröppningen backar ut förskräckt och tittar en gång till på dörrens ”herrar”-markering.

– Ursäkta. Det var jag som gick fel, säger Ellen och skyndar bort i korridoren.

En kopp kaffe får det i alla fall bli, i baren. Hon fördjupar sig i boken för att inte uppfattas som en möjlig danspartner, men tjuvkikar på de unga kvinnorna. Hon upptäcker att hon tittar på dem på ett nytt sätt. Om de inte talar svenska ökar det hennes misstänksamhet ytterligare. Unga slaviska flickor tillsammans med äldre män får henne nästan att slå polisnumret.

När hon är på väg tillbaka till sin hytt kliver en nyduschad man, utan tillstymmelse till familj, ut från grannhytten. Ellen bestämmer sig för att spana och vänder om. Hon sätter sig med sin pocketbok på bänken mitt emot de enarmade banditerna. Därifrån har hon utsikt över den misstänkta hyttdörren.

Vid banditerna, som heter Swinging Green, Big Tippers och Wild Streak, står ett medelålders par. Mannen har tjock mage i en rutig skjorta, kvinnan piratbyxor och foträta sandaler. De arbetar sig metodiskt igenom banditerna, talar knappt med varandra men byter marker då och då.

Fascinerad studerar Ellen deras snits vid spakarna medan hon låtsas läsa. Så kommer ytterligare en man förbi henne. Han går fram till den suspekta hyttdörren med en liten plastpåse och en nyckel i handen. Nyckeln är likadan, eller samma, som den förre duscharen hade. Han ser ut som Ellen föreställer sig en lastbilschaufför med t-shirt, bombarjacka och arbetsskor med tåhätta. Han kastar en blick bortåt korridoren, låser upp och drar igen dörren.

Ellen låtsas att hon är begravd i sin bok.

Efter ungefär 20 minuter kommer mannen ut. Han har bytt t-shirt och kammat det våta håret bakåt. Han drar lite i bältet och byxlinningen. För att rätta till fortplantningspaketet, tänker Ellen.

Paret vid banditerna har vunnit och gått för att växla in markerna mot pengar. Ellen trodde inte att någon kunde vinna på enarmade banditer.

I baren spelar bandet ”Save all your kisses for me”.

Ellen spanar.

När den tredje mannen kommer fram till hytten, med samma nyckel, har hon bestämt sig.

Med några snabba steg tar hon sig nerför trappan och fram till informationsdisken. Den polska kvinnan bakom disken frågar på bruten svenska vad hon kan hjälpa till med. Hennes vita uniformsskjorta är nystruken och runt halsen bär hon en röd slips. Munnen är röd, stor och tjänstvillig. Hon heter Katarzyna, det kan Ellen läsa på hennes namnskylt.

– Jag såg ett anslag på toaletten, börjar Ellen.

– Ja?

– Om trafficking.

Fartygsinformatörens panna rynkas. Det här låter som problem. Ingen vanlig förfrågan om för få kuddar eller en droppande dusch.

– Jag tror att det pågår prostitution ombord, säger Ellen bestämt.

– Jaså?

Fartygs-Katarzynas röst avslöjar inte om hon tänker:

1/ Skulle det vara en nyhet?

eller

2/ Tokigt svenskt fruntimmer som ser spöken.

eller

3/ Varför gick jag inte och fikade när jag kunde gjort det, för tio minuter sedan?

eller möjligtvis allt på en gång.

Det hon säger, när Ellen berättat om sina misstankar och iakttagelser, är:

– Det kan ju finnas andra förklaringar ...

– Vilka då? nästan fräser Ellen.

– Har du sett någon kvinna gå in där, tillsammans med männen?

– Nej, men jag antar att hon stannar kvar hela tiden och sedan kommer männen och avlöser varandra, när de lämnat över nyckeln så att säga. Kanske kan hon inte gå ut själv. Kanske är hon inlåst. Eller fastkedjad!

Ellens fantasi har fått upp farten.

Katarzyna skakar på huvudet.

– Det är ju inte förbjudet att låna ut sin hytt ett tag, försöker hon, men nu börjar Ellen bli upprörd.

– För 20-minuterspass? Inklusive dusch?

– Jaa …

Katarzynas mun är lika röd, men något mindre tjänstvillig. Hon kan tänka sig många skäl att låna ut en hytt i 20-minuterspass. En del kan vara olagliga, eller åtminstone olämpliga, men en del helt legitima.

– Jag kräver att du går dit och tittar!

– Kräver?

Nu har Katarzyna bestämt sig. Det här *är* en tokig svenska. Men fartygsvärdinnans grundinställning är att kunden alltid har rätt. Dessutom tror hon att hon vet hur det hänger ihop.

– Jag tror inte du kan *kräva* någonting alls, säger hon med sin mildaste röst medan hon funderar.

Ett alternativ är att hon kallar på sin chef, men han kommer bara att skälla ut fruntimret, och sedan har båten en missnöjd resenär. En missnöjd resenär som är övertygad om att mörkläggning pågår och som kan bestämma sig för att ringa polisen, och kanske till och med få dem att tro på henne, och ställa till med en massa problem.

Långsamt letar Katarzyna fram huvudnyckeln i det låsta skåpet bakom disken. Ellen står och stampar, men det är nöjda små stampar. Hon kommer att se till att vad det än är som pågår i grannhytten upphör. Hon kommer att ha gjort något av bestående värde, och bara tack vare att hon varit uppmärksam.

Ellen tar ledningen genom korridoren och Katarzyna släntrar efter.

Rakryggad står Ellen bakom Katarzyna när fartygsvärdinnan knackar på hyttdörren. En doft av herrparfym slår emot dem när den senaste besökaren slår upp dörren, enbart iförd en tämligen våt badhandduk. Ellen sträcker på nacken för att titta över mannens axel. Hon spanar efter en olaga frihetsberövad ung kvinna, men hon ser ingen.

Istället hör hon, till sin förvåning, Katarzyna glatt hälsa på mannen på polska. Han ser förvånad och irriterad ut men han släpper in dem i den trånga hytten. Katarzyna frågar något och mannen ler generat när han svarar.

På sängen ligger hans kläder och en plånbok. Inget mer. Överslafen är tom. Ellen rycker upp badrumsdörren men möts bara av vattenånga. Hon böjer sig ner för att titta under sängen. Golvet är blänkande nystädat, och tomt. Hon tvingas inse faktum. Här finns ingen annan än den duschande mannen.

– Kan vi gå nu?

Katarzynas professionella leende, utan ett uns skadeglädje, borde gett henne polska statens service-medalj, om det fanns någon sådan.

Ellen stammar:

– Men vad …?

– Jag ska förklara, säger Katarzyna, skakar hand med den fuktige mannen och ber hundra gånger om ursäkt för att de störde.

Ute i korridoren vänder Katarzyna sig mot Ellen, fortfarande med ett leende, kanske lite mindre strålande.

– Så här är det: Mannen där inne är lastbilschaufför. Han åker den här färjan flera gånger i månaden, ibland varje vecka. Han har många kolleger som kör ungefär samma rutter. De tjänar inte så bra, och tycker sig inte ha råd att hyra en egen hytt för att duscha och vila. Alltså turas de om att betala för en hytt, och så delar de på duschen. Ibland sover de några timmar i hytten också. Det är inte direkt meningen med hytterna, och inget som rederiet uppmuntrar, men det är knappast olagligt.

Ellen rodnar.

Katarzyna säger inte ”Förstått!?” men hon menar det.

– Jag ber om ursäkt för att jag ställde till det ..., säger Ellen uppriktigt.

– Det gjorde inget, säger Katarzyna, något mindre uppriktigt.

När Katarzyna promenerar iväg mot sin informationsdisk slinker Ellen in i sin hytt. Hon hör hur lastbilschauffören på andra sidan väggen visslar, nöjd med att vara ren och fräsch.

Det är fortfarande kallt i hytten, men det gör inget. Ellen svettas, generad och skamsen. Hon kryper ner mellan lakanen utan att borsta tänderna.

Ute på havet stävar en liten bogserbåt fram i natten. *Aurora* håller sig på avstånd för att slippa svallet från den stora färjan. De är på väg mot samma mål.

Skepparen förstår att det kan bli bråk när *Aurora* når sitt mål, men det är själva avsikten. Det förseglade plåtskåpet innehåller sprängstoff.

Den svenska doktorn borde komma fram ungefär samtidigt. Då är besättningen fulltalig.

AURORA I FÖRRA VECKAN

LOGGBOK 1

Nu är det ett dygn sedan de holländska tullarna lämnade oss och båten efter att ha förseglat det stora plåtskåpet. Tullarna var förvånade över vår begäran. De har inte förseglat något över huvud taget på många år – "varken sprit eller cigarretter" – men när vi förklarade att skåpets innehåll är olagligt i Polen skakade de bara på huvudet.

Vi har bestämt oss för att gå till Wladyslawowo istället för till Gdansk eller Gdynia. Internationellt vatten börjar 19 kilometer utanför Wladyslawowo, men 35 utanför Gdansk och Gdynia, och det är viktigt eftersom det är först när vi kommit ut på internationellt vatten som vi kan börja arbeta, i enlighet med holländsk lag. Hamnen i Wladyslawowo är också mindre än de andra, så risken att bli hänvisad till en avsides ankringsplats är mindre. Vi vill ju att människor ska hitta fram till oss. Men för säkerhets skull har vi hyrt en privat vaktfirma som ska skydda båten och oss, om det skulle bli besvärligt.

Vi har haft problem att få tag i en polsk advokat som är villig att hjälpa oss. Det är samma situation för dem som för läkarna. De är rädda att förlora kunder eller få dåligt rykte. Men nu har vi skrivit avtal med en advokatbyrå i Gdansk. Det kan nog behövas. Det är inte klart vilken lag vi kan tänkas bryta mot men ändå måste vi vara jätteförsiktiga, säger advokaten. Det skulle i värsta fall kunna handla om flera års fängelse. Vi har tagit bort allt som kan orsaka problem på vår polsk-språkiga hemsida och våra rådgivare har instruerats i exakt vad de kan säga och inte kan säga. För säkerhets skull har vi bestämt oss för att banda alla telefonsamtal till vår heta linje, och alla rådgivningssamtal ombord – om någon skulle anklaga oss för något olagligt. Hur skulle det vara att leva i det här landet!?

Vi släppte pressreleasen klockan 14 sharp. Den skickades ut via mejlen från vårt hyrda hus i Wladyslawowo, där våra pressansvariga satt bänkade vid telefonerna. Först hände ingenting, och ingenting, men 14.42 brakade det loss. Först var det de polska tidningarna och radiostationerna som hörde av sig, sedan de internationella. En del journalister, eller vilka de nu var som presenterade sig som journalister, var öppet aggressiva. Andra tycker det vi gör är bra. Våra volontärer har gått på kurs för att klara den press vi kommer att möta här. Kursen handlade både om säkerhet och om medierelationer. Vi vill inte riskera att någon förstör för oss genom att vara oförsiktig.

Presskonferensen i Stadshuset i Wladyslawowo var välbesökt. Ett tag såg det ut som om vi skulle tvingas flytta den eftersom biskopen i Gdansk utövat påtryckningar mot borgmästaren i Wladyslawowo, men han gav inte med sig. Heder åt den mannen!

Heder också åt den lokala polisen. Tack vare deras

professionella insats fick vi bara mindre mängder ägg och rödfärg på oss. Poliserna stoppade till och med riksdagsmannen från *Polska familjeförbundet* som vi visste kommit till presskonferensen bara för att förstöra. Han försökte med att "jag sitter i riksdagen och har rätt att gå in var jag vill", men polisen förstod att han var en bråkmakare.

När vi skulle gå från presskonferensen delade vi upp oss för att skaka av oss eventuella förföljare. Vi har hört att våra motståndare knackat dörr i Wladyslawowo för att hitta det hus vi hyrt. Vi har glömt se till att vi har säkerhetsvakter där.

WLADYSLAWOWO, POLEN
I FÖRRA VECKAN

– *Aurora*! Mördarnas båt heter *Aurora*!

Broder Black fnyser och Marek ler osäkert. För det mesta är Brodern lugn och stabil, ibland aningen ironisk, men alltid fokuserad. Nu verkar han upprörd.

Han ringde för två timmar sedan och ville att Marek skulle komma så fort som möjligt. De träffas på ett café i centrala Wladyslawowo. Det är dit båten är på väg, enligt det pressmeddelande som Brodern tar upp ur fickan.

– Förstår du vad det betyder?

Nej, Marek förstår inte, men han vill helst inte medge det. Han vickar osäkert på huvudet, en rörelse som kan betyda både ja och nej.

– Det var en annan båt som hette *Aurora* som i oktober 1917 gav startsignalen för den ryska revolutionen. Även den båten förde med sig fruktan, plåga och död. Nu gör den här samma sak. Vi måste stoppa den.

– Ja, säger Marek även om han inte riktigt förstår hur. Vad ska vi göra?

– Hur många trogna kan du få ihop från *Hela Polens ungdom*?

Marek tänker efter. Han har inte varit på så många av organisationens möten på sistone. De uppdrag han fått av broder Black har krävt det mesta av hans tid, och dessutom har han fått betalt. Bra betalt. Det tar en del tid att göra av med pengar också.

– Jag vet inte riktigt. Vilka ska det vara, hade du tänkt?

– Ungdomar. Gärna både pojkar och flickor. Övertygade kristna, som inte är rädda för att få lite skit under naglarna.

Marek är inte säker på att han förstår.

– Vad har du tänkt att vi ska göra?

– Demonstrera mot båten, förstås. Stoppa de hedniska gärningarna!

Broder Black nästan fräser fram orden.

– Men det är långt till Wladyslawowo, invänder Marek försiktigt, osäker på om avstånd är en giltig invändning när Guds ära står på spel.

– Jag kan ordna med busstransport, säger Brodern. Det är inget problem.

Sedan får han en idé och säger, småleende:

– Och ruttna ägg och tomater. Röd färg …

Mareks leende är ännu större. Nu börjar det likna något.

***

Telefonerna i det belamrade kontorsrummet ringer hela tiden. Ellen tar samtalen från dem som kan prata engelska, polska volontärer sitter vid de andra telefonerna. De flesta samtal har samma budskap:

”Jag är 20 år och fick veta att jag är gravid igår. Jag är chockad och vill göra abort. Jag vet att det finns läkare här i Polen som gör aborter illegalt, men det känns farligt. Kan ni hjälpa mig?”

”Är det sant att man får bröstcancer om man gör abort?”

”Jag har inte kunnat sova på en vecka. Jag är gravid och vågar inte berätta det för mina föräldrar. Jag funderar på självmord. Min pojkvän vet inget."

"Om ni kan hjälpa mig måste ni göra det nu! Det är min sista chans att leva mitt liv som jag tänkt mig. Jag är desperat."

"Jag har hört att man blir steril om man gör abort. Stämmer det?"

"Jag är gravid i tredje månaden och jag klarar inte ens att skaffa mat till de två barn jag redan har. Jag bor i en liten by och ingen vet att jag är gravid. Jag är rädd för vad min man ska göra när han får veta. Jag har försökt hoppa från höga höjder för att få missfall, men inget hjälper."

"Jag vill komma till er båt men jag är rädd för att de som protesterar ska ta bilder på mig och visa mitt ansikte. Hur kan jag dölja mitt ansikte?"

"Jag heter Agata, är 24 år och ska ta min universitetsexamen nästa år. Jag är gravid, i femte veckan. Jag har vetat det ett tag, och jag oroar mig mycket. Jag vill inte leva tillsammans med barnets far och själv känner jag mig inte beredd att ta ansvar för en annan människa. Jag har försökt framkalla missfall på olika sätt men inte lyckats. Jag kan inte tala med mina föräldrar. Kan ni hjälpa mig? Hur!?"

Ellen lägger ifrån sig luren och hämtar en kopp kaffe. Det är svårt att både lugna, trösta – och slira. Enligt polsk lag får hon inte säga vad de kan erbjuda om kvinnan åker med båten ut på internationellt vatten. Hon kan bara säga att man ska erbjuda information om sexualundervisning och sexuell hälsa vid ett seminarium till sjöss, även om alla förstår att det inte är hela sanningen. På internationellt vatten gäller holländsk lag ombord på båten.

EKERÖ, SVERIGE
IGÅR

Det blir skönt för dig att sova utomhus, mumlar Marianne till sin dotterson som snusar i vagnen. Hon har kommit tillbaka från en lång promenad i villaområdet och Nisse sover gott. Nu måste hon ställa vagnen en bit bort eftersom Björn baxat ut det gamla skåpet från hallen och ställt det strax utanför ytterdörren. Alternativet är att ställa vagnen på andra sidan av huset, vid de stora fönstren, men det känns inte bra för där lyser eftermiddagssolen.

Hon stoppar om Nisse och låser upp dörren.

Det vore skönt att ta en tupplur, men då hör hon kanske inte när Nisse vaknar. Visst har familjen en sådan där batteridriven barnvaktsapparat som gör att man hör om barnet vaknar och börjar skrika?

Marianne går runt och letar och hittar maskinen. Efter en del funderande tror hon att hon förstått hur den fungerar och går ut och petar ner den bredvid pojkens kudde i vagnen.

Hon lägger sig ner i vardagsrumssoffan med pläden över sig. Efter några minuter sover mormor med ett lätt snarkande.

***

Mannen i gömslet i skogen ser att tanten kommer tillbaka till huset med vagnen och sonen. Det är flera dagar sedan han såg sin kvinna, och det oroar honom. Var kan hon vara?

När han körde förbi huset, som han alltid brukar göra innan han parkerar, såg han något som gjorde honom rasande. Skåpet, Olgas älskade arvegods, stod ute på gårdsplanen. Visserligen är vädret vackert just nu, men vem vet när det börjar regna? Är detta tacken? Tänker de förstöra, eller slänga bort, själva orsaken till den hemska bilresan, och allt som följde?

Det är säkert mannen – Sture har helt upphört att tänka på honom som "pappan" – som tänker jävlas. Kvinnan kan aldrig ha varit med på det. Hans kvinna.

Naturligtvis inte, hon är ju inte hemma.

Det är bara den gamla tanten som är hemma, och så flickan på eftermiddagarna och mannen ibland på kvällarna. Och så sonen förstås. Den älskade sonen.

Genom fönstret ser mannen att kvinnan lägger sig i soffan. När armen glider ner mot golvet bestämmer han sig för att hon sover.

Sakta rundar han huset och närmar sig vagnen. Skåpet tittar han inte åt. I hans huvud börjar en plan ta form. Den känns bättre nu när hans kvinna inte är hemma. Tänk om hon övergett sonen? Då har pojken bara honom.

Barnkammaren hemma i lägenheten står och väntar.

Det kan han gott ha, skåpsabotören.

GDANSK, POLEN
IGÅR

– Då försöker jag komma imorgon, viskar Agata och lägger på luren. Hon är svettig i handflatorna och en ny våg av illamående väller fram.

Morfar snarkar i sin säng, mamma och Karolina jobbar och som vanligt vet ingen var Marek är.

Abortbåten kom som en skänk från ovan. Det var Izabela som tipsade.

Hon har kommit hem från besöket hos sin pappa och äntligen har Agata någon att anförtro sig åt. Någon som kanske kan hjälpa.

Det finns ett annat alternativ, det som Izabela själv använde när hon behövde hjälp, men dels är det olagligt, dels är de säkra abortörerna dyra och dels tycker Izabela inte att man ska understödja dubbelmoralister som vägrar utföra legala aborter men tar massor av betalt för illegala.

Agata håller med. Inte för att hon har några pengar, men ändå.

Izabela har lovat ta ledigt från jobbet och skjutsa Agata till Wladyslawowo, utan att säga något till Jacek. Hon är en pärla.

Agata reser sig och springer in till toalettstolen. Hon lyckas sällan kräkas men det är nära hela tiden. Illamåendet har ändå blivit lite bättre och det är tur, för de ständiga toalettbesöken har börjat göra Teresa misstänksam. Magsjuka bör man inte ha i flera veckor utan att gå till doktorn.

Som tur är har Karolina kommit in i en superandlig period efter sin pilgrimsvandring och tillbringar all sin vakna tid i kyrkan, så Agata har fått vara ensam i deras rum. Hon har kunnat ligga still på sin säng när hon kräkts efter att ha kombinerat ett tiotal mediciner som hon plockat ur olika medicinburkar, eller lyft 33 kilo böcker i en resväska gång efter gång, eller hoppat ifrån skrivbordet med all kraft – allt utan resultat.

Men nu ska hon äntligen få hjälp. Hon spolar i toaletten, sköljer munnen och torkar av ansiktet med en handduk. Från köket hör hon morfaderns käpp mot korkmattan.

– Vem är det som är hemma? Har vi något kaffe?

EKERÖ, SVERIGE
IGÅR

– Lilla lilla gubben, säger en man långt borta.

Marianne tänker att hon fortfarande sover när hon hör den smeksamma rösten. Sover, eller lyssnar på radio. Hon vänder sig om på soffan och drar till pläden. Somnar om.

– Ska du vakna nu? fortsätter rösten som ackompanjeras av ett brusljud.

Ett litet barns gurglande rör vid något uråldrigt nedärvt hos mormodern och släpar hennes medvetande upp från sömndjupen. Hon öppnar sakta ögonen och försöker identifiera var ljudet kommer från. Det skrapar som om någon kommer åt en mikrofon.

– Du ska följa med pappa, förstår du. De här människorna är inte bra. De tar inte hand om viktiga saker, och hur ska de då kunna ta hand om viktiga människor. Du får det bättre hos mig.

Fortfarande förstår Marianne inte riktigt vad det är hon hör och inte vad mansrösten pratar om.

– Hur fungerar den här bromsen nu då?

Barnet gnäller till och plötsligt hör Marianne var ljudet kommer från – från den lilla barnvaktsmottagaren!

Hon kastar undan pläden och sätter sig blixtsnabbt upp med

ett lika uråldrigt varningslarm i huvudet: Vargen! Lejonet! Forsen! Stupet! Barnet!

Häftigt knuffar hon undan bordet som fäller golvlampan med ett brak.

Utanför dörren hör mannen oväsendet och kastar sig runt husknuten, utan barn eller barnvagn. När kvinnan slänger upp dörren har han hunnit fram till stigen och när hon, i strumplästen och med sin yrvakne dotterson i famnen, skyndar sig runt huset för att spana har han gömt sig i sin riskoja och syns inte.

Marianne drar in vagnen i huset och låser dörren ordentligt. Hon är uppjagad men fortfarande inte helt säker på att det inte var en dröm. Och lampan har gått i tusen bitar. Hur ska hon förklara det när Björn kommer hem?

Mannen är andfådd av språngmarschen och spänningen, men ännu mer beslutsam. Nästa gång ska han lyckas.

WLADYSLAWOWO, POLEN
IDAG, KL 21.34

– Får jag prata med pappa, säger Ellen till Nadja.

Hon börjar plocka ihop kaffekopparna på kajutabänken medan hon väntar på att Björn ska komma till telefonen. Men det är inte han som tar luren, utan Marianne.

– Jo, säger Ellen. Jag har det bra. Det är intressant att vara här. Tack för all hjälp. Och hur har ni det? Ni har väl fint väder, ni också?

– Jag har gått långa promenader med vagnen varje dag, säger Marianne.

– Så skönt. Och sedan kan du lämna Nisse ute när han väl har somnat så får han ordentligt med frisk luft.

– Jag vet inte ... Det har känts lite osäkert att låta honom sova ensam utomhus.

Ellen suckar. Dubbla filtar och stickad mössa mitt i sommaren och vara rädd för att sova utomhus.

Hon kan inte tro att Marianne var så hispig när hon hade egna småbarn.

– Det är säkert ingen fara. Men känn efter hur varm han är innan du lägger på fler filtar.

Marianne suckar och lämnar över luren till Björn.

– Hur går det för dig då? säger han kärvt.

Den unge mannen sticker en sista gång in handen genom ventilationsluckan för att försäkra sig om att necessären sitter fast. Äggklockan ska få alltihop att explodera exakt 21.37.

Den tickar vidare.

Vattnet kluckar mot kajen och från vaktkuren hörs det dämpade ljudet av en tv-utsändning. Antagligen något slags sport, tänker mannen.

Han kliver försiktigt ner på däcket och tittar på sitt armbandsur. Enligt de lysande siffrorna har han fortfarande tio minuter på sig. Han lyfter upp ryggsäcken, rafsar försiktigt ihop sina verktyg och börjar packa ner dem. Han råkar sparka till hammaren som glider iväg längs durken.

– Kurwa! svär han tyst.

Gummisulorna tassar över den gråmålade plåten.

Alltihop har tagit lite längre tid än planerat, men det är fortfarande ingen fara. Han spanar ut till sjöss. Det är mörkt. Motorbåten borde ligga nära. Reträtten ska gå fort, det är viktigt. Han ser inga lanternor men förstår att Brodern släckt dem. Båten ska inte synas, om någon skulle titta. Men vem skulle titta?

Klockan tickar.

Det är då han hör det. En dörr som öppnas och en tydlig röst, en kvinnas. Mannen stelnar till mitt i rörelsen.

Blick stilla hör han kvinnan tala, antagligen i telefon för han hör ingen som svarar.

Hon skramlar med något och verkar låsa en dörr.

Mannen håller andan.

Försvinn, tänker han. Det ska inte vara någon ombord vid den här tiden. Jag ska härifrån och ett plåtskåp ska sprängas om tio minuter, och du ska inte vara här då. För Guds skull, skynda dig i land!

AURORA
WLADYSLAWOWO, POLEN
I FÖRRA VECKAN

LOGGBOK 2
Vi hade problem när vi skulle gå in i hamnen. Hamnmyndigheterna sa att vädret var för osäkert, och att vi inte hade rätt dokument, och om vi skulle tillåtas lägga till måste det bli i utkanten av hamnen, dit ingen hittar, och att vi hur som helst måste betala mer.

Våra medarbetare i land protesterade och förhandlade och betalade och till sist fick vi tillåtelse att lägga till.

När vi kom in i hamnen kunde vi förstå lite av hamnchefens bekymmer. De kvinnogrupper som stödjer vårt arbete var där, förstås, men också ungefär 200 antiabortdemonstranter. De skrek ”Holländska mörderskor!” och ”Gestapo!” De kastade ägg och rödfärg på båten och tullarna fick gå emellan så att demonstranterna inte skulle knuffa våra supportrar i vattnet. En av de arga unga männen försökte skära av våra tampar när vi hade lagt till.

När hamnchefen och tullarna gick ombord fick våra säkerhetsvakter bilda kedja för att hindra andra att följa efter. En man hällde en hink rödfärg över en av de våra. Vi fick senare höra att han var en känd lokal politiker.

Tullarna bröt förseglingen på plåtskåpet som de holländska tullarna satt dit. Det är där vi förvarar abortmedicinen. Den lokale åklagaren kom också ombord och hotade att försegla hela containern som ska fungera som behandlingsrum. De tog våra pass. Det var en ganska upprörd stämning.

Så småningom lugnade det sig och hamnchefen lät vår advokat komma ombord. När åklagaren lämnade båten sa han, högt så att alla hörde det, att vi inte var misstänkta för att ha begått något brott. Skönt.

Men imorgon ska några läkemedelsexperter komma ombord och undersöka hela båten. Vi vet inte vad som ska hända. Kan myndigheterna beslagta våra abortpiller? Om tullen bestämmer sig för att återförsegla plåtskåpet, får vi då öppna det när vi kommer ut på internationellt vatten? Inte ens vår advokat har någon aning.

Vårt slagord är "3 x JA". Det står på våra t-shirts och betyder "Ja till sexualundervisning", "Ja till preventivmedel" och "Ja till fri abort". Kvinnorna som stödjer oss står där ute på kajen. De får färgbomber och ruttna ägg kastade på sig av människor som viftar med polska flaggor, men de stannar kvar och håller ut.

Våra utländska medarbetare, som den svenska läkaren, håller sig på avstånd. Polskorna är tuffare. Om vi inte visste det tidigare har den här dagen fått oss att förstå hur viktiga våra krav är i Polen.

GDANSK, POLEN
I FÖRRA VECKAN

Den lilla bussen med demonstranter har återvänt till Gdansk. Den stannar symboliskt i närheten av Birgitta-kyrkan, Solidaritets moderkyrka. Johannes Paulus staty utanför hälsar vänligt på de sina, tänker Marek. Många av de unga människorna i bussen tänker gå in i kyrkan och be en bön vid den mördade hjälteprästen Popieluszkos grav.

Själv har han inte tid för han har ett möte med broder Black, på ännu en dyr restaurang. Aldrig två gånger på samma ställe, brukar Brodern säga. Smart.

Brodern åkte inte med bussen men fanns nog någonstans i närheten när båten kom i hamn, tänker Marek. Som vanligt visade han sig inte.

När Mareks grupp kom fram till hamnen fanns många andra demonstranter där, och broder Black ringde på mobilen och instruerade Marek att ligga lågt.

– Du kommer att få en viktigare uppgift senare. Kasta ägg kan andra göra. Men håll ögonen öppna.

Marek säger hej då till sina kamrater utanför kyrkan och de bestämmer sig för att mötas, på samma plats, imorgon bitti för att åka tillbaka till Wladyslawowo. Han ger samma order till busschauffören. Det är bra. Marek trivs. Han är en man som andra lyssnar på. Som andra lyder.

På väg till restaurangen ringer hans mobiltelefon. Han är säker på att det är Brodern och blir missnöjd när han hör mamma Teresas röst.

– Var är du?

– På stan.

– Vad ska du göra där?

– Träffa en kompis?

– Vilken kompis då?

Det angår dig inte, skulle han vilja säga, men något tar emot. Mamma är bra. Om hon inte lade sig i så mycket.

– Det är ingen du känner.

– Du är ju nästan aldrig hemma, klagar Teresa. Vad är det du håller på med?

– Jag har ju sagt att jag har en del uppdrag för *Hela Polens ungdom*.

– Vilka uppdrag då?

– Det ena och det andra ... Organisation och så.

Det låter lagom otydligt, tänker han.

– Du har inte varit uppe i Wladyslawowo och bråkat då?

Aj då. Det var förstås en massa journalister där. Kan hon ha sett honom på tv? Men han gjorde som Brodern sagt och höll sig i bakgrunden. Nej, hon kan inte ha sett honom.

– Nej. Hur så? Vad har hänt där?

Marek försöker låta lagom ointresserad.

– Det har kommit några utlänningar med en båt som tänker göra dåliga saker, svarar hon avvärjande.

Marek fnyser i telefonen och har inget emot att modern hör det. ”Dåliga saker”! Det är just det han tycker illa om hos sin mamma. Att hon behandlar honom som en unge. Ibland gör systrarna det också. För att inte tala om pappa! Marek är lika smart som alla andra. Man kan prata med honom som en vuxen. Det gör Brodern.

– Nej, nu måste jag sluta, säger han snabbt.

Han väntar inte på att hon ska svara innan han trycker bort samtalet.

WLADYSLAWOWO, POLEN
I FÖRRA VECKAN

Amerikanen har inga problem att ta sig in på hamnkontoret. Han kommer i gryningen och väntar på städerskan. För henne visar han sitt amerikanska presskort och sin kamera och pekar mot den lilla abortbåten vid kajen. Han ska bevaka den stora nyheten, och då behövs en bra utsiktspunkt, förklarar han med gester. En rejäl bunt zloty får henne att "glömma" att låsa ytterdörren.

Hon bryr sig inte om båten eller uppståndelsen kring den, och hon kan inte tänka sig att det finns något som den vindögde mannen skulle vilja stjäla i de spartanska kontorslokalerna. Och pengarna kommer väl till pass.

Mannen tar trapporna i några raska steg.

Ett av rummen på den översta våningen, med perfekt utsikt över kajen och *Aurora*, verkar obebott. Ett skrivbord står på kant mot väggen och bokhyllorna är tomma. Dammråttorna visar att rummet även negligeras av städerskan. Utmärkt. Han vill helst slippa göra henne illa.

Mannen stänger dörren mot korridoren och reser upp bordet. Ur sin väska tar han fram ytterligare en kamera, en avancerad kikare och block och penna.

Sittande på bordet specialstuderar han den lilla bogserbåten.

På sitt block tecknar han av båten, försöker bedöma mått och identifiera problem. Det borde inte vara särskilt svårt att ta sig ombord, och den stora containern innehåller antagligen det mesta av intresse. Ventilen för friskluftsintag måste sitta på utsidan, för den kan han inte se. Det kommer att krävas mer ingående rekognosering, det förstår han. Han får skicka pojken ombord.

När skissen är färdig och han har börjat fotografera kör en bil fram mot staketet och den lilla vaktkuren. Fyra kvinnor kliver ur, lyfter ut något ur bagageutrymmet och bilen försvinner. Kvinnorna har fula kläder, bylsiga tröjor och säckiga jeans. Två har kortklippt hår ("typiska flator!" tänker mannen), den tredje har en stickad mössa på huvudet och den fjärde långt hår i en svans på ryggen. De bär på lådor och väskor och vakten i kuren öppnar grinden för dem.

När de kommit upp på däck och ska gå in i kajutan vänder den långhåriga kvinnan på sig och tittar upp mot himlen och hamnkontorets översta våning.

En stöt går genom mannens kropp. Stöten är både varm och kall. Hjärtat slår snabbare och händerna som håller kameran darrar när han trycker av. Tre bilder i snabb följd. Sedan böjer kvinnan sig ner, lyfter upp den sista lådan och försvinner in i båten.

Mannen lyfter upp kameran för att studera bilderna på displayen. Han måste försäkra sig om att han sett rätt.

Han känner igen henne. Den svenska läkaren som han träffade i Zambia.

Det borde inte vara möjligt. Hon borde vara död. Straffad för sina synder.

Sliten i stycken på den afrikanska savannen.

AURORA
IGÅR

LOGGBOK 3
Vilken tur att vi förseglade skåpet i Holland!

När de polska medicinska experterna kom ombord tillsammans med tullarna identifierade de 180 Cytotec-piller och 45 Mifepristone-tabletter i plåtskåpet, men eftersom sigillet sattes på i Holland är det inte meningen att medicinen ska distribueras i Polen, säger vi, och det verkar fungera juridiskt. Preventivmedlen vi haft med oss tog de och låste in i skåpet, liksom de värktabletter och sjösjukepiller som var tänkta för besättningen. Sedan förseglade tullarna skåpet igen.

Framåt förmiddagen kom människorna tillbaka. Både med- och motdemonstranter. Våra vakter är på plats och vi har bett hamnmyndigheten att låsa upp grinden. Den är bra att ha på natten, men meningen är ju ändå att vi ska träffa folk, i första hand våra supportrar och media. Dessvärre är motdemonstranterna minst lika många. De står på kajen och skriker och attackerar våra vänner.

Glåporden verkar inte riktigt samordnade. Bland de mest populära är ”Ni liknar judar” eller ”Vi ses i

Auschwitz!" och "Ni är torpeder från helvetet". En av säkerhetsfirmans bilar höll på att knuffas i vattnet innan gränspolisen kom till undsättning. Vi får rapporter om att det i Warszawa anordnats en demonstration till stöd för oss och vårt arbete.

Vi har haft öppet hus med visning av båten och ett seminarium om sexualupplysning. Våra polska vänner fick rusa iväg och köpa preventivmedel eftersom våra var inlåsta. Nu demonstrerar vi kondomer och talar om sexuellt överförbara sjukdomar. En polis står i ett hörn och antecknar. Han säger att han kontrollerar ordningen men vi är säkra på att han ska rapportera allt vi säger, om något skulle vara olagligt.

Vi var oroliga att det skulle bli bråk ombord när vi släppte in allmänheten, och vakterna hindrade de värsta gaphalsarna vid landgången, men det gick förvånansvärt bra. Några killar från *Hela Polens ungdom* släppte ut möss på däck, kanske i förhoppningen att alla kvinnor skulle rusa runt och skrika, men det blev bara ett roligt inslag. Andra går runt och tittar, tysta och intresserade. En ung man gick flera varv på däck innan han klev in i undersökningsrummet. Där stod han länge vid gynstolen och bara skakade på huvudet, men han sa inget. Vad tror han att det är? Ett tortyrredskap?

Vi har tagit emot anmälningar från ett 15-tal kvinnor som vill åka med oss ut på internationellt vatten imorgon. Våra supportrar kommer att vara här för att stödja dem.

STOCKHOLM, SVERIGE
IGÅR

Sture har bråttom och Ikea-vagnens framhjul fastnar i fel läge så att hela ekipaget tvärbromsar med ojämna mellanrum. I vänstra handen har han filten med Musse Pigg-figurerna. Han vet att han kan ha svårt att bestämma sig i affärer och vill inte riskera att slösa bort tid med att stå och vela mellan en vit och en röd barnstol. Om allt går ungefär i filtens blåa nyanser kan det inte bli fel. Då kommer nog sonen att känna igen sig också. Sture slänger ner ett blått påslakanset i vagnen, tillsammans med några mjukisdjur. Med den lilla blyertspennan antecknar han i vilket fack han kan hitta spjälsängar. Det här ska nog gå bra.

Då är det svårare med barnmaten. Olga ammade ju Prinsen och han åt ganska lite vanlig mat, men dels är den här sonen lite äldre, det tror i alla fall Sture, dels kan ju Sture inte amma. Han har köpt några böcker om barnomvårdnad men inte kunnat koncentrera sig på läsandet. Det vore bra om han visste exakt hur gammal pojken är, för att köpa rätt saker, men kanske kan han hämta några identitetshandlingar. Om käringen går ut någon gång och huset står tomt.

Han förstår inte hur hon kunde upptäcka honom vid pojken tidigare på dagen. Han bullrade inte alls och bara en halv minut tidigare sov hon som en gris, det kan han svära på. Och där vagnen stod finns inga fönster.

Det ska väl komma ett nytt tillfälle. Om han bara har tålamod. Men då måste sonens rum vara färdigt, så att den lille prinsen kan komma hem i lugn och ro.

I ICA-butiken intill Ikea-parkeringen finns antagligen blöjor och välling och barnmat, och nappflaskor, för man måste kanske ha fler än en. Sture har ju redan en flaska som kommer att fungera den första tiden. Prinsen kommer att känna igen den och känna sig trygg. Likadant med nappen. Sture måste komma ihåg att alltid ha den gamla nappen i fickan när han åker till huset, om tillfälle skulle yppa sig. Då ska han inte krångla med vagnen utan bara lyfta upp sin son och ta honom med sig.

Visst ja. Det betyder att han måste köpa en vagn också. Och en barnstol. För barn måste färdas säkert i bilar. Var finns en vagnaffär?

GDANSK, POLEN
IGÅR

Teresa viker ut sin halva av bäddsoffan. Som alltid lägger hon de bortplockade dynorna och kuddarna på Jaceks sida, den som aldrig vecklas ut om inte någon av Teresas systrar är på besök. Teresas säng är smal och inte särskilt bekväm, men det är praktiskt med bäddsoffa och en ny skulle kosta för mycket pengar. Flickornas förslag, att hon ska skaffa en bredare madrass och använda hela bäddsoffans bredd, alltså även Jaceks, har hon viftat bort. Det känns olämpligt på något sätt.

Tids nog kommer saker att förändras i lägenheten på Halleragatan, det förstår hon ju även om hon inte riktigt vill tänka på det.

Från faderns rum hör hon hans snarkningar. De är inte jämna och regelbundna utan kommer i häftiga sjok med pipanden emellan. Det låter inte riktigt bra, men gamla människor har alltid haft konstiga ljud för sig när de sover. Teresas mamma gick i sömnen och försökte laga mat på nätterna. Det var värre.

Marek, som borde vara den som störs av farfaderns nattliga oväsen, sover som en klubbad säl så fort han lagt huvudet på kudden. Men nu är han inte hemma. Om igen.

Teresa oroar sig för sin lille pojke. Han är borta nästan jämt och när han är hemma är han vresig och tyst. Han berättar inte vad han sysslar med, men det verkar löna sig hyggligt. Han ber aldrig om pengar och ibland luktar han alkohol på morgnarna. Nya kläder verkar han också ha råd att köpa. Det har hänt att han stuckit åt Teresa en slant, som ett bidrag till hyran.

Ett tag fick Teresa för sig att det Marek sysslade med var kriminellt, men när hon antydde det såg Marek oändligt ledsen ut. Han arbetar för Guds och Polens sak, sa han.

– Det lovar jag dig, mamma, att mitt arbete är viktigt.

Hon nöjde sig med det.

Från flickornas rum hör hon Karolinas mumlande böner. Hon kan se sin dotter framför sig, på knä vid sängen. När Karolinas gudstro exploderade, för några år sedan, var Teresa glad och tacksam. Mor och dotter kom närmare varandra och Teresa fick alltid sällskap till kyrkan. Men nu tycker hon att Karolina börjat tappa fotfästet. Hon arbetar visserligen fortfarande i bokhandeln, men talar oftare och oftare om att sluta för att ”enbart ägna sig åt Gud”. Hon funderar på att bli nunna, säger hon. Teresa tycker inte om det, men har svårt med argumentationen.

Egentligen tycker Teresa att människans plikt är att arbeta och skaffa barn. Arbetet får gärna vara i enlighet med Guds vilja, men att stänga in sig i ett kloster … Och hon längtar efter barnbarn.

Att Marek skulle bli pappa känns mycket avlägset och Teresa är osäker på om Agata vill ha barn över huvud taget. Dottern är så inriktad på sina studier och sin karriär. Hon pratar om att flytta utomlands.

Nu hör Teresa att Agata tassar ut till toaletten igen. Hon måste ha blåskatarr eller något liknande så ofta som hon springer på toa.

Teresa känner sig orolig och har svårt att somna men när hon hör Mareks nyckel i ytterdörren släcker hon sin nya Ikea-lampa. Flocken är samlad. Imorgon kväll kommer allt att kännas bättre.

WLADYSLAWOWO, POLEN
IDAG, KL 10.10

Agata känner sig allt mer nervös ju närmare hamnen i Wladyslawowo bilen kommer.

Izabela som kör pladdrar på om allt och ingenting. För att lugna dem båda, tänker Agata.

Det fungerar inte.

Inne i den lilla staden kör Izabela lite vilse. Ingen av dem har varit där förut. Sommarslöa flanörer blockerar de smala gatorna och hindrar framfarten, men till sist hittar Izabela vägen till hamnen.

Agata kollar ännu en gång att hon har allt med sig: passet, rena trosor och ett paket bindor.

Izabela parkerar bilen mellan några bilar med tidningslogotyper på sidorna, och lyfter en kasse ur bakluckan. Ur den tar hon fram en stickad luva och en snusnäsduk som hon ger till Agata. Själv knyter hon en sjal om håret och sätter på sig stora mörka solglasögon.

– Vad gör du? frågar Agata.

– Det kanske kan vara bra att inte bli igenkänd. Det finns ju tv-kameror här, som du vet.

Plötsligt inser Agata vad hon är på väg att göra. Eller – att det hon är på väg att göra kommer att kunna synas, och dokumenteras. Av mamma och morfar och alla andra. Av mamma …

Hon känner sig hemsk och tycker att hon ser ut som en rånare när hon stoppar in det sommarvarma håret i mössan, knyter näsduken runt halsen och viker upp jackans krage.

När de har trängt sig fram genom folkmassan, som skriker och viftar med plakat, och kommer fram till kajen känns förklädnaden mindre märklig. Längs kajkanten närmast båten vandrar en grupp unga kvinnor, klädda på samma sätt som Agata. De har yllemössor neddragna i pannan, stora slokhattar med nedvikta brätten, solglasögon och sjalar knutna över mun och näsa. Någon har en gummimask som föreställer president George W Bush.

Några av de maskerade går uppför landgången och andra kommer ner. De återstående patrullerar fram och tillbaka längs kajkanten. Agata drar snabbt upp sin snusnäsduk så att den täcker näsa och mun och ansluter sig till gruppen.

– Lycka till, ropar Izabela efter henne. Vi ses om några timmar.

Besättningsmännen lossar förtöjningarna och båten lägger ut, en halvtimme senare än planerat. Två av de kvinnor som skulle ha kommit har inte dykt upp. De utklädda volontärerna har gått runt i folkmassan för att se om de kan vara där utan att våga komma fram, men inte hittat någon.

Nu bestämmer besättningen sig för att de inte kan vänta längre och båten stävar ut mot det öppna havet.

Agata sitter i kajutan på en väggfast bänk tillsammans med ett tiotal andra kvinnor. Alla mössor och halsdukar ligger i en hög på bordet. Agata håller sig i kanten av bänken för det gungar lite och hennes vanliga illamående förstärks. De andra ser lika bleka ut. Kanske är de bara rädda. Men beslutsamma. Beslutsamheten känns i luften. Agata kan nästan ta på den. Den här resan är den mest övervägda som någon av dem någonsin gjort.

– Välkomna, säger en lång mörk kvinna på engelska.

En yngre polska tolkar. Kvinnan fortsätter:

– Jag heter Ellen Elg och jag är gynekolog och förlossningsläkare från Sverige. Jag ska ta hand om er under den här resan. Först en enkel fråga: Är det någon som mår illa?

Många huvuden nickar osäkert.

– Det kan hjälpa med en sjösjuketablett.

Den polska tolken går runt med en karta piller, plastmuggar och en tillbringare med vatten. Agata sväljer tacksamt.

– Så länge vi är på polskt territorium får vi, enligt polsk lag, enbart tala om preventivmedel och sexuellt överförbara sjukdomar, fortsätter doktorn. Det är viktiga frågor så det gör vi gärna. Får jag därför fråga: Har någon av er haft tillgång till preventivmedel?

En mörk flicka med rutig blus räcker upp handen. Jo, hon hade p-piller ett tag, men så blev hon rädd för alla skriverier om blodproppar och slutade. Dessutom var pillren dyra.

Andra fyller i. Problemet är inte att det inte går att få tag i preventivmedel. Alla har sett kondomer och fnissar lätt när träpenisen går runt så att de får prova att trä på gummibehållaren. Problemet är snarare hemlighetsmakeriet och kulturen, att unga människor inte förväntas ha sex före äktenskapet, fast de flesta har det och alla vet att det är vanligt.

Det sprids också många lögner om hur säkra preventivmedlen är.

Ett annat problem är pengar. P-piller är dyrt och ingen av kvinnorna på de väggfasta bänkarna har mycket pengar.

Men kanske är det största problemet okunskapen.

– Jag kan fortfarande inte prata med min mamma om hur

barn kommer till, säger en blond kvinna i tajta jeans. Vi skulle bli jättegenerade båda två om vi försökte, och om jag ändå insisterade tror jag att hon skulle hålla fast vid sagan om storken – fast hon naturligtvis vet att jag inte tror på den längre.

– Jag hade ingen aning om vad som hände när jag fick min första mens, säger en liten rund flicka. Jag blev livrädd och vågade inte fråga.

– Har ni fått någon sexualundervisning i skolan? frågar Ellen.

Alla skakar på huvudet.

– Det är kanske inte så konstigt, fyller Agata i. När vi har haft en utbildningsminister som inte tror på Darwin!

Alla skrattar och Agata blir glad. Det känns bra att prata i den här gruppen. Det är Izabela som berättat om den vice utbildningsministern och hans åsikter.

Sakta försvinner den spända och rädda stämningen och när den svenska doktorn bjuder på kaffe och smörgås tackar alla ja, även de som mår illa.

Två timmar senare har båten kommit ut på internationellt vatten. Rädd, spänd och frusen ligger Agata med benen i vädret i en gynstol. Undersökningsrummet är en fartygscontainer, fönsterlös, kall och plåtig. Det susar från en ventil på väggen intill plåtskåpet. Besättningen har brutit förseglingen och läkaren har tagit ut två små förpackningar med läkemedel. Hon tittar i sina anteckningar.

– Du hade din sista mens den 25 juni?

Agata nickar.

– Nu ska jag undersöka dig för att kontrollera att du verkligen är gravid, säger läkaren och sätter på sig gummihandskarna.

Agata nickar.

Med fingrarna konstaterar läkaren att livmoderns storlek stämmer. Ultraljudet ska ge det slutgiltiga beskedet. Agata ryser till när doktorn för ultraljudsstaven med den kalla kontaktgelen över magen.

– Du är gravid, antagligen i sjätte veckan, bekräftar hon.

Hon har kommit i grevens tid, tänker Ellen, eftersom vi bara gör medicinska aborter fram till sjunde graviditetsveckan.

Agata snyftar till. Inte för att hon tvivlat, mer för att beskedet nu är definitivt.

– Du kan resa dig upp och klä på dig.

Agata vänder ryggen till när hon drar på sig jeansen. Plötsligt känner hon sig blyg. Båten gungar till och illamåendet kommer tillbaka.

– Behöver du kräkas? frågar doktorn som ser den grönbleka ansiktsfärgen.

– Nej, jag brukar inte kunna kräkas, även när jag skulle vilja.

– Det kan vara bra just nu, säger läkaren med ett leende. För nu ska jag fråga dig, och det är viktigt att du verkligen tänker över svaret: Vill du avbryta graviditeten? Om du har ändrat dig är det helt okej och ingen kommer att tycka att det är konstigt.

Agata skakar häftigt på huvudet. Hon har inte ändrat sig. Hon har tänkt och tänkt och tänkt och hela tiden kommit fram till samma sak: hon kan inte ta hand om ett barn. Så småningom vill hon säkert ha barn, men inte nu. Absolut inte nu.

– Jag vill avbryta graviditeten, säger hon med fast stämma. Jag är alldeles säker.

Läkaren nickar och tar fram en liten tablett. Tänk att det är så enkelt, tänker Agata. Ett enda litet piller och allt kommer att vara över. Varför måste det vara så svårt i mitt land? Hon tänker på väninnan som ligger på sjukhus med bukhinneinflammation, allvarligt sjuk.

– I så fall tar du den här tabletten nu, fortsätter doktorn med ett tonfall som om hon talade om ett huvudvärkspiller.

Det vardagliga känns skönt, tycker Agata. Ingen mer dramatik. Hon blir plötsligt lugn och fryser inte längre.

– Den kommer att avsluta din graviditet. Det finns sedan en liten, mycket liten, risk att du börjar blöda redan på vägen hem, men antagligen händer inget förrän tidigast om sex–åtta timmar. Då ska du ta en annan tablett som kommer att sätta igång livmodersammandragningar. Det gör ont, olika ont för olika kvinnor, men räkna med att det kan bli lite tufft. Du kan också må illa och kräkas. Det är normalt. Du kommer att få ett recept på värkmedicin av mig.

Agata nickar. Inget av det doktorn säger skrämmer henne. Snarare känner hon sig lättad. Det verkar rättvist att hon ska plågas.

– Ungefär fyra timmar efter att du tagit den andra tabletten börjar du blöda, fortsätter doktorn. Hur länge du kommer att blöda är svårt att säga, men två veckor är normalt. Om blödningen blir mycket häftig bör du ringa till oss, eller åka till sjukhus. Men i de flesta fall går det bra och blödningen avtar gradvis.

– Vad ska jag säga om de frågar vad som hänt på sjukhuset?

– Säg att du fått ett missfall. Det är ju sant, och inte straffbart, inte ens i Polen.

Agata tar tacksamt emot det lilla vita pillret och sväljer det med en stor klunk vatten.

När hon går ut i kajutan till de andra väntande kvinnorna ler hon uppmuntrande mot dem. Det gick bra. Det var inte farligt. Hon har lagt av sig tre ton skuld. Ytterligare tre ton är visserligen kvar, men dem kan hon bära.

När båten närmar sig hamnen glider en stor segelbåt upp längs sidan. På däck står tre män och en kvinna. De håller upp en stor affisch som föreställer ett blont och blåögt barn. ”LIV” står det tryckt mot en blå himmel ovanför barnets ansikte och ”Stoppa aborterna nu”. All text är på engelska.

– Importerad propaganda, väser en av volontärerna.

Klassisk musik dånar ut från en högtalare på segelbåten.

– Mozarts dödsmässa, viskar en blek abortsökande kvinna.

Så snart båten lagt till i hamnen går tullarna ombord. De konstaterar att sigillet till plåtskåpet brutits och att tolv tabletter saknas. Plåtskåpet förseglas igen. Sedan lämnar kvinnorna, som bytt förklädnader med varandra, båten.

Någon har sprejat ”Dödens sjukhus” längs kajkanten, med pilar mot ankringsplatsen.

Agata tumlar nerför landgången tillsammans med de andra maskerade kvinnorna. En grupp volontärer i liknande mundering sluter upp runt dem och hela gänget banar sig fram igenom folkhopen. Fotografernas kameror klickar, ett gäng demonstranter skriker ”Mörderskor!” och en plastpåse med rödfärg landar med ett splatter precis framför gruppen, men Agata känner sig trygg. Gruppen delar upp sig och kvinnorna glider ut åt olika håll. Säkerhetsvakterna omringar de mest aggressiva bråkstakarna.

När Agata är utom räckhåll för kamerorna drar hon av sig förklädnaden och stoppar ner den i väskan. Vid bilen ser hon Izabela som står lutad mot bagageluckan. Hon pratar med en lång välklädd man som har en kamera över axeln. Mannen vänder sig om och ler stort mot den svettiga Agata.

– Hej, säger han och hon noterar att hans ena öga inte kan fokusera ordentligt. Jag heter Michael och är journalist. Jag förstår att du har gjort en liten sjöresa?

Marek har precis kommit och ser sig om för att hitta sitt gäng. Han har haft ett viktigt möte med en förman på en byggarbetsplats. Han känner sig stolt. Idag har han till och med varit betrodd att sköta betalningen. Ett kuvert med pengar har bytt ägare, liksom en liten låda med dynamit. Marek har låst in lådan i ett förvaringsskåp på centralstationen och sedan tagit bussen till Wladyslawowo.

De aktivister som åkt med bussen skränar nere vid båten men Marek letar efter broder Black. Han skulle vara här idag. Marek vill gärna rapportera att allt gått bra. Då ser han sin vän.

Han står vid en bil på parkeringen och pratar med – Izabela! Och Agata! Vad gör de här? Marek backar in i folkmassan för att inte synas. Att Izabela tillhör mörderskornas supportgrupp visste han, men Agata! Plötsligt kommer han ihåg att systern har verkat lite lågmäld de sista veckorna, blek och ledsen liksom. Kan det vara ...? Det får inte vara så!

Det ska han förhindra, redan ikväll.

– Jag förstår om du inte ville berätta för den där journalisten, säger Izabela lite grinigt när bilen kryssar fram på Wladyslawowos gator. Men du kunde väl ha varit lite trevlig mot honom? Vår sak kan behöva stöd i utländska tidningar.

Agata har sjunkit ihop i framsätet. Det har varit en lång och tuff dag. Hon har ingen lust att berätta för någon vad som hänt, allra minst för en smilande amerikansk journalist.

– Det är okej att jag sover hos er några nätter då?

– Ja, det är klart, säger Izabela. Vad har du sagt till din mamma?

– Att jag ska åka med Monika till hennes mormor i Lodz.

– Och vad har du sagt till Jacek?

– Att jag vill slippa Karolinas bönerabblande ett tag.

– Och det förstod han?

– Ja, det sa han i alla fall.

Det blir tyst. Izabela letar efter en musikkanal på bilradion men hittar inget hon gillar. Agata slumrar till i den gungande bilen. När hon vaknar har de kört en halvtimme.

Izabela har fått en rynka i pannan.

– Den där amerikanen, säger hon tvekande.

– Ja?

– Han ville att vi skulle gå ut och äta middag.

– Jaså?

– Jag sa nej förstås, men då ville han ha mitt telefonnummer. Jag skrattade och sa att det fick han väl ta reda på i så fall. Då log han bara, som om han tyckte att det var en bra, eller kanske lite lustig, idé. Och nu kommer jag ihåg en sak. Jag kände igen hans röst. Jag tror att jag har hört den en gång förut.

Izabela ryser till.

– Men det måste väl vara inbillning.

WLADYSLAWOWO, POLEN
IDAG, KL 21.35

Ellen har låst dörren till kajutan och lagt ner nycklarna i handväskan. Den friska havsbrisen känns behaglig mot ansiktet. Björn är sur, det är inget snack om saken, men hon försöker hålla sitt tonfall lättsamt och glatt.

– Så bra att du tagit itu med skåpflytten. Var det inte tungt?

Hon låter mer entusiastisk än hon känner sig. Visserligen är det skönt att bli av med det gamla hemska skåpet i hallen, men så bråttom var det väl inte? Björn är arg för att hon är borta, och för att hon kallat in sin mamma. Då behöver han väl inte böka med skåpflytt samtidigt? Det finns något martyraktigt i beskrivningen av släpandet.

– Var har du ställt skåpet då?

– Utanför dörren.

– Ja, det gör ju inget om det regnar på det om vi ändå ska slänga det, säger hon och försöker låta uppmuntrande. Vi kan hjälpas åt med att köra bort det när jag kommer hem. Vi kan väl hyra en liten pickup?

Hon fattar tag om relingen och går i land. Vattnet skvalpar mot kajkanten och i vaktkuren pågår fortfarande fotbollsmatchen.

– Jag hörde att Nisse har börjat med bokhyllebestigning,

småskrattar hon och tycker själv att hon låter löjligt inställsam.

Dold bakom containern följer en ung mans ögon hennes strosande steg. Ellen har inte bråttom. Hon stannar upp och skrattar åt Björns beskrivning av sonens akrobatiska framsteg.

Mannen bakom containern har ryggsäcken över ena axeln och fräser tyst när hon hejdar sig vid den röda färgpölen: ”Skynda dig nu!”.

När Ellen är framme vid grinden klämmer hon fast telefonen under hakan och börjar krångla med hänglåset. Så kommer hon ihåg att hon glömt påsen med lacknaftetrasorna ombord. Hon låter hänglåset hänga och vänder om för att gå tillbaka mot båten.

GDANSK, POLEN
IDAG, KL 21.36

Teresa tömmer brevlådan i trapphuset. Ingen av ungdomarna är hemma ikväll, det vet hon. Karolina är som vanligt i kyrkan och Marek på något slags utflykt med *Hela Polens ungdom*. Han ska vara borta i tre dagar. Agata har åkt till Lodz med Monika. Hon kan behöva lite omväxling. Hon har verkat så ledsen den sista tiden. Kärleksbekymmer, gissar Teresa.

På handtaget till lägenhetsdörren hänger en plastkasse. En mobiltelefon ligger i den, tillsammans med en maskinskriven lapp:

”Mareks telefon som han glömt att hämta”.

Hon bläddrar bland breven. Några räkningar och lite reklam men ett brev med en handskriven adress sticker ut. Medan Teresa låser upp lägenhetsdörren och ropar ett ”hej” in mot lägenheten vänder hon på kuvertet och kastar en blick på avsändaren.

Utan att ta av sig kappan tänder hon taklampan och sätter sig vid köksbordet.

– Hej, sover du? ropar hon, lite tystare den här gången. Hon kan se faderns strumpklädda fötter vid fotändan av sängen. Höger stortå måste stoppas. Det ska hon komma ihåg.

Hon letar fram glasögonen i handväskan, sprättar upp brevet och läser:

Kära Teresa!

Jag vill bara berätta att allt har gått bra. Barnen och jag har det fint här i bergsbyn, men vi är fortfarande försiktiga. Jag vågar inte tala om den exakta adressen ens för dig, det får du förstå.

Vi har bytt namn.

Jag arbetar och pojken går i skolan. Min flicka mår bra, men hon har nog fått en liten hjärnskada på grund av all misshandel. Jag är glad att jag kom iväg i tid. Annars hade hon inte levt. Inte jag heller.

Jag vill tacka dig för allt du gjort.

Jag vill att du ska veta att sedan vi kom hit har jag aldrig slagit mina barn. Aldrig.

Jag har tänkt mycket på det du sa om äktenskapet och jag tänker att du på många sätt hade rätt. Att äktenskapet kan vara vackert och bra. Men det kan också vara dåligt. Mitt äktenskap var dåligt, det vet du.

Att kyrkan försökte hindra mig från att skiljas tycker jag var fel. Att kyrkan, även i situationer som inte är så hemska som min, kräver att människor ska hålla ihop trots att de inte längre älskar varandra eller har något gemensamt, det tycker jag också är fel. Ibland är inte det första partnervalet det rätta. Ibland behöver man en andra chans.

Jag har fått en andra chans. Han heter Jakub och han är snäll mot mig och mina barn. Jag älskar honom.

Jag vet att du läser mycket i Bibeln och tror att sanningen alltid finns där. Därför har jag försökt hitta ett Bibelord som förklarar vad jag menar. Det finns i Paulus första brev till Tessalonikerna 5:20–21. Där säger Paulus:

”Förakten icke profetiskt tal men pröven allt, behållen vad gott är.”

Gör det, Teresa, så kanske du också får en andra chans.

Med de kärleksfullaste hälsningar

Marta (före detta Anna)

Teresa reser sig långsamt från köksbordet. Med tårar i ögonen går hon ut i hallen och hänger av sig kappan. Hon tar med sig påsen med Mareks mobiltelefon för att lägga den på hans säng.

Pappa ser märkligt blek ut. Hon lägger ifrån sig påsen och närmar sig faderns säng. Hennes fingertoppar rör försiktigt vid hans kind. Den är kall.

Andrzej Nowaks vita händer ligger knäppta på den uppslagna bibeln. Hans ansiktsuttryck är lugnt, nästan småleende. Han ser ut som om han sover. Fridfullt. Hon tycker att han viskar till henne:

– Var inte ledsen. Jag är glad. Jag har äntligen fått komma hem. Hem till Gud.

WLADYSLAWOWO, POLEN
IDAG, KL 21.37

Mannen lyfter sitt högra ben över relingen för att glida ner i gummibåten. Mer hinner han inte göra innan detonationen med våldsam kraft slungar kroppen upp i luften och ner i vattnet.

Ellen har tagit tre steg i riktning mot båten men stöten kastar henne tillbaka mot grinden. Hon försöker skydda ansiktet med armarna. Plåtskrot och plastdelar kommer flygande från den uppfläkta containern.

Vakten hör explosionen och hur något slår mot vaktkurens yttervägg.

I telefonen som skramlar iväg på betongkajen ropar Björn:

– Ellen! Vad är det som händer!?

Ellen ser hur vakten kommer utrusande medan hon mödosamt kryper ut genom grinden, bort från den brinnande båten. Något stort och vasst har träffat hennes arm.

I mobilen skriker Björn så högt han kan:

– Ellen!! Svara! Vad händer?

En halv sjömil ute till havs skyms hamnens stålkastare av ett rökmoln. Branden syns knappt men ljudet av detonationen färdas effektivt över vattnet.

Mannen med den skelande blicken tittar på sitt armbandsur.

Klockan är 21.37. Perfekt.

Han drar på full gas och försvinner västerut. Om några timmar borde han vara i Tyskland. Uppdraget är slutfört.

GDANSK, POLEN
IDAG, KL 21.38

Teresa har sjunkit ner vid köksbordet. Händerna skakar och hon håller sig i bordskanten för att inte falla av stolen. Väggklockan fortsätter att ticka fast tiden borde stå stilla.

Hon kastar ytterligare en blick mot faderns fötter men vet att det är slut. Att han aldrig mer kommer att vilja ha kaffe.

Hon tänker att hon borde ringa någon. Barnen. Syskonen. Jacek. Men just nu orkar hon inte.

Teresa känner sig tom, liksom ihålig. Bara luft. Men häpet konstaterar hon att luft också ger rymd. Frihet. Det är en förbjuden tanke. Automatiskt gör hon korstecknet och kastar en blick mot påven på väggen.

Förlåt mig.

Sex minuter senare börjar samtalen komma in till mobiltelefonen som ligger avstängd på Mareks säng. En för alltid tystad röst meddelar världens alla nyhetsmedia att ”*Kommando JP2* kommer att gå ut i strid för Guds och Polens sak närhelst det behövs”.

Tids nog kommer Teresa att få veta, men nu vilar hon vid sitt köksbord. Hon tackar Gud för att han tog hem sin trogne tjänare så smärtfritt. Att Andrzej Nowak till sist fick möta sin Skapare.

Hon reser sig, öppnar fönstret och tar några djupa andetag.

SÖDERTÄLJE, SVERIGE
EFTERÅT

Sture hejar knappt när han tränger sig in och förbi sin expedit, till fotoaffärens personalrum. Konstiga saker han köper, tänker butiksbiträdet medan hon expedierar en gammal dams usla förstoringar.

Det är den andra dagen som Sture lämnat affären och kommit tillbaka med påsar från Polarn och Pyret, Babyland och Åhléns. Han lägger kassarna i bilen på parkeringen bakom personalingången, så hon vet inte vad de innehåller, men hon undrar.

Sture har aldrig varit någon pratsam chef, men nu säger han ingenting. Allt oftare har han försvunnit från butiken i timmar och smällt i dörrar och lådor när han kommit tillbaka. Han är missnöjd med något, det är klart.

Att hon skulle fråga vad som hänt, den tanken finns inte ens på vykort, som hennes mamma skulle ha sagt.

Nu har han i alla fall bestämt sig för att stänga butiken själv och gett henne lov att gå lite tidigare. Hon håller på att knäppa kappan inne i personalrummet när dörrklockan till butiken klingar till.

I dörrspringan ser hon en kvinna i 30-årsåldern gå fram till disken med de mer avancerade kamerorna. Med tydlig brytning säger hon:

– Hej. Jag behöver professionell hjälp. Den alldeles nya EOS Canon 5D Mark II – har du den? Den med en inbyggd HD-kamera?

Hennes leende är strålande och över axeln bär hon en kameraväska.

Biträdet kan bara se Stures rygg men hon hör hur han drar efter andan och pyser ut i ett:

– Jag ska göra allt för att hjälpa dig.

Sture visslar när han låser upp dörren till sin bil.

Det blev en alldeles fantastisk eftermiddag. Iluta, som den fotografiintresserade kvinnan heter, kommer från Lettland. Hon berättade att hon har bott i Sverige i några år och mest haft städjobb. Ändå har hon tjänat bättre än hon gjorde som fotograf i Riga.

Långt efter stängningsdags stod Sture och hon kvar i butiken. Efter den tredje eftersläntrande kunden kom Sture sig för att låsa dörren så att de fick vara ensamma. De stod på var sin sida om disken och vred och vände på alla kameror Sture kunde plocka fram. Sture pratade mer än han gjort på över ett år.

Iluta hade arbetat med reklamfoto i Lettland, berättade hon, men tiderna hade blivit alltför tuffa och hon flyttade. Dessutom hade hennes intresse alltid legat i naturen. Fåglar och vilda däggdjur. Sture visade henne sitt finaste objektiv och hon ställde intelligenta frågor. Spännande frågor. Sådana som Sture aldrig tänkt på.

I Lettland finns dessutom delvis andra fåglar än i Sverige. Hon visste inte vad de hette på svenska, men Sture gick in på lagret och hämtade några av sina fågelböcker och hon kunde peka ut skrikörn och blåkråka.

Hon hade inte råd med den dyra kameran hon frågat efter,

det medgav hon utan att skämmas. Hon ville bara titta på den och hålla i den. Hennes rygg var rak och även om hennes hår var kort och blont och de blå ögonen nästan genomskinliga var likheten påfallande. Den brutna svenskan, intresset, kraften. Sture pratade på, livrädd att hon skulle gå.

När de gick, gick de tillsammans. Det enda som Iluta accepterade att bli bjuden på var en pizza runt hörnet, men Sture kan inte minnas att han någonsin ätit något så delikat. De hittade spännande ingångar till samtal överallt. ”Quattro stagioni” betyder ”fyra årstider”. Vilken årstid är bäst för rovfågelfotografering? För rådjur? Är snö en bra, eller för skarp, bakgrund? Hur närmar man sig på bästa sätt sjöfåglar?

Båda närde drömmen om en fotosafari i Afrika. Iluta trodde att hon aldrig någonsin skulle få råd. Sture visste att han hade det. Att han kunde betala för dem båda. Men han ville inte skrämma bort henne.

När de skildes åt hade de bestämt att ses igen. På lördag morgon. Hon skulle ta med sina kameror och i Stures bil skulle de åka till våtmarkerna och fågeltornet vid Svartsjö slott. Där hade Iluta aldrig varit.

Omtumlad sätter sig Sture i förarsätet, vrider om startnyckeln och kastar en blick bakåt innan han backar. I baksätet ligger en massa påsar. Skräp. Tänk om Iluta vill följa med honom hem på lördag. Det är dags att åka hem och städa.

ÖSTERSJÖN
EFTERÅT

Båten lägger ut och passagerarna går runt för att göra sig hemmastadda. Vid informationsdisken svarar Katarzyna på frågor om var badavdelningen ligger, när taxfreebutiken stänger och javisst, hon ska se till att det kommer fler handdukar till hytt nummer 506.

Hennes professionella leende har den senaste veckan känts allt mer påklistrat. Hon har försökt prata med sin närmaste kollega men inte fått någon respons. Visst är det underligt att en hytt på övre däck inte får städas, och att den hålögda kvinnan som bor där har tillåtelse att stanna kvar i hytten också när båten ligger i hamn. Att hon bara åker fram och tillbaka.

Visst är det underligt, det håller kollegan med om, men hon lägger sig inte i. Hon lägger sig aldrig i. Det lönar sig bäst. Det har livet lärt henne.

Hytten ligger längst bort i en korridor och Katarzyna har sällan anledning att bara gå förbi, men när hon kan går hon en runda och stannar till vid hytten. Vid några tillfällen har hon lagt örat mot dörren och hört misstänkta ljud.

Katarzyna tänker att hon borde prata med sin chef, men egentligen förstår hon att det vore meningslöst. Att han är inblandad på något sätt. Hur skulle det annars kunna fortgå, resa efter resa?

Tidigt på morgnarna, innan hon har klivit ur sin koj, har hon bestämt sig. Då vet hon hur det är. Hytten är en flytande bordell. Kvinnan där inne tar emot kunder under resorna. När hon då och då kommer ut för att äta ser hon ledsen och ensam ut. Anledningen till att hon aldrig går i land är att någon har tagit hennes pass, tänker Katarzyna. Det är ett typiskt fall som ska anmälas till polisen, enligt anslaget på damtoaletten, det om trafficking.

Men så börjar dagen och Katarzyna jobbar på och beslutsamheten falnar. Det behöver ju inte vara som hon misstänker. Det kan finnas andra förklaringar. Och hon vet vad som kommer att hända om hennes chef får veta att det är hon som skvallrat. Avsked på grått papper. Utan snack.

Är det värt det? Arbetslösheten i Polen är stor.

Hon sorterar bland taxfree-broschyrerna när den svenska kvinnan kommer uppför trappan. Hon har plåster i ansiktet och en arm i gips, men Katarzyna känner igen henne. Det var hon som ville ”avslöja” busschaufförernas duschrum för några veckor sedan.

Nu har hon en lång blond man med sig. Han ser både omtänksam och bekymrad ut. Kanske lite arg också.

– Ska vi äta i à la carten? säger han.

– Nej, svarar kvinnan med svag röst. Det är inte värt pengarna.

Paret ställer sig i kön till smörgåsbordet. Katarzyna funderar.

När hon får en paus skyndar hon upp till den misstänkta hytten och lyssnar. Jo, det är inget snack om saken. En man stönar där inne och visst hör hon en kvinnas stilla kvidande?

Det svenska paret har hittat ett eget bord med utsikt. Östersjöns vatten glittrar i solskenet, som om ingen ondska fanns i världen. Katarzyna ställer sig vid den lilla skänken med tallrikar och bestick och låtsas ordna med servetterna medan hon studerar svenskarna.

Kvinnan ser trött och ledsen ut. Hon petar lite i laxen och läppjar på ett glas vitt vin. Den gipsade armen ligger stilla i hennes knä. Vid bordet intill sjunger ett sällskap "Helan går" med berusade röster.

Mannen klappar kvinnan lite på handen, men utan större energi. Han tycker nog synd om henne, men han verkar samtidigt arg, tänker Katarzyna. De pratar inte mycket, och det lilla de säger kan hon inte höra.

Nu har hon bestämt sig. Med några snabba steg är hon framme vid bordet.

– Hej, säger hon och svenskarna tittar upp.

– Hej? säger mannen, men kvinnan svarar inte. Hon fäller genast ner blicken. Hon har känt igen fartygsvärdinnan och vill inte prata.

– Jag skulle vilja berätta en sak för dig, säger Katarzyna och vänder sig direkt till Ellen. Det är en viktig sak, tror jag. Kan du komma förbi min disk när ni ätit färdigt?

Ellen rör obestämt på huvudet och Katarzyna som inte vill att kollegerna ska se kontakten nöjer sig med ett otydligt besked, tackar och vänder på klacken.

Björn tittar frågande, nej, misstänksamt på sin fru. Ellen studerar intensivt en segelbåt som guppar fram på havet.

Hela kvällen och nästa morgon väntar Katarzyna vid sin disk. Hon erbjuder sig att arbeta dubbla pass och tar inga fikaraster för att inte missa svenskan. När båten lägger till och de sista passagerarna – utom kvinnan i den hemliga hytten – har gått i land har svenskan fortfarande inte kommit. Katarzyna är besviken.

SÖDERTÄLJE, SVERIGE
EFTERÅT

– Herren vare lovad! Vi har fått bönesvar.

Det smäller till när mannen vräker ner en förmögenhet på hallgolvet. Och ändå fick han bara med sig en liten del av skatten.

Den höggravida kvinnan kommer ut från köket. Hon torkar av händerna på förklädet och tittar förvånat på sakerna på golvet och på sin man.

– Följ med mig ner och hjälp mig att bära! uppmanar han.

Kvinnan undrar vad som har hänt, men av mannens förtjusta ansiktsuttryck förstår hon att han inte vill berätta. Han vill visa. Hon knyter av sig förklädet och sätter sig på pallen för att mödosamt ta på sig skorna. Huvudduken knyter hon med vana rörelser. Mannen håller på att spricka i hissen men han har bestämt sig för att inget säga. Överraskningen blir bättre då. Han ger sin hustru en stor kram.

– Titta!

Mannen smäller upp dörren till grovsoprummet. Där står allt som den lilla familjen inte haft råd att köpa: en spjälsäng, två kassar med barnkläder, en låda med blöjor, nappflaskor, välling och barnmat och – bäst av allt – en glänsande barnvagn.

Kvinnan plockar osäkert bland kläderna och tänker att jeans

i storlek 74 inte kommer att passa en nyfödd, men så småningom, så småningom. Samtidigt upptäcker hennes man en större låda. Den ser ut att ha härbärgerat någon sorts elektronik. Han öppnar den och studsar till. Kartongen innehåller hundratals, kanske tusentals, fotografier. Den glimt mannen får av bildernas motiv, samma kvinna, ett litet barn och olika saker som kan tillhöra dem, får honom att snabbt stänga lådan utan att titta mer. En bild som suttit fastkilad vid locket har glidit ut. När mannen tar upp bilden för att stoppa tillbaka den i lådan ser han att den föreställer profilen på en kvinna som sitter hukande i gräset, med ett nattlinne uppdraget över knäna och naken stjärt. Ljuset är lite dimmigt och hon fäster blicken i fjärran. Hon ser lycklig ut.

Mannen stoppar raskt tillbaka bilden i lådan.

– Vad var det där? frågar hans fru.

– Ingenting, svarar han. Bara gammalt skräp. Nu skyndar vi oss att ta upp alltihop innan någon annan kommer. Om du kör vagnen så bär jag sängen.

Storskrattande lastar de hissen full.

Samma natt kommer värkarna igång. Föräldrarna välsignar sitt barn, övertygade om att det kommer att få en ljus framtid. Gud har varit med, redan från början.

Efterord

Allt viktigt i denna berättelse är sant. Alla likheter med verkligheten är fullkomligt avsiktliga.

Böckerna i Ellen-sviten handlar om kvinnoförtryck i olika delar av världen.

Att Ellen hamnar i Polen i den tredje boken i serien är ingen tillfällighet. Det post-kommunistiska Polen, dit svenska kvinnor åkte för att göra abort på 60-talet, domineras idag av den katolska kyrkan i dess mest patriarkala och konservativa form. Abort är i praktiken förbjudet, sexualundervisningen undermålig och homofobin utbredd. Nationalistiska strömningar har haft lätt att få fotfäste i ett land som genom historien drabbats av många invasioner och krig.

I den konservativa regering som satt vid makten 2005–2007 ingick bland annat det högerpopulistiska partiet *Polska familjeförbundet*. Partiet ville skriva in ett totalt abortförbud i den polska konstitutionen men lyckades inte få igenom sitt krav. Begreppet *JP2-generationen*, organisationen *Hela Polens ungdom* och den ultrakonservativa radiostationen *Radio Maryja* finns. Polens förra barnombudsman har uttalat oro för att barn-tv-serien *Teletubbies* sprider homosexuell propaganda eftersom en av figurerna är pojke och bär handväska. Hon ville också förbjuda homosexuella personer att arbeta med barn.

Den högerextrema webb-sajten *Redwatch* finns, liksom många andra som hänger ut namngivna motståndare med bild och hemadress.

Det är historiskt korrekt att den polskfödde påven Johannes Paulus II blivit en symbol för frihet efter sina insatser mot kommunismen. Påvens hjältegloria har betytt mycket för spridningen av hans konservativa åsikter i fråga om sexualitet och ”moral”. Citaten från påvens skrifter är exakt återgivna. Men jag är säker på att påven skulle vrida sig i sin himmel om han visste vilka övergrepp jag låter mina romanfigurer begå i hans namn.

Banden mellan Solidaritetsrörelsen och den katolska kyrkan är, och har alltid varit, starka. Lech Walesa bär alltid den svarta Madonnan på sitt kavajslag och han undertecknade överenskommelsen efter varvsstrejken i Gdansk med en jättepenna, prydd med påvens bild.

Ärkekatolska kretsar ville bojkotta Ikea, på grund av katalogbilder av ett homosexuellt par.

Den högerkristna kongress som jag beskriver i början av boken har hållits i Warszawa. USA-baserade *World Congress of Families* höll sin fjärde kongress i den polska huvudstaden i maj 2007. De tal jag citerar har hållits. Alla argument som broder Black använder för att förföra Marek har i verkligheten framförts i olika skrifter och på nätet.

En holländsk organisation, *Women on Waves*, arbetar för fri abort och med sexualupplysning. Den har vid ett flertal tillfället åkt med båt till länder där abortförbud råder och, precis som i min berättelse, tagit med abortsökande kvinnor ut på internationellt vatten för att erbjuda medicinsk abort. Till Polen, och Wladyslawowo, kom båten i juni 2003. Hamnen ser inte ut som jag beskrivit den men de frågor som Ellen svarar på är sådana som faktiskt ställdes till Women on Waves telefonjour. Demonstrationerna med ägg och rödfärg är korrekt beskrivna, liksom den polska tullens insatser. Det mesta hände i verkligheten – förutom attentatet.

Det har blivit lite bättre i Polen. Den konservativa regeringen har fått gå och ersatts av en högerliberal koalition, men inte heller den nya regeringen har förändrat abortlagstiftningen. De vågar nog inte. Påven kan bli arg.

Och ja, det är sant att påven Johannes Paulus II avled klockan 21.37. Närmare bestämt den 2 april 2005, i Vatikanen.

För kunskap om allt ovanstående vill jag tacka Internet, och följande personer:

- Etnologerna Katarzyna Wolanik Boström och Karin S. Lindelöf. Jag har stulit hämningslöst ur deras doktorsavhandlingar om modern och äldre polsk vardag. Karin har hjälpt mig att konstruera den polska familjen och att göra familjemedlemmarna trovärdiga.
- Magdalena Lisewska. Hon är polska och bor i Gdansk men talar och skriver – utmärkt – svenska och har hjälpt mig att få ordning på geografi, tänkesätt, språk, familjemönster – allt. Tillsammans letade vi rätt på lägenheterna på Halleragatan och i Zaspa-området där familjerna bor.
- Christina Rogala på RFSU som kan mycket om Polen, medicin och europeisk sexualpolitik. Efter en lång mejldiskussion om hur man egentligen lagar bigos hoppas jag att jag nu landat i något som skullc kunna bli gott.
- De anonyma svenska kvinnor som jag talat med som gjorde abort i Polen i slutet på 60-talet.

Även det som är påhittat har jag fått hjälp med:

- Kriminalteknikern Lennart Kjellander har hjälpt mig att spränga både bilar och båt, och gett mig en realistisk bild av vad man kan se i ett teleobjektiv.

- Rättspsykiatern Eva-Marie Laurén känner både Sture:ar och broder Black:ar – på riktigt.
- Seglaren Sven Irving vet hur man angör en brygga.

Själva grundhistorien är förstås fria fantasier. Berättelsen om Ellen och hennes familj. Liksom den polska familjen. Och Sture och broder Black. Jag har ingen aning om det fanns yrkeskurser i bokbinderi i Stockholm 1968.

Prostitutionen ombord på Polenfärjan är enbart resultatet av min lögnaktiga fantasi – för något sådant kan väl inte tänkas hända på riktigt? Den beskrivna varningsaffischen fanns i alla fall på en av färjorna sommaren 2008. På damtoaletten.

Brevväxlingen mellan Misse och Lena är nästan autentisk. Min kusin Margoth Sonnebo och jag skrev sådana brev till varandra under perioden 1968–1971, flera i veckan. De handlade inte om aborter eller bokbinderi men språket är korrekt återgivet. Tack Margoth! Vi var faktiskt riktigt roliga. Och vilken tur att jag inte kastat brevbuntarna.

Till sist:

Ett jättetack till min entusiastiska och professionella förläggare Cina Jennehov. Vi har bestämt oss för att följa Ellen på många nya resor under de kommande åren.

På de resorna vill jag också ha med mig Janne, min älskade man. Han har följt mig när jag rekognoscerat i Sopot och Gdansk, han har läst och diskuterat och uppmuntrat och lagat mat och pussat mig när jag tröttnat. Tack.

Skå i mars 2009
Karin Alfredsson

Faktamaterial

Historia

"Jan Sobieski var en talangfull härförare och han skrev in sig i Europas historia genom att 1683 på uppmaning av Österrikes kejsare Leopold II leda den armé som besegrade den 140 000 man starka här som belägrade Wien under hösten det året.

'Jag kom, jag såg och Gud segrade', skrev Sobieski i sitt meddelande efter slaget till påven i Rom.

I polsk historieskrivning har han därför setts som en man som 'räddade det kristna Europa' från 'det muslimska hotet' på 1600-talet."

Peter Johnsson: Polen i historien (Carlsson bokförlag 2009)

"Redan på 900-talet kristnades polackerna av katolska missionärer från Böhmen i nuvarande Tjeckien. Polen har förblivit en övervägande katolsk nation. [...]

Under 1950-och 1960-talen försökte kommunistpartiet bryta kyrkans makt och underkasta den statens kontroll. Denna politik misslyckades. Kyrkan bevarade sitt oberoende och dess position i samhället förstärktes, särskilt sedan den polske kardinalen Karol Wojtyla 1978 valts till påve (Johannes Paulus II). Han spelade en stor roll för kommunistväldets fall i Östeuropa och har behållit sin popularitet i landet."

Polen. Länder i fickformat (Utrikespolitiska Institutet)

Projektet Morgondagens patriotism som sponsras av regeringen startar i alla skolor från och med höstterminens början på måndagen. [...] Syftet är att stärka patriotismen hos eleverna och att popularisera kunskapen om Polens historiska och kulturella arv i en modern form.

Polskie Radio 1 september 2007

Påven Johannes Paulus II

”Det påvebesök som (den kommunistiska) regimen tillät år 1983, troligen i förhoppningen att det skulle 'lindra' stämningarna i samhället hade en motsatt effekt. Tio miljoner polacker drog ut i pilgrimståg över hela landet för att lyssna på en påve som försvarade rätten till fria fackföreningar, som använde ordet Solidaritet i sina tal till människorna, som fördömde användandet av våld och som innan han lämnade landet träffade Lech Walesa vid ett möte i de polska bergen.”

Peter Johnsson: Polen i historien (Carlsson bokförlag 2009)

”Lika radikal som Johannes Paulus II var på politikens och de sociala frågornas område, lika konsekvent förhindrade han varje försök att förändra den katolska kyrkans fördömande inställning vad gäller preventivmedel, abort, konstgjord befruktning, skilsmässa, homosexualitet, kvinnliga präster och celibatet.”

Peter Johnsson: Polen i historien (Carlsson bokförlag 2009)

61 procent av polackerna vill enligt en färsk undersökning att förre påven Johannes Paulus II ska kanoniseras direkt, utan att först bli saligförklarad som brukligt är. Endast 18 procent anser att Vatikanen ska hålla sig till det normala förfarandet. Den nye påven Benedikt XVI har redan gett dispens en gång: man

behövde inte vänta i fem år, som brukligt är, innan processen med saligförklarandet kunde börja.

Radio Polonia 2 april 2007

Parlamentet har antagit en resolution till den andra april, tvåårsdagen av förre påven Johannes Paulus II:s död. I resolutionen upphöjs JPII till de flesta polackers ultimata föredöme, med hänvisning till påvens besök i parlamentet då han sade att varje enskild medborgares välbefinnande bör vara ledstjärna för dem som tjänar nationen. Parlamentets ledamöter försäkrar att de, oavsett partitillhörighet, inte ska spara någon ansträngning för att följa de livsvärden som påven omhuldade.

Radio Polonia, 30 april 2007

Abortlagstiftning i Sverige och Polen

”I augusti 1962 flög amerikanskan Sherri Finkbine till Sverige för att ansöka om abort. Efter läkarundersökning, kuratorssamtal och överläggning i Medicinalstyrelsen beviljades hennes ansökan och ingreppet utfördes kort därefter [...] Under samma tid reste svenska kvinnor till Polen för aborter de nekades i Sverige. I Polen hade fri abort införts 1959. När svenska kvinnor började utnyttja denna möjlighet är okänt. [...] På konferensen *Sex och samhälle* intervjuades två unga kvinnor på en mörklagd scen. Båda hade fått avslag på sina (svenska) abortansökningar. Den ena var nu ensamstående mamma, medan den andra kvinnan hade rest till Polen och gjort abort [...] Några månader efter konferensen kom beskedet att Riksåklagaren planerade väcka åtal mot de svenska kvinnor som gjort abort i Polen, liksom mot Hans Nestius för medhjälp.”

Lena Lennerhed: Historier om ett brott. Illegala aborter i Sverige på 1900-talet (Atlas förlag 2008)

”[...] straff (3 års fängelse) ska tilldömas alla som ger bistånd till en gravid kvinna i akt och mening att avsluta graviditeten i strid med lagen, eller övertalar henne att göra detsamma.”

Den polska strafflagen

”Enligt *Polska federationen för kvinnor och familjeplanering* görs det mellan 80 000 och 200 000 illegala aborter i Polen varje år. Abort är endast tillåtet vid fara för kvinnans liv, vid våldtäkt och incest eller om fostret är missbildat. Den som utför en illegal abort kan få upp till tre års fängelse, men enligt Wanda Nowicka (generaldirektör på *Polska federationen för kvinnor och familjeplanering*) är det ovanligt med sådana hårda straff, de flesta får böter och indragen legitimation [...]

– Klimatet blir bara hårdare och hårdare. Läkarna är rädda för att utföra aborter även när det är lagligt, säger hon.

Hon förklarar att de senaste årens förslag om att skärpa abortlagen har gjort aborter ännu mer stigmatiserade. För drygt ett år sen diskuterades det om abortförbudet skulle skrivas in i grundlagen och för bara några veckor sen föreslog den polska ombudsmannen en striktare tillämpning av lagen. [...]

Efter regeringsskiftet i höstas då det mycket konservativa partiet Lag och rättvisa fick kliva åt sidan fanns hopp om en liberalisering, vilket också skedde, bland annat i synen på dödstraff – men inte i abortfrågan. En viktig förklaring är den katolska kyrkans inflytande över politiken.”

RFSU:s tidning Ottar Rapport, februari 2008

Familjekongressen i Warszawa

”Europa är nästan förlorat till den demografiska vintern och sekularisationen. Om Europa går under kommer resten av världen att följa med. Polen har behållit sin starka tro och sina starka familjer, även om också Polen satts under stor press. Polen har räddat Europa tidigare. Det är troligt att hon kommer att rädda Europa ytterligare en gång. När det gäller familje- och befolkningsfrågor kommer Europa att bli slagfältet under det 21:a århundradets början, och Polen är medelpunkten. Det ger extra mening åt att den fjärde Familje Världskongressen möts hos de modiga polackerna. Polens centrala placering kommer att göra det lätt för familjegrupper från hela kontinenten att komma till kongressen."

Från World Congress of Families IV planeringsmöte den 23–25 oktober 2005, Rockford, Illinois, USA. Citatet hämtat från World Congress of Families hemsida.

Kyrkans roll

De katolska biskoparna stöder det lilla ultrakatolska Polska Familjeförbundets (LPR) ansträngningar att få in abortlagen i grundlagen. Enligt biskopskonferensen, som är kyrkans styrande organ, måste mänskligt liv skyddas från konceptionen till det naturliga dödsögonblicket. LPR föreslog för att par veckor sedan att rätten till liv från konceptionsögonblicket skulle införas i grundlagen, och det medförde en intensiv abortdebatt.

Radio Polonia 14 mars 2007

Religionen är nu sedan 15 år tillbaka i skolan, och den tar allt mer plats i det pedagogiska landskapet. Även barn från icketroende hem anmäler sig till religionsundervisningen för att inte vara avvikande. På senare tid har det kommit signaler från utbildningsdepartementet om att betygen vid t ex studentexamen också ska omfatta de kristna värdena.

Nättidningen Glos.com

Homosexualitet

Utbildningsdepartementet arbetar nu på ett förslag som ska förbjuda information om homosexualitet i skolorna. Disciplinåtgärder ska kunna vidtas mot rektorer som låter homosexuella berätta om sin situation.

Radio Polonia 13 mars 2007

Utbildningsminister Roman Giertych från Polska familjeförbundet (LPR) har väckt uppseende i tyska medier genom att kräva ett förbud för abort och homosexualitet i hela EU. Han hävdar att det är den polska regeringens ståndpunkt, och att han tidigare lagt fram den i EU:s ministerråd utan att möta någon kritik. Han citerar uttalanden från den förre påven, Johannes Paulus II.

Radio Polonia 2 mars 2007

Europadomstolen har slagit fast att det var fel att förbjuda gayparaden i Warszawa för två år sedan. Uttalanden som gjordes av president Lech Kaczynski, då borgmästare i Warszawa, påverkade myndigheterna så att arrangörerna inte fick tillstånd till paraden. Den hölls ändå och bevistades av tretusen människor.

Arbetarbladet.se 3 maj 2007

”Ärkekatolska kretsar i Polen rasar mot Ikea. Orsaken är kundklubbens tidning Ikea Family Live som visar ett homosexuellt par under rubriken 'familjelivet förändras'. Katoliker uppmanas nu att bojkotta varuhuset.

'Jag är katolik – jag handlar inte hos Ikea' heter det i den polska månadstidningen Fronda som leds av Grzegorz Gorny, en av landets mest kända aktivister mot homosexuella. I upprop på webben uppmanas katoliker att skicka protestbrev till Ikea.”

Svenska Dagbladet 26 november 2008

LÄS MER

Extramaterial om boken och författaren

LÄS MER

Karin Alfredsson i korta drag

Namn: Karin Alfredsson

Yrke: Författare och journalist

Född: 1953

Familj: Man, tre vuxna barn och ett barnbarn

Bor: Vid Mälarens strand

Aktuell: Pocketaktuell med *Klockan 21:37* i Pocketförlaget.

Mer om Karin:

Hemlig talang: Svampkännare

Sämsta egenskap: Styr och ställer, bristande tålamod

Bästa egenskap: Får mycket gjort, optimist

Blir glad av: Barnbarnets leende

Arg av: Mäns våld mot kvinnor

Favoriter i fiktionens värld: Pippi Långstrump

Favoritplats: Den egna bryggan

Läs mer på www.karinalfredsson.se, där du även kan följa Karins blogg.

Tre korta frågor till Karin:

– Hallå där Karin! Hur känns det nu när din tredje bok om Ellen kommer i pocket?

– Spännande. Pocketutgåvorna kan nå nya grupper, och jag vet att många av mina trogna läsare väntat på pocketutgåvan av *Klockan 21.37*.

– *Klockan 21:37* fick väldigt mycket uppmärksamhet i Polen när den kom ut som inbunden. Hur kändes det?

– Bra, på ett sätt, men också lite obehagligt. Boken har när detta skrivs fortfarande inte kommit ut i Polen, men en recension på en polsk/svensk hemsida ledde till en våldsam debatt i Polen. Upprördheten handlade delvis om omslaget och om att jag kritiserat den polske påven Johannes Paulus II. Det känns märkligt att så många människor som aldrig träffat mig, och inte läst min bok, kunde ha så bestämda åsikter om både boken och mig som person. Å andra sidan var det många i Polen, bland dem som inte stödjer katolska kyrkans syn på aborter, skilsmässor och preventivmedel, som tyckte att det var bra att boken startat en debatt.

– Kan du berätta lite om hur ditt förarbete gick till innan du skrev boken?

– Jag börjar med att skriva ett synopsis. Sedan skriver jag tämligen detaljerade personbeskrivningar av mina huvudpersoner, som jag sedan kollar med människor som kan den aktuella kulturen bättre än jag, så att jag inte skapar osannolika personer. Anledningen är att jag ska känna mina romanfigurer ordentligt, och därmed veta hur de kan tänkas agera när saker och ting händer kring dem.

Här nedan följer de förberedelser som Karin gjorde över tre av huvudpersonerna i boken.

Pappa Jacek Domanski

Född 1956, alltså 52 år 2008

Flyttade från Teresa 1997

Jaceks föräldrar var trogna kommunister även om pappans yrke (läkare) lönemässigt värderades lågt under Folkrepubliken (men högt statusmässigt). Pappan var partimedlem och åtnjöt därmed stora fördelar. Bland annat hade han en bil, en Trabant, och kuponger för att köpa andra åtrådda varor. Han hade ett litet mottagningsrum hemma i villan i stadsdelen Oliwa där han som extraknäck bl a utförde aborter (på svenskor bl a).

Jacek utbildade sig till ingenjör och träffade Teresa på en fest med andra studenter. Jacek och Teresa pluggade på olika universitet. Han på Tekniska högskolan. Alla studenter pratade mycket politik på den tiden. Teresa hade med sig sin kritiska hållning mot regimen hemifrån, Jacek var inte så intresserad men politik var en del av sällskapslivet på den tiden.

Han fick genast efter examen anställning i en stor statlig industri med fabriker över hela landet. Hans ansvar blev miljöfrågor och han var till en början mycket engagerad men tappade modet allt mer när han såg hur retoriskt, och i praktiken meningslöst, hans arbete var.

Han reste mycket. Delvis eftersom arbetet så krävde, delvis för att han kände sig mer och mer trängd i den lilla lägenheten – av den växande barnaskaran, hustruns kristenhet och svärfaderns dominans. Han ville inte ha fler barn och undvek allt oftare sexuellt umgänge med Teresa som av religiösa skäl inte ville använda preventivmedel, och som blev gravid så fort det fanns en teoretisk chans (tyckte Jacek).

Att ha skyddat sex hade däremot hans kollega Izabela inget emot. Även hon var ingenjör, fast på produktionsutvecklingsavdelningen. De reste ibland tillsammans och hade mycket att prata om. Förhållandet blev allt mer fast.

Jacek intresserade sig knappast för politik, trängd som han varit mellan faderns gammalkommunism och svärfaderns motstånd, men när Folkrepubliken brakade samman hade han inget emot det. Han såg framtiden an med tillförsikt och tänkte att allt skulle bli annorlunda nu, även i förhållandet till Teresa och barnen. Sonen Marek, som hade en speciell plats i pappans hjärta, skulle t ex få mer tid och omsorg när tiderna blev bättre, tänkte Jacek.

Och så blev tiderna inte alls bättre utan sämre. De nya ägarna till industrikoncernen var om möjligt ännu mindre intresserade av miljöfrågor och hela Jaceks avdelning lades ner. Jacek blev arbetslös. Han tappade fotfästet och gick in i en djup depression. Vissa dagar gick han inte ur sängen. Det blev Teresa som försörjde familjen. Det var något som ingen av dem talade om öppet eftersom den polska traditionen ser mannen som försörjaren och båda skämdes.

Även Teresa hade blivit arbetslös vid regimskiftet men hon drog sig fram på småjobb. Jacek kände sig allt mer oduglig och tillbringade mer och mer tid hemma hos Izabela som fått behålla jobbet, och lägenheten i Zaspa – men som varken klagade eller pratade om Gud eller Påven.

När Jacek bott permanent hos Izabela i två år, och alla visste hur det stod till, bad Jacek Teresa om skilsmässa – och hon sa nej. "Det Gud förenat ska inte människor skilja åt", sa hon, och på den vägen är det. Jacek har accepterat och plågas inte av att "leva i synd", men Izabela är förtvivlad. Hon vill gärna ha barn men kan inte tänka sig att, ens formellt, bli ensam mamma. Äktenskapet är viktigt för henne också.

Egentligen gömmer sig Jacek bakom Teresas motstånd. Han skulle inte ha något emot att gifta sig med Izabela, men han vill inte ha fler barn. Han tycker redan att han svikit tre och ser risken att det skulle bli fler.

Jacek fick aldrig något nytt jobb som ingenjör. När de nya fabriksägarna i slutet av 90-talet började inse att det måste tänka på miljöaspekten hade många yngre experter sprungit förbi Jacek och hans gamla kompetens efterfrågades inte längre.

Idag kör Jacek taxi i Gdansk, ofta på kvällar och nätter eftersom det lönar sig bättre. Han kan tala ryska och tyska och får bra kontakt med många turister. Han trivs. Han är positiv till Polens närmande till EU och han bryr sig inte om abortbåten. Det är honom likgiltigt. Han är van att kvinnor får bestämma. Han går aldrig i kyrkan.

Morfar Andrzej Nowak

Född 1928, alltså 80 år 2008

Morfar i familjen bor tillsammans med sin dotter Teresa och hennes barn. Han delar rum i den lilla lägenheten med dottersonen Marek.

Andrzej är övertygad katolik och pensionerad varvsarbetare. Han var aktiv i Solidaritet och deltog i strejken 1980. Han är personlig vän med Lech Walesa. Han har varit övertygad antikommunist hela sitt liv, men har en del problem med den nya yttersta högern (som partiet LPR). De vill censurera skolböckerna, och det var väl ändå inte meningen med friheten tycker morfar och skakar bekymrat på huvudet. Han grälar med Marek om detta, och gillar inte att dottersonen är aktiv i "Hela Polens ungdom" (LPR:s ungdomsorganisation).

Han gör ingenting hemma. Det är Teresa och flickorna som sköter lägenheten och lagar mat. Och det är ingen som tycker att det är fel.

Han bor på Halleragatan i den gamla delen av Gdansk-Wrzeszcz.

Invändning från en av mina polska vänner:

Håller han inte med LPR, så måste han också vara ganska distanserad till Radio Maryja – han lyssnar på den, men är ganska bekymrad över det extrema som sägs där..

Han är ingen sammanbiten, bitter äldre person, utan bara en ganska förvirrad katolik som vill leva enligt sin tro, men egentligen inte har förstått hur man gör det i den moderna världen. Han är troende antikommunist, men han tillhör inte extremhögern. Att han tror på friheten och rätten till rätt utbildning visar att han har respekt för människor.

Han tycker att man ska satsa på landets utveckling och jämför ofta 90-talet med sin egen situation som ung – han byggde upp staden Gdansk efter kriget med egna händer och idealism. Moderna polacker är bara intresserade av snabb vinst för sig själva, tycker han.

Han försöker få barnen att förstå och överta hans värderingar: man ska satsa på sin utbildning för landets bästa, man ska tycka att familjen är det viktigaste och att barn är den största tillgången, man ska ha respekt för andra och leva i Solidaritets anda: hjälpa dem som behöver hjälp.

Läsaren ska inte tycka att han är en ängel – han tycker bl a att homosexuella behöver hjälp att bli friska igen, att kvinnor som inte vill ha barn måste få moraliskt stöd för att fatta att moderskapet är det viktigaste som kommer att hända i deras liv, osv.

Mamma Teresa Nowak- Domanska

Född 1958, alltså 50 år 2008

Hon gifte sig relativt ung med Jacek som var två år äldre. De träffades via kamrater, på en fest, men gick på olika universitet. Han läste till ingenjör och hon psykologi. De gifte sig, lite i opposition mot sina föräldrar. Teresas föräldrar var djupt troende katoliker medan Jaceks var lika övertygade kommunister. Med två års mellanrum fick de tre barn – Agata, Karolina och Marek.

Äktenskapet knakade tidigt i fogarna, kanske på grund av olika värderingsgrunder. Jacek arbetade som miljöansvarig på ett stort industriföretag och som sådan reste han runt i landet och inspekterade fabriker (utan att arbetet egentligen ledde till något). När Folkrepubliken försvann och marknadskrafterna på allvar tog över, i början av 90-talet, förlorade Jacek jobbet och tappade all ork. Det förhållande han i flera år haft med sin kollega Izabela avslöjades och han flyttade från familjen, hem till henne.

Teresa är övertygad katolik och som sådan kan hon inte skilja sig så Jacek och Izabela har inte kunnat gifta om sig.

Teresa har också haft det svårt efter murens fall. Hon var statligt anställd och blev också uppsagd, men med hjälp av många olika småjobb – de flesta okvalificerade och fler i kyrkliga sammanhang – har hon dragit sig fram. Hon har helt enkelt inte haft tid att vara deprimerad, säger hon. Hon måste ju försörja barnen.

Nu arbetar hon som kurator i en kyrklig rådgivningsbyrå med problemfamiljer. Hon ser att familjen verkligen inte alltid är det himmelrike som hennes far eller sonen Marek t ex föreställer sig, men hennes djupa gudstro gör att hon ändå kämpar för att återförena t ex par i misshandelsrelationer. Det händer att hon placerar barn i nya familjer, som fosterbarn eller i adoptioner. Vissa föräldrar ska helt enkelt inte ha hand om barn, det tycker hon uppriktigt. Ändå kan hon inte tänka sig att acceptera aborter. Hon pratar med flickorna – mest med Agata eftersom Karolina är "så känslig". Agata har svårt att förstå hur hon får ihop sin verklighet med påvens regelverk.

Hon är ledsen över att hennes äktenskap inte längre fungerar, och hon vet inte om hon uppriktigt skulle vilja att Jacek flyttade hem till dem igen. Hon känner sig misslyckad och skyldig.

Min polska vän kompletterar:

Teresa känner fortfarande att det faktum att Jacek lämnat henne är hennes förlust och hennes fel. Hon tycker att kvinnor har ett svårt liv, att de måste bära familjens börda hela livet, men det är bara så, det är kvinnors öde. Hon bearbetar det hela tiden i tankarna. Det är viktigt att hon aldrig tänker på sig själv som om en offer.

Men själv har hon än då levt efter sin övertygelse, och Guds och påvens bud, och inte gift om sig. Ändå är det något som skaver. Hon vet att hon borde se sig själv som mannens tjänare, att kvinnans roll är att stödja och stötta mannen, men hennes personliga erfarenhet, och många av de kvinnor hon träffar via jobbet, är ju i praktiken både starkare och smartare än sina män. Varför ska de då förminska sig?

Sonen Marek som drömmer om den perfekta familjen oroar henne en del. Hon tycker att han är blåögd och hennes psykologiska yrkeskunnande gör att det ringer varningsklockor ibland. Hon kan – teoretiskt – förstå att det skulle kunna gå illa för Marek men tror att det ska växa bort. De ideal han så högtravande talar om är ju ändå fina och bra. Familjen är samhällets fundament.

Den polske påven Johannes Paulus II är hennes stora idol och hon har tapetserat lägenheten med bilder av honom.

På nästa sida kan du läsa ett utdrag ur Karin Alfredssons nästa bok, *Den sjätte gudinnan*, som ges ut hösten 2010.

Läs ett utdrag ur *Den sjätte gudinnan*,
del fyra i serien om kvinnoläkaren Ellen Elg

Jag borde ha förstått.

Redan när jag klev ut på gården kände jag att något var annorlunda. Först visste jag inte vad det var. Den uppgående solen färgade himlen ovanför de högkastiga hustaken, som vanligt.

Jag hade bråttom ut till buskarna, som vanligt. Hemma, i byn där jag bodde med min familj innan jag blev bortgift, där hade vi en latrin som vi delade med grannarna. Jag tänker fortfarande på den byn som "hemma" men jag säger det aldrig högt, för då får jag stryk. De rika har förstås latriner här också men vi andra, svärdöttrarna först av alla, hukar i buskagen i den tidiga gryningen. Allt som vi kan pressa ut ur våra trötta kroppar lämnar vi tillbaka till naturen. Jorden tackar genom att ständigt skjuta nya skott som döljer våra starka färger. Sedan får man inte dricka så mycket, och absolut inte ha problem med magen, för att dra upp sin sari i buskarna på dagtid är mycket skamligt. Kan kosta en örfil eller två. Eller något värre.

Nej, där i buskarna var allt som vanligt. Jag nickade till min granne där vi satt. Hon hade gråtit, det kunde jag se, men jag orkade inte fråga. Hon hade säkert inte berättat ändå. Vi bär på stora hemligheter, de flesta av oss. De vassa taggar som buskarna släppt ifrån sig stack in i fotsulorna, fast fötterna borde vara hårda som sandalernas läder. Jag är alldeles för ömhudad, som svärmor Kamla brukar säga. Det är ett annat fel jag har. Men vad gör man åt sådant?

Jag säger det än en gång: jag borde ha förstått.

Och jag borde ha bytt kläder.

Den billiga sarin som jag hade sovit i klistrade sig fast mot benen när jag gick tillbaka till huset. Sarin har vackra färger, gult och grönt, men den är sydd i ett tyg som sprakar och hakar upp sig mot kroppen. Den är elektrisk, och lättantändlig, säger min svåger, som ofta uttalar sig bergsäkert om svåra saker.

Jag borde i alla fall ha bytt till den gamla bomullssarin.

När jag kom tillbaka till gården, och började göra frukost, förstod jag till sist vad det var som var annorlunda: jag kunde höra alla fåglarna. Det berodde på det jag inte hörde. Snarkningarna. Svärmor snarkar alltid, värst framåt morgonen. Svärfar sover med stora tygtussar i öronen och min svåger och svägerska som delar det stora rummet med dem brukar gå upp och knuffa till henne flera gånger varje natt. Nu hördes ingenting därifrån.

Jag blev orolig och lyfte på filten som täcker deras dörröppning. Var svärmor sjuk? Hade hon dött? Det knäppte i min sari när jag slank in i det mörka rummet.

– Ammiji ? viskade jag.

– Ja? svarade hon, och jag bad genast om ursäkt och skyndade ut till mina plikter. Hon var vaken. Men det som förvånade mig var hur hon svarade. Hennes röst lät mjuk och vänlig.

Jag borde ha förstått.

Efter att de hade ätit sin frukost gick svärfar till sitt arbete på fälten. Han gav mig en klapp på kinden. Han är det ende som tycker om mig i min nya familj. Min svåger tog cykeln till sitt arbete på tegelbruket och min svägerska följde sina söner och den yngsta svägerskan till skolan. Hon skulle prata med läraren om något.

Iswar var ovanligt tyst och tog bara ett enda roti-bröd, fast jag trodde att jag hade gräddat dem perfekt, precis så hårt som han vill ha dem. Han klagade inte utan sa bara att han inte var hungrig. Det betydde att det fanns tre bröd kvar till mig, och svärmor lät mig äta dem.

Iswar slog mig inte ens när jag tappade ett fat medan jag diskade. Det föll med ett skarpt ljud och jag hukade inför bestraffningen, som inte kom.

Jag borde ha förstått.

Istället försvann Iswar ut på gatan. Det var inte konstigt. Det brukar han göra, jag vet inte var han går eller vad han gör. Iswar är arbetslös.

När jag sopade gårdsplanen kom mannen som säljer husgeråd dragande på sin cykel. De rostfria muggarna och tallrikarna skramlade i jutesäckarna. Jag tittade upp och glömde att dra ner min sjal för ansiktet. När svärmor kom ut ur sovrummet för att tala om att vi inget skulle ha, såg hon mitt otäckta ansikte men sa inget. Hon såg förstås arg ut, men hon sa inget.

Och hela förmiddagen gick utan en enda kommentar om min snåla familj och den obetalda hemgiften.

Jag borde verkligen ha förstått att något var fel när jag lade ner den nytvättade sarin i min brudkista, och såg att matematikboken som jag brukar ha undangömd längst ner hade flyttats från den högra till den vänstra sidan av kistan. Någon hade sett att jag hade den, och inget hade hänt. Inget uppträde, inga skrik, inga slag, inte ens några glåpord.

Ändå kom det som en överraskning när Iswar plötsligt kom hem, tidigare än han brukar, precis när jag skulle steka middagsrotin i köket. Jag satt på huk vid det tända spritköket och var ganska nöjd. Jag hade fått degen lagom seg och det fanns så mycket linsröra så att det skulle räcka till alla, mig också.

Plötsligt blev det mörkt i köket, den där dagen för tre år sedan. Dörröppningen täcktes av två kroppar och Iswar trängde sig in bredvid mig. Bakom honom stod min svärmor. Hon blockerade utgången. Iswar sparkade undan stekplattan som hade blivit het. Han böjde sig ner, lyfte upp det brinnande spritköket och kastade det på mig.

Det var då jag förstod vad som menades med att min sari var "lättantändlig".

Kali

Förr eller senare skulle det ske, det visste jag. Vad jag inte hade förberett mig på var att det skulle gå så illa. Att jag inte skulle kunna acceptera mitt öde. Att jag skulle dra plåga och sorg över min familj. Jag visste inte att jag var så stark.

Det var en vanlig kväll i kornas skjul. Efter kvällsmockningen hade jag gått till min jordägares hus och väntat på trappan, som vanligt. Jag hade med mig min egen tallrik och min egen mugg, som vanligt. Min matmor kom ut med två rotibröd och en skål med linser, som vanligt. Jag höll fram tallriken och hon hällde en skopa linser i den. Sedan släppte hon ner rotibröden. Hon är alltid noga med att inte röra vid min tallrik.

Min mamma arbetar inne i huset. Hon får städa och tvätta familjens kläder, men är förbjuden att gå in i köket. Vi är "oberörbara", säger de. Vi tillhör sopar-kasten.

Min farmor har berättat hur hennes pappa fick gå omkring med en kanna runt halsen för att spotta i, för att inte förorena marken där de högkastiga skulle gå, och att de måste ha bjällror på sig för att förvarna de rena om att de var på väg. Så är det inte längre. Nu får sådana som jag till och med förtur till de stora skolorna i städerna. Men då måste man ju kunna läsa först.

Jag tycker att mycket fortfarande är orättvist.

Jag var 14 år, frisk och stark, och det enda arbete jag kunde få var i uthuset. Det är bättre än att tömma toaletter som min farmor gjorde hela sitt liv, men ändå. Jag vaktade korna och bufflarna på dagarna, mockade och sopade, och bar bort tunnor med kopiss. Det var tråkigt och smutsigt och luktade hemskt. Ibland fick jag inte ens byta halmen som djuren smutsat ner utan bara lägga på ett nytt lager. Då gick det nästan inte att vara inne i skjulet för det luktade så illa.

Det enda jag trivdes med var att göra kakor av komockorna. Jag klappade till dem med handen, och kunde göra olika mönster på dem innan jag tryckte fast dem på muren för att torka. Kakorna var nyttiga eftersom vi eldade med dem när vi lagade mat. Det gjorde förresten alla. Brahminerna eldade med mina kakor också, så där var vi lika. Jag fick ta allt bränsle vi behövde. De med de snyggaste mönstren brukade jag ta hem till mamma.

Allt förändrades plötsligt den där kvällen för tre år sedan.

Jag visste förstås att det "oberörbara" inte gällde alla delar av min kropp. Det är konstigt, att man kan behandlas som den smutsigaste av smutsiga, men att andra regler gäller mellan benen. Åtminstone när det har blivit mörkt.

Pojkarna hade redan börjat följa efter mig på bygatan, ibland i stora gäng som ropade och tafsade. Jag käftade emot så mycket jag vågade, och jag gick aldrig utanför byn ensam när solen gått ner. Det gör man bara inte. Jag visste vad som händer med en flicka som inte längre är orörd. Och jag ville bli bortgift, gärna så fort som möjligt. Jag ville bli bortgift. Nu vet jag inte längre.

Problemet var Rajveer, jordägarens son. Han hade börjat komma till uthuset på kvällarna, stanna till i dörröppningen och småprata. Vad hade han där att göra? Är det inte smutsigt här bland korna, ville jag säga, men det vågade jag inte. Jag var rädd att han skulle skvallra för sin far och säga att jag var uppkäftig så att jag skulle förlora mitt arbete. Då kunde jag inte tänka mig att det fanns sådant som var värre. Mycket värre.

Jag tyckte inte om Rajveer. Jag tyckte att han var gammal, säkert 25 år, och att han verkade lite dum i huvudet. Jag vet att jag inte borde säga så om en som äger så mycket jord, men han har aldrig haft något arbete, han har inte gått särskilt många år i skola och han är inte gift.

Om jag hade fått gå i skola hade jag gjort det. Jag hade varit i skolan varje dag, och jag hade läst varje bok som jag hade kunnat låna. Därför förstår jag mig inte på människor som har den möjligheten men inte tar den.

Jordägarens familj är sikher. Traditionerna är viktiga för dem. Ingen klipper håret och de har många turbaner som måste kosta mycket pengar.

Rajveer hade en som glänste i blått. Den passade inte till hans dumma ansikte. Så brukade jag tänka. Nu vet jag inte vad jag tänker.

Alla i jordägarfamiljen bar metallarmband och männen hade en dolk i bältet. Alla sikh-män ska ha en dolk, har jag hört. Tänk om Rajveer inte hade varit sikh och inte hade haft någon dolk? Då hade allt blivit annorlunda. Jag vet inte om det hade varit bättre eller sämre. Jag funderar mycket på sådant, men jag vet inte. Gjort är gjort, brukar jag säga till mig själv, och försöka jaga iväg tankarna. Det går inte så bra.

I alla fall: Jag hade skrubbat min tallrik med sand och sköljt av den men jag var fortfarande hungrig. Jag är ofta hungrig.

Sedan tvättade jag mina händer och borstade mina naglar. Ingen ska ha rätt när de kallar mig oren. Jag tänkte gå hem, helst innan det blev riktigt mörkt, och det tar en stund att komma hem till vårt hus. Vi bor i andra änden av byn, på andra sidan huvudvägen, på den sidan där det inte finns någon skola eller något postkontor, inget avloppssystem och bara en vattenpump.

När Rajveer stod där i dörröppningen med sitt korkade flin försökte jag bara komma förbi honom. Jag ville inte prata.

Då tog han tag i min sjal och hejdade mig, som om det varit en lek. Han skrattade på sitt fåniga sätt och undrade om vi inte kunde gå någonstans där vi fick vara i fred. Var kan man vara i fred i den här byn, undrade jag, fast jag inte alls ville vara i fred med honom, men sedan insåg jag att hans familj hade flera hus med låsta dörrar som han nog hade nycklar till. Så jag svarade inte och försökte dra till mig sjalen. Fortfarande höll han bara fast mig i tyget, och jag tänkte att han kanske faktiskt trodde på det är med orenheten, och att jag skulle komma undan, bara för att han inte ville röra vid min kropp.

Så fel jag hade.

Jag sa att jag måste gå hem. Att mamma väntade på mig och skulle börja oroa sig om jag inte kom.

Jag tittade över hans axel för ett se om något rörde sig ute på gården. Om någon kom kunde jag ropa. Jag kunde fråga något vardagligt, som "Frun, vilken tid vill ni att jag ska komma i morgon?" fast jag visste att jag alltid måste vara där senast en halv timme efter soluppgången.

Jag skulle inte skrika, eller anklaga, eller visa att jag var rädd, tänkte jag. Bara få dem att titta hitåt. För vad hade jag att vara rädd för? Vad hade han gjort? Ingenting. Hållit fast i min sjal, bara. Velat prata. Han skulle säga att det bara var på skoj. Att jag inbillade mig. För vem skulle kunna vara intresserad av en sådan soparskitunge?

Ändå såg jag i hans ögon, och på svettdropparna på hans överläpp, och på de sammanpressade läpparna att jag var i stor fara. Jag visste att jag måste fly.

Underligt nog, det har jag funderat på nu, tänkte jag aldrig att jag skulle ge efter. Att det skulle vara mindre farligt att låta honom få som han ville. Att det var bättre att vara skändad än att vara död. Jag visste bara att jag måste komma loss.

Med ett ryck kröp jag ur sjalen och backade in mot korna. Han blockerade dörren och någon bakdörr finns inte, men om jag kunde locka in honom i skjulet kanske jag skulle kunna runda honom och smita ut.

Jag var helt säker på att jag var snabbare än han. Ute på bygatan skulle jag kunna springa och då skulle han inte våga komma efter. Det fungerade först för han tog några steg mot mig och lämnade dörröppningen fri. Men han hade långa armar och starka fingrar som grep tag i min arm när jag försökte smita runt honom. Han höll fast mig och tryckte upp mig mot den smutsiga väggen. Jag sparkade och försökte komma loss.

Vad som sedan hände minns jag inte. Jag vill inte minnas. Jag tror inte att jag skrek. Kanske höll han för min mun. Mina byxor slet han sönder.

Sedan är det blankt.

Det nästa jag minns är att jag låg på rygg på golvet med honom över mig. Korna trampade oroligt. De blev väl rädda. Den vita kon släppte en stinkande hög bredvid mitt huvud. Då reste Rajveer sig på raka armar, slet åt sig min sjal, doppade den i skiten och kletade in dyngan, både i mitt hår och i mitt ansikte. "Så att du vet var du kommer ifrån, och förstår vad som kan hända igen om du vågar så mycket som att knysta om det här". Jag kunde knappt andas med stanken i näsan.

Kraftlöst kastade han iväg sjalen och reste sig på knä. Han lyfte benet över min kropp och vände sig bort. Jag tittade ner mot mina ben. Jag kände ingenting, men det var blod överallt.

Då slank en stråle kvällssol in genom det smutsiga fönstret. Den fick handtaget på hans dolk att glänsa. Kniven satt i sitt fodral i hans hängande bälte. Han stod på knä med ryggen mot mig. Hans tunga ben tryckte mot mina vader.

Och kniven var precis intill min hand.

Jag satte mig upp och fick tag i knivens handtag. Så länge jag lever kommer jag att minnas hur den kniven såg ut. Handtagets blänkande vita yta mot de putsade mässingsfästena. Och det vassa bladet. Det raka vassa bladet.

Sedan gick allt fort. Jag tänkte inte. Jag såg inte. Något vitt, eller var det blodrött? lade sig över mina ögon. Kanske blundade jag. Men jag kände tyngden av hans kropp och lukten av hans svett och hörde hans flåsande andetag. Därför visste jag att jag skulle träffa när jag högg.

Jag högg, och högg, och högg.

När jag vacklade ut genom dörren låg han stilla på golvet. Den blå turbanen var brunfläckig. Kniven satt kvar i honom.

Jag sprang.

Läs fortsättningen i *Den sjätte gudinnan*, utkommer på Damm Förlag hösten 2010.

Vänd och läs om Karin Alfredssons två första böcker om Ellen Elg.

80° från Varmvattnet

"En insiktsfull berättelse med ett för kriminallitteraturen ovanligt motiv i en annorlunda miljö. Årets debut!"
Svenska Deckarakademin

"Det är en imponerande och djupt oroväckande roman."
Sundsvalls Tidning

I ett dike i Zambia förblöder en 14-årig flicka. I USA dör en domare i Högsta Domstolen i sin säng. I en svensk lägenhet möts tre aktivister för att ta emot beskedet om en katastrof. I en amerikansk buss försöker en ung kvinna fly från sin historia. I gräset utanför en barnmorskas hus bygger någon en häxpyramid. Och i händelsernas centrum står Ellen Elg, svensk läkare med oklart uppdrag i Afrika.

80° från Varmvattnet är den första boken i serien om Ellen Elg och handlar om sexualitet, kvinnoförtryck och död i miljöer som sällan beskrivits i svensk spänningslitteratur. I Karin Alfredssons färgstarka men osentimentala roman – där döden är nära i alla hem – skildras hur enskilda liv cyniskt offras av den multinationella industrin.

Kvinnorna på 10:e våningen

”En ovanligt tät thriller.”
Dagens Nyheter

”Vietnams kvinnor lever och lyser i denna utmärkta roman”
Kommunalarbetaren

En svensk man faller oförklarligt från en vietnamesisk hotellbalkong och dör. En svårt blödande flicka kommer in på ett sjukhus i Hanoi. Ett alltför stort antal förlossningar på samma sjukhus slutar med dödfödda barn.
Samtidigt så ser den gamla cigarettförsäljerskan Lieu en kvinna som i en sportbag tar med sig nyfödda barn från sjukhuset – och säljer dem till västerländska par. Det sker i parken intill Lieus kvadratmeterstora handelsplats på en Hanoi-trottoar.
Den svenska kvinnoläkaren Ellen Elg är i Hanoi för att arbetar på sjukhuset och möter där flickprostitution, sexuell misshandel och många unga mödrar vars nyfödda barn oförklarligt försvinner ”till destruktion”. När Ellen och Lieus vägar möts förstår hon det som ingen annan velat tro...

Kvinnorna på 10:e våningen är Karin Alfredssons andra deckare och en spännande dokumentärthriller om kvinnoöden i Vietnam.